NAMAPO♂ ANIKI
Author: ASAURA
Illustration: TERA AKAI

ほらユースケ、行くよ
アニキって、呼んでくれてもいいんだぜ？
YURI HOURAIJI
鳳来寺ユリ
ユースケの『恋愛生活保護』における扶助として現れたものの……何故か先にアニキがいた。高校2年生の16歳。スポーツ全般を得意としている。
ANIKI
アニキ
ユースケの元に現れた謎のマッチョ。ボディは仕上がっている。料理、掃除等々家事全般を得意とする。

あなた今、最高にクールよ
ふつつか者ですが、よろしくお願いします
MAKI ONAMOMI
枲耳まき
松笠アザミの同居人。
バリバリのキャリアウーマン
である……一応。
AZAMI MATSUKASA
松笠アザミ
ユースケのクラスメイト。
いつもぬぼーっとした顔でいる、
ちょっと変わった子。

ストッキングと下着に包まれた小ぶりなお尻を
こちらに向けながら、アザミは当たり前のように脱いだ。
「大丈夫です、いつものことですから」

Presented by
アサウラ
Illustration
赤井てら

生ポアニキ

NAMAPO♂ ANIKI

この物語はフィクションです。
実在の団体、組織、法律、固有名詞とは一切関係ありません。

■日本国憲法　第三章　第二十五条

すべて国民は、健康で文化的な最低限度の生活を営む権利を有する。

国は、すべての生活部面について、社会福祉、社会保障及び公衆衛生の向上及び増進に努めなければならない。

■生活保護《せいかつほご》法　第一条

この法律は、日本国憲法第二十五条に規定する理念に基き、国が生活に困窮するすべての国民に対し、その困窮の程度に応じ、必要な保護を行い、その最低限度の生活を保障するとともに、その自立を助長することを目的とする。

■生活保護法　第十一条

保護の種類は、次のとおりとする。
一　生活扶助《せいかつふじょ》。二　教育扶助《きょういくふじょ》。三　住宅扶助《じゅうたくふじょ》。四　医療扶助《いりょうふじょ》。五　介護扶助《かいごふじょ》。六　出産扶助《しゅっさんふじょ》。七　生業扶助《せいぎょうふじょ》。八　葬祭扶助《そうさいふじょ》。九　恋愛扶助《れんあいふじょ》。

プロローグ◆申請

「木村《きむら》ユースケ君、生活保護、というものを知っているかな？」

長い沈黙の果てに、先生《カウンセラー》はいきなりそんなことを言い出した。

僕が高校に入ってからだから……約半年の付き合いはあったものの、こんなことは初めてだった。

「……い、一応は。あの、税金の無駄遣いとか、財政を圧迫する要因だとかっていう……」

「それも一面としてはある。しかし、問題になっているのはそれを悪用して、働けるのに怠けていたり、資産があるのを隠して受給しようっていう悪い奴《やつ》らがいるせいだ。しかもそんな不届き者のせいで、本当に必要とする人達《たち》のところに手が回らなくなったり、はたまた適正に受給している人達まで肩身の狭い思いを強いられたり……ね。だがね、生活保護は日本の憲法が定めた〝生存権〟を実現するための素晴らしいシステムなんだ」

先生はまた口を閉ざし、窓の外を見やった。

その施設の窓からは、郊外にある青々と美しい木々が拝め、天気と運が良ければ様々な鳥や、リスなどを見ることも出来た。

今は、時季外れのトンボが数匹舞っているのが見えるだけだ。

ＢＧＭとしてかかっているエンヤの歌声が二人の沈黙の間を埋め続ける。

「……何年か前、三人の天才達が、ふと、あることに気が付いた。今の生活保護法が定める八つの扶助《ふじょ》では憲法違反ではないか、とね」

先生は棚から『現代の生活保護』と書かれたパンフレットを取り出すと、僕に提示した。

「文化的で最低限度の生活を憲法は保障しているわけだが、語弊を覚悟でこれを端的に言えば、みんなが持っているものはとりあえずは持っている、という状態だとされる。だからこそかつては贅沢《ぜいたく》品とされたテレビはもちろん、スマートフォンやパソコンも現在の受給者は所有していたりする。……天才達はそれらを踏まえた場合、明らかに一つ、扶助されるべきもので、足りないものがあると国に指摘し、これの改正を促したんだ」

パンフレットには次のような扶助があるのだと記されていた。

一　生活扶助。
二　教育扶助。
三　住宅扶助。
四　医療扶助。
五　介護扶助。
六　出産扶助。
七　生業扶助。

八　葬祭扶助。

数年前までは、この八つしかなかったのだが、その天才達の手によって、九番目の扶助が追加されたのだと先生は語る。それは——。

九　恋愛扶助。

「誰《だれ》もが当たり前に持っているもの……つまり、つがい、恋人、夫婦、そういうことだ。“愛”や“恋”という感情とも言える。……察しの通り、他《ほか》の八つと比べ、この九番目の扶助だけはシステム的にもかなり趣《おもむき》が違うわけだが……どうだろう、ユースケ君。キミもこれに申請してみないかい？」

彼が何を言っているのか理解出来ず、僕は困惑して言葉を発することが出来なかった。

「多少世間の反対はあったものの、少子化、未婚率の上昇等々の、それらの問題が背景にあったこともあり、改正が認められた。……そしてこれはその性格上独立性が強く、この扶助のみを単体で受けることが可能で、金銭的な扶助を必要としない環境においても申請が通るんだ。実際扶助されるのは他のものと違って費用ではなく、より直接的なものだからね。当然、いくつか条件はあるが……キミは大丈夫だと思う。どうだい、きっとキミの今の状況を変えるには一番の刺激になると思うんだ」

キミにピッタリなかわいい子が、きっと扶助されるよ。

先生は優しく微笑《ほほえ》んだけど、彼が何を言っているのか、僕にはいまいちわからなかった。

1話◆送り込まれた筋肉

先生からの勧め通りに生活保護申請をし、いくつかの書類に返答し、複数の心理カウンセリングやDNAレベルでの健康・肉体調査……そういった細々としたチェックを繰り返す内に半年が経過し、季節は秋から冬を跨《また》いで春を迎えていた。

その日もまた、僕は当たり前のようにコントローラを握っていた。

起きて、食べて、昼寝して、ゲームして、たまに本読んで……そしてまた、眠って……。

それが僕の日常だった。

……でも、そんな日々も、今日で終わるんだ。きっと。

そんなことをしみじみと思いながらカーテンの隙間《すきま》から差し込む朝日を浴びる。

「長かったな、この二週間。ずっと、夜、ろくに眠れなかったもんなぁ」

いよいよ、今日だった。

今日……我が木村宅に恋愛扶助が……やって来るのだ。

つまりは、僕の恋人であり、いわゆるガールフレンドとか、そういう……世間の連中の多くが持っているという……アレだ。

僕は部屋に貼《は》ってあるアイドルのポスターを見上げ、緊張から来るため息を一つ。

落ち着かなかった僕は、夜明け前だというのにゴミ溜《た》め状態の部屋でそわそわと歩き回り、とりあえず風呂《ふろ》に入り、出来るだけ綺麗《きれい》めの服を選ぶ。

家族が出て行ってから誰もアイロン掛けなどしていないので、どの服も基本皺《しわ》だらけ。

その中で選びに選んで通販で買ったせいで微妙に足の丈が合っていないジーンズに、チェック柄のシャツを着て、指紋だらけの眼鏡のレンズを拭《ふ》いた。

ヘアセットでもしようかと思ったものの、親父《おやじ》が残していった整髪料の使い方もセットの仕方もわからず……その辺りは諦《あきら》め、先生に勧められたようにとりあえず出来るだけ清潔であろうとした。

「……こ、これで……いいのかな」

玄関にある姿見の前に立つ自分は、洗い立てのものを纏《まと》っているとはいえ……やはり、憐《あわ》れさが漂っている。

先日高校二年生になったものの、身長は一六〇に達さず、まったく運動しないせいでやたらと細い手足なのに、まるで中年のようにお腹《なか》だけが妙に出ている餓鬼のような体形。隈《クマ》の出来た目元にくすんだ瞳《ひとみ》。お洒落《しゃれ》でもなんでもない分厚い眼鏡。駅構内にある千円カットで雑に切られてそのまま放置している髪……。

どれだけ小綺麗にしたところで、元がこれではどうにもならないんじゃないのか。

……そんな気持ちが湧《わ》いてきて、それ以上の身支度をする気が失《う》せ果てた。

「……家の掃除でもした方がいいかな」

とりあえず清潔であろうと、僕は二階建ての自宅の掃除を始める。

東京の片隅の一軒家に一人暮らしということもあり、家は汚れてこそいなくても、どこもかしこも散らかっていて、女の子を招き入れるに適切とは言えなかった。

とりあえずは、と玄関と居間だけは掃除し終えた時……インターフォンが鳴り響く。

「き……来た。ついに、来たんだ……僕の、こ、こ、こここ……こ、恋人が……」

僕はクイックルワイパーを放り出す。靴下を穿《は》かずに裸足《はだし》でいることに気が付いたが、今更そんなものどうでも良かった。

小汚いスニーカーが一足だけ転がる玄関に足を着き、僕はドアノブに手をかけるのだけれど……そこで、止まってしまった。

——この扉の向こうには、給付される女性がいる。きっと自分にピッ、タ、リ、な子が……。

それは間違いないことだった。

何故《なぜ》なら、生活保護法には次のような一文があるのだ。

●生活保護法　第二章　保護の原則

（必要即応の原則）

第九条　保護は、要保護者の年齢別、性別、健康状態等その個人又は世帯の実際の必要の相違を考慮して、有効且つ適切に行うものとする。

これを踏まえて考えれば、僕好みな、素朴で優しくて、僕よりも低身長で初恋もしたことがない浮き世離れした色白の美少女（処女）がやって来ることは間違いなかった。

つまりは、僕の部屋に貼られているポスターのような娘《こ》だ。どこかの誰かが金儲《かねもう》けをしようと仕組んで成り上がってきたインスタントなアイドルなどとは違う、支持者の力のみで世に躍り出たネット界発のアイドル……小柄で、病弱そうな、保護欲を限界まで刺激する、まるで二次元からそのまま出てきたかのような彼女、『椿《つばき》ちゃん』。

僕の理想そのままを描くと彼女になるのだけれど、それはさすがに現実的じゃない。

……けれど、少なくとも彼女と似通ったタイプの子が来るのは間違いないだろう。

間違っても親より年上《40オーバー》の名うての熟女《マダム》が圧倒的な質量を携えて現れたりはしないだろうし、男性経験三ケタを誇る性病の塊のようなギャルが百戦錬磨《ひゃくせんれんま》の鬼軍曹が如《ごと》き猛々《たけだけ》しさで登場するようなこともないはずだ。

美少女（猫派）が、この扉の向こうにいる……。

そんな魅力的な子を、僕は幸せに出来るのだろうか？

高校に入ってからは頻繁に学校を休み、体形はこんな餓鬼状態、趣味といえば逃避と＝《イコール》で結ばれるような一人で遊べるタイプのゲーム、頭は悪くなくとも学校をよく休むせいで成績は中の下、運動などもってのほか……僕自身が思うに、魅力らしい魅力など、どこにもなかった。

こんな自分が美少女（料理上手）に釣り合うものだろうか。本当は彼女も嫌なのに、国の命令だからと仕方なく……そんな理由で無理矢理笑顔を向けるんじゃないのか……。

そんな恐怖が次々に沸き起こって、ドアノブを捻《ひね》らせない。

鼓動が高鳴る。嫌な汗が湧く。膝《ひざ》と手が震え始めていた。

けれど……ここでまた逃げていては、何も変わらない。

何かを変えたくて、少しでも〝普通〟になりたくて、僕は高校に入ると共にカウンセリングに通うようになったのだ。……まぁ、親に命令されたっていうのもあるけれど、それでもきちんと通ったのは僕自身の意思によるものだ。

今、この扉を開けることを躊躇《ためら》う理由は……何もない。

恐れるな、開け。そこに理想の恋人——美少女（ドジっ子）が待っている。

僕はこの一年にも及ぶカウンセリングと、半年もの間、恋愛生活保護《せいかつほご》の申請に立ち向かったことで、自分の中で何かが変わったことをはっきりと自覚する。

一歩前に出ようとする、そんな勇気が、今の僕には……ある。

「堂々と出迎えよう。……僕の、恋人なんだ。僕の、美少女（縞《しま》パン愛用）なんだ……。〝こいつはこのままじゃ恋愛出来ねぇ〟って国に判定された以上、堂々と扶助《ふじょ》を受ければいいんだ。……よし！」

僕は玄関のドアノブを回した。何かが変わる未来を予感して。

素朴で優しくて、低身長で、初恋もしたことがない浮き世離れした色白の処女で料理上手で猫派で縞パン装備のドジな美少女を迎え入れようと、その扉を開いたのだ。

その瞬間、視界いっぱいに飛び込んできたのは青と白の縞模様！

それが凹凸に歪《ゆが》む様、そしてそこから伸びる二本の肌色の太……太もも——!!

即座に〝あ、これラブコメでよく見るラッキースケベだ！　転んだドジなヒロインが主人公の顔面に股間《こかん》を……ってやつだ!!〟と異常なまでの速度で脳が活動し、尋常ならざる興奮と共に、わずかばかりの汗の臭《にお》いを感じ取る。

凄《すご》い。生活保護って、国の力って……なんて凄いんだ！

先程までの躊躇《ためら》いが嘘《うそ》のように、僕の口角が勝手に吊《つ》り上がり、邪《よこしま》感たっぷりであろう笑みを浮かべてしまう。

何せ、玄関開けて0・3《レイ・コンマ・サン》秒で特大サービスシーンである。高校二年、一六歳、非モテかつ童貞に、この展開はあまりにも刺激が強く、身が溶ける程に甘美だ。

胸が高鳴る。マンガの主人公のようにラッキースケベなど待っていられない。

ほとんど無意識に僕は事故を装って自らその縞模様に顔を突っ込ませる。

汗の香りが漂い、人の温《ぬく》もりを持つその感触ときたら……モニター越しには決して味わえぬ快感だ！　鼻など割れ目に喰《く》い込んで……あぁ！

「はぁ、はぁ……はぁあぁあぁ!!」

テンションの上限は天井知らずだ。初めてがいっぱいで、頭がどうにかなってしまいそうだ……ったのだが、何かがおかしい気がする。

「あれ……か、硬い。……えっと、女の子のって……こんな、ムチッと硬いものなのまるで僕の鼻先を跳ね返すかのようだ。マンガとか、そういうのではもっと、こう、〝ふにっ〟みたいな柔らかな表現を多用していた気がする……それは胸だけだったか？

否、違う。間違いなく股間部に対しても用いられていたはずだ。

きっと股間部の柔軟性は人によるのだろう。そう思い、僕はその汗ばんでしっとりとした縞模様に頰《ほお》ずりをしたのだが……あれ？　と今度は違う疑問が湧く。

……女性の股間は僕が頰ずり出来る程に広大な面積《フィールド》を有していただろうか？

やはりモニターの中の世界とは違い、本物の女性のパンツ、それも股間部は案外に広いものであったりするのだろうか……。

「木村《きむら》ユースケさん宅、で、間違いありませんか？」

野太い声が聞こえた。頭上から……というより、本当にすぐ近くから。

震えながら見上げてみれば……そこには、眩《まぶ》しい程に白い歯をしたマッチョが。

だが、目の前には間違いなく青と白のボーダー。縞パンである。その上に男の顔。

一歩離れてみれば……目の前にいるのは、どう見てもサカワ急便の人である。

厚い胸板に青と白のボーダーシャツが眩しく、そこから伸びる二本の腕は女性の太ももよりもしっかりとしていて……その、何だ。

神よ！　僕が鼻を突っ込んだ割れ目は大胸筋の谷間だと言いたいのか!?　これが僕と女性のファースト・インプレッショ……あ、女性じゃないや。


……？」

サカワ急便の人は基本誰もがたくましい男であり、目の前の彼も例外ではなく、僕が女性と触れ合った最初の体験とするには無理があった。

「あ、え、あ、え、えっと……はい、木村ですけど」

お荷物のお届けです！　はきはきした声と共に巨大な段ボールを玄関に置かれたので、僕は震えながらも認め印を捺《お》してお引き取り願った。

凛々《りり》しいマッチョの胸ぐらに思う存分頬ずりした過去を忘れるように、僕は届いた段ボールを見やる。

「あれぇ……通販で何か買《ポチ》ってたっけ？　親からかな……？」

家族は僕が高校に入るなり、すぐに週の半分も学校に行かなくなった辺りから、世間体を気にし、僕を残して違う土地に移り住んでいた。

学校に行くか、出ていけと何度も怒鳴られ、時に取っ組み合いになったりもしたものの……最後まで粘った結果、家族の方が家から出ていったのだ。

その関係で、今でもたまに宅配便が出ていった先から送られてくることがあるのだけれど……これは、何だろう？

あ、これ、親からじゃない。区役所から……？

とりあえず段ボールのガムテープを剝《は》がしてみると……現れたのは……。

「し、縞パン……だと……？」

それを見た瞬間、僕は察した。

『以下の日時にあなたの家に行きますので、在宅していてください』

と、センターから連絡を受けていたわけだけれど……僕の家に来るってのは、訪ねるってわけじゃなく、僕の家に住むってことか!?

だから、僕の美少女(甘い匂《にお》い)は着替えとかを送ってきたというわけなんだな!?

「はっ!?　まずい、勝手に開けたことがバレたら……いや、この場合開けるなって書いてなかったし、し、仕方ないよ、うん。事故的な……そう、バレなければ別に……うん」

僕はそんなことを口にしながら段ボールの中を今一度見やる。

タオルやら靴やらいろいろ入っているものの……一番上にあるのは、どう見ても縞パンである。さっきのサカワ急便の青と白の縞ではない、赤と白の、ツートンというなかなかに大胆な色使いのそれ。

まずい、さっきとは違う意味で動悸《どうき》が……。

くそ、僕は何故自分の家の玄関で、誰《だれ》もいないかを確認するかのように辺りを見回しているんだ!?

「と、当然誰もいないわけで……ま、その、えっと……」

あぁ、クソなんだこれ!　どうしろっていうんだ!!

僕の心の中で天使と悪魔が猛烈な勢いで戦っていやがる!!

悪魔が言う。

――ちょっくらパンツ《コイツ》で楽しんじまおうぜ!　戻せばバレやしねぇって!

天使が言う。

――やっちまいな!!

「うん、まったくだ」

僕の両手は躊躇うことなく、衣服の上にあった縞パンに向かった。

触ったことはもちろん、生でも見たことがないセクシーな縞パンを両手の指先で摘《つ》まむと、自然と僕は高々と掲げた。

何と布面積の少ないパンティーだろう。そして、何と交合し、違う、神々《こうごう》しいのだろう。世の美少女(色白)はこんな大胆不敵な秘密をスカートに隠して日々生活しているのか。今僕は新たな知識を得ることで大人への階段を上り、男としてのさらなるステップアップを行うための儀式へと移行した。

その場で膝を突き、掲げたパンティーをそっと顔に……。

「はぁぁあぁっ……フローラル、もの凄く、フローラルな香りが……!!」

案外にしっかりした生地のパンツから漂うのは、最高の香り。しかしやたらに押しつけがましいトイレの芳香剤のようなものではない。優しく、清潔感のある、花畑を抜けてきた春の午後の風のような優しいフローラルな……そんな、香り。

何故《なぜ》だ、いったいどんな洗剤を用いればこんな天使のような香りに仕上がるというのだ。アタックか、ボールドか、ファーファか、ビーズか、アリエールか、トップか……。

少なくとも美少女(病弱)だけが使うことを赦《ゆる》された特別な洗剤に違いない。

「はっ……待てよ。ひょっとしたら、美少女（苺好《いちごず》き）の股《また》ぐらから滲《にじ》み出る不思議かつ不審な夢溢《あふ》れる何らかの汁を染みこませ、それを下地とすることによってこのレベルに達しているのではないのか。……いや、きっとそうに違いない！」

いずれ学会に発表して、『誰々《だれだれ》ちゃんの香り』とかいう昔微妙に流行《はや》った香り付き雑誌みたいなアイテムを発売して一攫千金《いっかくせんきん》を……。

「はぁはぁ……そ、その前に、や、やっぱり……やっておくべきだよな……へへ……こ、ここまで来たら……」

パンツを広げると、王位を継承する即位式に出席した若き王子のように、僕は片膝《かたひざ》を突き、頭《こうべ》を垂れ、王冠を被《かぶ》るが如く……赤と白のパンツをその頭に……。

マンガとかではよく見るパンツ被りだけれど、実際にこんなことをしている人が果たしてどれだけいるのだろう。

そう考えるに……生まれてきて一六年と幾ばくか、ずっと路上の裏で腐った生ゴミを漁《あさ》る負け犬同然の僕は、今、明らかに同級生連中が追いつけもしないはるか高みに足を踏み込まんとしているのかもしれな――。

――ピンポーン。

世界に限界などない。スポーツ選手を始めとした多くの偉人達が似たようなことを口にした。まさしくその通りなのだろう。

今、僕は明らかに人知を超えた速度で頭に半分まで被っていたパンツを段ボールへと戻したのだった。

ベタに頭に被るか、股間部が鼻・口に来る所謂《いわゆる》〝変態仮面スタイル〟にするかで一瞬躊躇ったからこそ出来た早業である。

ガッツリ被っていたらもういくらかの時間が必要だったはずだ。

荒い息を無理矢理抑え込み、明日は筋肉痛間違いなしの手足の痛みを感じつつ、僕は今一度玄関を開ける。

今度こそそこには僕好みの美少女（特技ピアノ）が——うん、またサカワ急便の人だ。

彼は爽《さわ》やかな笑みを浮かべ、巨大な箱を抱えていた。

「いやぁ、すみません。もう一つ荷物があるのを忘れてました。……これ、重いんで玄関の中に入れちゃった方がいいですよね」

サカワ急便の人は、軽々と巨大な箱……一メートル四方よりもやや大きいぐらいの段ボールを玄関から続く廊下へと置いてくれる。

認め印を捺して、今度こそ追い返すと、新たなる荷物を見やる。

発送元は区役所からと、前回と同じだが、箱は一回りほど大きい。

重いって言っていたけど……え!?

「な、何だ、これ……ビクともしないぞ!?」

さっきの衣類が入っていたものと違い、今度のは……家電でも入っているのかと思うぐらいに重い。

さすがサカワ急便、どんな重い荷物とて軽々運ぶな……。

とりあえずまた来訪者でもあると面倒なので、僕は戴冠《たいかん》の儀を一時休止し、衣類の箱を一旦《いったん》居間まで持って行く。そして新たな荷物も持って行こうとするのだけれど……ホント、持ち上がらないどころか引きずろうと思っても微動だにしない。

自分が虚弱だというのを差し引いても重すぎるような気が……。

「仕方ない、ここで開封するか」

小分けで運べるものなら、その方がいい。こんな玄関前の廊下を完全に塞《ふさ》いでしまうような荷物をいつまでも置いておくわけにもいかない。

僕は段ボールの上にあったガムテープを外そうとするのだけれど……ふと、注意書きがあるのを見つけた。

『ご注意！　開封される前に、以下のＱＲコードをお手持ちの携帯電話、またはスマートフォンでお読み込みください。対応機器をお持ちでない方は以下のアドレスをパソコン等のインターネット接続機器に入力してください』

……なに、これ？

訝《いぶか》しく思いながら、僕は一旦自室からスマホを取ってくると、言われるがままにモザイク画のようなＱＲコードを読み取らせてみれば……何故か動画サイトへと繋《つな》がる。

ひょっとしたら特殊な梱包《こんぽう》や荷物で、特別な開封の仕方とかでもあるのかと思って開いていた動画を再生するのだけれど……。

うーん？　読み込みが遅いな。そんなことを考えつつ、僕は逸《はや》る気持ちを落ち着かせるために、何となく廊下を見渡していると……あることに気が付いた。

今日は……というか、今、妙に静かだ。外から人の声や気配、車の音すら聞こえない。

それは怖くなるぐらいの静けさ。何だか落ち着かなくなって、僕はそわそわとして動画の読み込みを待ち、そして、ついに――。

デデン・デン・デデン……。

デデン・デン・デデン……。

デデン・デン・デデン……。

チャララ～ラ～ラ～ラァ～♪

「あれ、これってターミネーターの曲……じゃ……え？」

まるでその動画というか、曲の再生を待っていたかのように、家を包んでいた静けさが壊された。

辺りにいたらしい鳥という鳥が一斉に飛び立ち、そのけたたましい羽ばたき音を響かせ、無数の鳴き声を上げていく。

異変は鳥だけでは済まない。

近所の犬が吠《ほ》え立て、鎖の金属音を激しく鳴らし、うちの屋根の上にいたらしい猫が赤ん坊の悲鳴のような鳴き声と共に走り回る気配が一階の僕のところまで伝わってくる。

僕の家を中心とするように、小動物達が一斉に狂乱に染まったのだ。

――ビュォオッ……!!　ガタガタガタガタ……ッ。

小動物達を追い立てるかのように、あれだけ穏やかな天気だったはずなのに、何の前触れもなく突風が吹き、家中の窓が震えた。遠くの方で雷鳴が轟《とどろ》く。

風が吹き、小動物が騒ぎ、雷鳴が轟く……というこの状況はターミネーターの曲と相まって、まるで巨大でおぞましげな化け物が迫りつつあるのではないか、と、妄想させるわけだけれど……さすがにそんなわけはないだろう。

「な、何か怖いな……。まぁ、そんなものが現れるわけがな――なっ!?」

気のせいか、目の前の段ボール箱の隙間《すきま》から不審な白い煙と共に、青白い放電が……。

そしてあれだけ騒がしかった辺りの気配が消えた瞬間、箱が急激に膨らんで……え!?

ボフゥン!!　という爆発と共に段ボールが弾《はじ》け飛び、僕もまた爆風で尻餅《しりもち》をついた。

「……んぅ……ここか、ユースケの家は……」

野太くたくましい声と共に現れたのは、ターミネーター登場シーンよろしくの、一糸纏《まと》わぬ姿でしゃがんでいるゴリゴリの――。

「――マッ、マッチョ!?」

「お、この声、ユースケか!?　どこだ、クッ、ずっと箱の中にいたせいで目がしばしばして見えやがらねぇ!」

立ち上がる二メートルに及ぼうかという巨体。冗談みたいな逆三角形の体形。肩周りの筋肉の異常なまでの張りから恐ろしくデカく見え……え!?　おい、嘘《うそ》だろ!?

「デ、デカい……!?」

丁度尻餅ついている僕の目線の位置、立ち上がった化け物《マッチョ》の股間《こかん》に極めて巨大なチ……って!?

「どこだ、ユースケ!?」

ズン、ズンと僕の声に応じて目をしばしばさせるマッチョが、というか巨大なアレが……包み隠すことなくおおっぴらになっている大きなモノが、近づいて来――!?

「うっ、うわあああぁぁああぁぁああぁぁああぁぁああぁぁああああぁぁああぁぁあ!?」

僕は顎《あご》が外れそうになるほど大きな口を開け、悲鳴を上げ……目前にまで迫り来た益荒男《マスラオ》に震えた。

1

「……ふぅ。こんなもんか。変に気張るのもね」

駅のトイレの鏡に映っているのは、長い赤毛の女。慣れない化粧を出来るだけ頑張ってみたものの、あんまり変わっていない気がした。

彼女は今一度最後に自分の顔を見る。

大人からは生意気と、同年代以下からは怖いとも言われるやや吊《つ》り上がった目、細い顎、ここしばらくは屋内にいることが多かったせいもあって生白い肌……。服は前の学校の

制服《セーラー》をそのまま着てきてしまったが……顔付きを誤魔化すために、かわいげのあるものにしておくべきだったかもしれない。

別に悪ぶってないのにレディース感とか、姐御《あねご》感があると散々言われてきていたし、体も細いながら身長は一六五センチもあるせいで、威圧感があるとよく言われていた。

たとえ〝どうでもいい〟と思っていたとしても、ファースト・インプレッションで悪いイメージを持たれたくはないのが人情というものだった。

トートバッグに化粧道具をしまいこむと、彼女は駅のトイレを出て目的地へと向かう。

木村《きむら》ユースケ。同級生の一六歳。半不登校児。これといった特技、なし。家族から見放され、未成年向けのカウンセリングに通うも進展なく、今回の恋愛生活保護《せいかつほご》はその生活の変化を期待して申請されたもの……。

彼女は赤い髪を揺らしながら、絵に描いたようなダメ人間のプロフィールとその写真を見ていた。

いいと思えるところがここまでない奴《やつ》も、そうはいない。それが彼女の最初の感想であったものの……今一度見直しても同じ感想しか出てこなかった。

眼鏡越しでも隠せないようなはっきりとした隈《クマ》があるせいか、根暗そうな印象で、写真には何故《なぜ》か俯《うつむ》き加減に中途半端な笑みを浮かべているせいで、無駄に卑屈さが表れていた。

また、シャツのお腹《なか》が出っ張っているくせに、手が細く、太っているんだか痩せているんだかもよくわからない不健康そうな体形である。

「何かどっかでプッツンしたら犯罪でもおかしちゃいそう。小さい子供とか対象に……って、あたしの相手だし……あんま言うのもかわいそうか」

ローファーの底をアスファルトにこすりつけるようにして歩む彼女は、プロフィール表を見ながらため息を一つ。これから先が憂鬱《ゆううつ》でたまらない。

「何で、あたしが……」

思わず衝《つ》いて出た言葉に、プロフィール表を破り捨てたくなる衝動に駆られるも……彼女は堪えた。

トートバッグに入れ、代わりにスマホを取り出す。地図アプリを起動させ、予《あらかじ》め登録しておいた木村ユースケ宅への道順を確認する。

東京の外れにある住宅街《ニュータウン》は、目印も少ないのでGPS情報が頼りである。

まるで襲われたかのような鳥達が一斉に飛び去って行くのを尻目《しりめ》に、彼女はそれらしき家の前に立つ。

「ここかな……？」

住宅街の隅にある二階建ての一軒家だ。晴れた休日の昼だというのに、どこの窓にもカーテンがかかっていて……ユースケの性格を表しているような気がした。

スマホをしまおうとするものの、ふと、気が付く。

この住所は……。

「あれ？　ここって……あっ。うわぁ、ナニコレ、キモいなぁ。何でこんなことまでするかなぁ」

　ったく。と彼女は木村家の隣を見やりつつ、またため息。

　これからの生活にまた一つ不安要素が増えた。

　ともかく、まずは給付対象者である木村ユースケに挨拶《あいさつ》せねばならなかった。

　約束の時間は五分程過ぎているが、丁度良いぐらいだろう。

　……とその時、強風が吹き付け、遠くから雷鳴が鳴り響く。まさに言葉そのままの青天《せいてん》の霹靂《へきれき》だ。天気はいいのだが、ゲリラ豪雨でもあるのかもしれない。

　彼女は風で髪が乱れていないか、スマホカメラを自撮りモードで起動。作り笑顔で、顔の最終チェック。……全《すべ》て、問題なし。最後に深呼吸を数回繰り返した。

「よし、行くぞ」

　玄関前に立ち、インターフォンへ手を伸ばすものの……どれだけ〝どうでもいい〟と思ってみても、やはり心臓は高鳴った。これから最低でも一ヶ月は関《かか》わりを持って生活をしなくてはならない相手だ。

　多分、当たりではない。ハズレだ。大ハズレ。だが、それでも……緊張する。

「どれだけハズレだって、我慢しなきゃ……うん。相性はいいって結果が出てるわけだし、大丈夫。出来るだけポジティブに、明るく、テキトーに……」

　どれだけ躊躇《ちゆうちよ》したのか、彼女自身わからない。だが、せいぜい一〇秒もなかったはずだ。

　そうしている間に……中で妙な爆音が聞こえ、そして……。

「うっ、うわあああぁぁぁあああぁぁぁあああぁぁぁあああああぁぁぁあああぁぁぁあ!?」

扉越しにでもはっきり聞こえる、叫び声だった。

彼女はハッとして、インターフォンを押すことなく、慌てて玄関の扉を開けた。

そして、閉めた。即座に。

ガン、と彼女は扉を封印するかのように両手を押しつけ、目を見開いたまま俯いた。

動悸《どうき》が尋常ではなく、今にも心臓が止まりそうだった。息も乱れる。そして、変な汗が全身から……。

「な、何……今の……？」

自分がいったい何を目撃したのか、わからない。

何を見たのかはわかっている。強烈なまでに目と脳に焼き付いている。

だが、それがいったい何を意味しているのか……それを理解出来ない。

否、理解するのを彼女の頭と心が拒否している。

「……おーけー、落ち着くのよ。まだ試合《ゲーム》は始まったばかり。……言うなれば、ゴングが鳴ってお互いにファイティングポーズを取っただけのようなもの……」

その割に精神的ダメージが尋常ではなく、初撃でアッパーを喰《く》らったような状態であったが……彼女は気丈にもそこで心身崩れることなく、持《も》ち堪《こた》えた。

——もう一度見てみよう。そして、確かめてみよう。

もしかしたら自分が見たのは夢か幻か、はたまたストレスから無意識に現実逃避を始めた可能性もある。

もう一度この扉を開けば、その真実が明らかになるだろう。

自分の心理状態がどうであれ、二度も三度も見間違いをするはずがない。それぐらいの自信は彼女だって持っていた。

ドアノブに手をかける。

きっと爆弾を解体して、赤と青のどちらのコードを切るかで迷った時ってこんな感じなんだろうな、と彼女は想像しながら、そっとドアノブを捻《ひね》る。

開き行く扉。その向こうに真実が……ある、はずだ。

そして、彼女は見た。

尻餅ついている小柄な少年の姿を。そして、彼の前に立ち、彼の顔を隠すキュッと締め上がったケツを晒《さら》す、圧倒的な、一九〇センチを超すマッチョの姿を。

全身が筋肉の塊。いからせるような肩の筋肉は張りに張り、汗ばんだそのボディは玄関から差し込む日差しを受けてぬらぬらと鈍く輝いていた。

背筋からケツの割れ目まで一直線に伸びた谷間が何とも美しく、そこを清流が如《ごと》くに汗が一筋流れ、股間からその下の少年の足に滴るのを……彼女は見た。

それはどう見ても、少年を跨《また》いで、その顔にタフガイが自らの生チ――。

「はあぁっ!!」

バンッと今一度扉を閉め、彼女はまた両手を突いて項垂《うなだ》れた。

心臓が今にも止まってしまいそうな程に動悸がする中、鼻先から脂汗とも冷や汗とも取れぬ汁が一滴、地面に垂れた。

そう、先程見たケツの割れ目を流れきった雫《しずく》と同じように……。

今のは最初に見た光景とまったく同じ光景……ということは……？

あの少年——恐らく木村ユースケはタフガイの股間《こかん》に顔を——。

彼女は汗を拭《ぬぐ》い、家に背を向けた。

その顔にあるのは、一仕事終えたような、爽《さわ》やかな笑み。

「うん、これはムリ！」

よく晴れた空に向かってそう宣言すると、彼女は「あははっ、あはははははっ！」と北欧の夢見る少女のように、住宅街を駆けて行ったのだった。

木村家から、絡み合う男達から、そして現実から……逃げるように。

2

『当区役所は現在日曜窓口という形態で業務を取り扱っておりますが……何分、休日ということもあり、一部の業務に限ってのものでして。生活保護に関しましては明日月曜日、九時以降の……』

「わかった、それはわかったから僕の担当、木村ユースケ担当の石原《いしはら》さん出せっつってんだよ!!　いるんだろ!?　もう個人的な携帯でも何でもいいから!!」

『……はぁ。えっと、本日は……あ、出勤しているようですので、少々お待ちください』

——え、なに？　今日は生活保護《ナマポ》の受付業務やってないんだけど。——それが替われ替われってうるさくて。——業務時間外でヘタな応対すると面倒になるんだけどなぁ……。——何かわけのわかんないこと言ってて、もう、私怖くて。——木村って言ったんでしょ？　変だな、あんなデブ腹《ばら》もやしがそんな喚《わめ》くかなぁ。——きっと脱法ハーブ、あ、危険ドラッグに名前変わったんでしたっけ？　きっとアレ、キメてるんですよ。美少女アニメやゲームが好きなオタクなんて所詮《しょせん》犯罪者予備軍ですからね、何してもおかしくないですよ。——あはははははは！　そんなこと言ってるとまた顔真っ赤にしてアホみたいなのが大挙して押し寄せてくるよ～。性欲だけが強い小学生みたいなパーな連中だからさ～。

……デブ腹《ばら》もやしこと僕、木村ユースケはここしばらくで一番の殺意を電話越しの二人に抱いた。多分ここで殺意の趣《おもむ》くままに、鬼神《きじん》が如《ごと》く二人をちぎっては投げちぎっては投げをしても世界は赦してくれるんじゃないだろうか。

だが、ここで怒りに身を任せてしまっては本末転倒だ。それみたことかと、石原さんと、さっき電話を取った土屋とかいう女に高笑いされるのがオチだろう。

そうはさせない。冷静かつ理知的、そして紳士的に対応しなくては……今でさええらい事態をより複雑化させてしまいかねない。

落ち着けユースケ、ゲームはまだ始まったばか――。

『お電話変わりましたぁ～石原ですぅ♡　うふっ、木村《きむら》さん、どうしちゃいましたぁ～?』

「あ、どうも木村です。本日は折り入っていろいろ言いたいことがあるんですが……その、何というか、可能な限りオブラートに包んで、柔らかな表現をするとですね……?」

『……はい?』

「てめぇぶっ殺すぞ!?」

――ちょっとツッチー、聞いてよ～、殺人予告されちゃったぁ～♡　――来ましたね、やっぱり犯罪者予備軍ですよ、録音しましょ録音!　ツイッターに書いちゃお♪　先輩が殺害予告されたなう、っと。――ヤッバイウケる、笑えてきた。

受話器に手を当てて音を隠しているつもりなのだろうが、声がモロ聞こえだ。それは彼女らが迂闊《うかつ》なのか、それともこちらの怒りを増幅させせんとする意図があるのか……。

『ゴホン。……どうしたんですかぁー木村さん。あれ?　そういえば今日ってナマ……生活保護《せいかつほご》の扶助《ふじょ》が届く日じゃありませんでしたっけ?　あ、まだ来ないとかですかぁー?　もう少し気長に……』

「一分一秒だってこのままでいられるかってんだよ!?　何だよコレ!?　この状態は!?」

僕は叫びながらも背後を振り返った。

そこには当然のように、彼がいる。

一階の居間で、フンっと言わんばかりに肩をいからせて仁王立ちし、全身の筋肉を張りながら爽やかな笑みを浮かべる一九二センチ（自称）のマッチョが……いる。

「これか？　これはな、ユースケ、ボディビルのポージング用語で言うところの〝リラックス〟と呼ばれるポーズだ。一見ただ立っているだけのようだが、実際には全身に力を入れて筋肉をより美しくさせるためにふんばっている。だが、笑顔であることを忘れてはいけないぜ？」

　ちなみに観客に背後を見せる場合は、〝リア・リラックス〟だ。そんなことを言って三〇前後と思《おぼ》しきマッチョは僕に背とケツを見せ、キュッとその肉を締め上げてみせた。

「マッチョだよ、マッチョ！　ボディビルのポージングについて実演交えて懇切丁寧に教えてくれるゴリゴリのマッチョが送られてきたんだよ!!　わかる!?　一人暮らしの家に僕とマッチョが二人っきりなんだぞ!?　最初は全裸で!!　今はようやくパンツを穿《は》いてくれ……え？」

　先程僕の顔に触れたか触れないかまでのところまで迫り来ていた、マッチョの驚く程にい、い、いホットだった股間は今、ようやく布で覆われているのだけれど……気のせいだろうか、若干見覚えがあるパンツだった。

　赤と白のツートンカラーの縞《しま》……パンテェー。その布面積の何と少ないことか……。

目の前に『ド　ド　ド　ド　ド』の文字が浮いているように見え、僕は自然と自分の鼻先に手を当て……記憶の中のフローラルな香りを思い出し――。

『えっとぉ、木村さん、筋肉質な女性が来たってことですかぁ？　スポーティでいいじゃ

件だ!!」

「ヤってねぇよ！　ヤってたまるか!!　何より我が家に到来したのは男だよ!!　ってか漢《おとこ》だよ!!　超絶立派な益荒男《マスラオ》が段ボールにＩＮ《イン》して玄関でターミネーターの曲と共に爆破事件だ!!」

わかるか!?　と、僕は再度叫んだ。

「椿《つばき》ちゃん似の美少女（猫耳似合う）を期待していたところにガチムチを送り込んだんだぞ!?　てめぇ世界中の誰《だれ》よりもテロリストじゃねぇか!!」

『あはははははおもしろーい♡　あ、木村さんゲイだったんですねー』

「僕はゲイじゃない!!」

そんな激しい攻防の果てに、僕は、明らかに何らかの手違いでマッチョが送られてきているから、これを回収した後、有効且つ適切な美少女（銀髪）を送るように要求し、最後に「さもなくば爆弾製造及び生物兵器投入を罪状として国際刑事警察機構《ICPO》に通報するからな!!」と念を押した上で電話を切ったのだった。

はぁはぁはぁ、と息を切らせて僕はスマホを居間のソファに投げ捨てるものの……よくよく考えてみると現状が何も変わっていないことに気が付いた。

「おいおい、ユースケぇ。なぁんだお前、案外に……イイ男性ホルモン持ってんじゃねぇか。資料を読んだ限りじゃ、てっきり筋肉も何もない軟弱なチェリーボーイだと思っていたが、その様子じゃ違うようだな」

……いったい何の資料を読んだというのか。
「多分生まれて初めてこんなに叫んだよ……」
段ボールで宅配されてきたガチムチは、玄関にあった姿見を居間に持ってくると何故《なぜ》か
またポージングを決め始める。
「おい、ユースケ。何だ、この軟弱なひょろひょろの姿見は。ここにはもっと大きな鏡は
ないのか？」
ちなみにこれが〝サイド・チェスト〟だ、と、身をくねらせるようにして立ち、左手で
右手首を引き寄せるようにして、胸の辺りの筋肉をピクピクと動かしつつも……やっぱり
全身に力を入れ、爽やかな笑顔で彼は言った。
「……ふ、風呂場《ふろば》のが一番デカいよ……」
「お、そうか。こんな軟弱な鏡じゃおれのたくましさが映しきれねぇからな。これしか
ねぇって言われたら今後の生活に支障を来すとこだ。んじゃちょっくらキメてくるぜ！」
マッチョはグッと親指を立てて笑顔を見せると、胸を張り、〝リラックス〟の状態で優
雅さを漂わせつつ居間から出ていった。
「……まさか、本当にこれで僕の恋愛生活保護おしまいってわけじゃ……絶対手違いでど
こかのマッチョ好きな女か、同性愛者辺りに扶助されるはずの人が我が家に来てしまった
んだろうな、きっと。うん。月曜になればきちんとした確認と手続きが出来るって石原さ
んが言っていたし……。あ、そうだ、確か以前貰《もら》った資料に詳細な扶助内容があっ……

ん？」

僕の顎先から汗が一滴垂れた。

今、あのマッチョ……何て言った？

〝ちなみにこれがサイド・チェストだ〟

うん、違う。その後だよ！　ボディビル用語とかどうでもいいわ！

〝これしかねぇって言われたら今後の生活に支障を来すとこだ〟

「こ、今後の生活……？」

何故我が木村家の姿見のサイズが、今後のマッチョの生活に支障を来すというのか。

いやいや待て待て……！

僕は高速で再び区役所に連絡し、石原さんを出させ、即座に家にいるマッチョを引き取るように要請した。

『えっとぉー、さっきも言ったんですけど今は業務時間外なのでぇ、きちんとした手続きは明日以降になるんですよぉ。ですので、えっと、マッチョマンですか？　手続きが終わるまではその彼と暮らしててくださいよ。私達だけじゃ判断つきませんし～、それにぃ、きっと男同士の生活もいいものですよ～♡　新しい発見があるかもですよ～？　それでは～♡』

……そして、電話は切れた。何だよ、新しい発見って……。

いったいこれから何が始まろうというのか。

そして僕が申請したのは、本当に恋愛生活保護なるものであったのか……？

「ハッ!!　……フンッ!!　……セイッ!!」

風呂場から聞こえてくるたくましくも野太いキレのある声を聞きながら、僕は一人恐怖したのだった。

3

「お？　おぉーい、何だよ、ユースケぇ～。珍しくご登校なさったんだなぁ」

ケラケラと笑いながら、クラスメイトが僕の机を蹴《け》りつけつつ、自分の席へと向かっていった。

最前列の廊下側――隅っこのその席になってからというもの、椅子《いす》か机か、はたまた僕自身が蹴られるのは朝の挨拶《あいさつ》のようなものだった。

僕は俯《うつむ》いて耐え、机が蹴られたらそれを直し、教科書類が吹っ飛んだら拾いに行き……そんなことを繰り返すのが、高校に入ってからの僕の日常だった。

だからあんまり学校になんて来たくはない。来る時もいつもはHR《ホームルーム》が始まるギリギリに来る。

……けれど今日は朝一に来たので、フルコースだ。本当のヤンキーになる覚悟もないような、チャラい連中が珍しさから僕の机を蹴っていく。

でも、それでもいいと思った。

……家で、見知らぬマッチョと二人っきりよりも。

何か、怖いもの。もし彼が同性愛者のところに行くはずが間違って僕のところに来たとしたら……ライオンの檻《おり》の中にうさぎも同然だもの……。

「……でも僕なんて、同性にだって相手にはされないんだろうな、きっと……」

俯き、早くHRが始まるのを期待して耐えていると、教室から出ていこうとする隣のクラスの速瀬《はやせ》守《まもる》君が僕の鞄《かばん》を蹴りつけて廊下へとぶっ飛ばした。

中身をぶちまけながらサッカーのドリフトをするように鞄を蹴っていくので、僕は彼の後ろに付きそうようにして、中身を拾い集めていく。

ガタイのいい、チリチリパーマをかけた長髪の彼は、キレると手に負えない、ヤバイ先輩らとつるんでいるとかいろんな噂《うわさ》があって、悪い意味で入学当初より学校内で一目置かれている奴《やつ》だった。

……そのくせして、テストでは僕より成績がいいっていうクソ仕様でもある。

隣のクラスに着く頃《ころ》には僕の鞄は空っぽになっている……はず、だった。

「あん？　何だ、コレ……生活……保護……？　何だよ、お前、貧乏なのか？　そんなザマで、さらに家に金もねぇってんなら悲惨過ぎて笑えんな？　はははははっ」

最後に出てきたのは生活保護の要項が書かれたフォルダだ。家だとマッチョがうるさかったので持ち出してきたのだけれど……それだけはまずい。

慌てて取り返そうとするものの、速瀬君は特に興味なさげにフォルダを鞄ごと廊下の隅にあるゴミ箱に向かって蹴りつけただけだった。

「おい、もうHR始まるぞ！　何してる！」

いきなり担任の声が飛んできたので、僕は慌てて鞄とフォルダを拾い、教室に戻る。

「……危ない危ない。やっぱり大事なものは学校に持って来たらいけないな」

担任が早速HRを始めて何か言い出し始めるも、それを無視して僕はフォルダを見やる。どうせいつもどうでもいい話をしたがる堅物教師で、僕など相談しても「お前が悪い」「それも青春だ」とかで片付けてしまうような奴だもの。

僕を気にも掛けていないのだから、僕も気に掛けないでいいはずだった。

フォルダには恋愛生活保護を受けるに当たっての詳細な説明があれこれ面倒臭く書かれているのだけれど……そこはどうでも良かった。

問題は僕に扶助されるはずの現物に関しての項目だ。間違ってもそこにはガチムチ、マッチョ、濃縮男性ホルモンとかの文字はない。

あるのは……ただ、恐らく本来扶助されるはずだった、女性の名前。

――鳳来寺《ほうらいじ》ユリ。

「みなさん、初めまして〝鳳来寺ユリ〟と言います。仲良くしてくれると嬉《うれ》しいです」

「はぁ!?」

耳に飛び込んできた言葉に、僕は素《す》っ頓狂《とんきょう》な声を上げてフォルダから顔を上げる。

そこには赤く長い髪をした、僕らのとは違う制服《セーラー》を来た……綺麗《きれい》な女性がいた。

普段は存在感を消している僕が声を上げたことでクラス中の注目が集まる。

担任、そして……当然のように、赤髪の鳳来寺ユリもまた。

僕もまた鳳来寺ユリと名乗った女を見る。

そして、彼女は目を見開き……何故か一歩、後退《あとずさ》った。

「……き、木村《きむら》……ユースケ……？」

何だ知り合いか？ と、担任が訝《いぶか》しそうな顔をするが、僕も彼女も、お互いの顔から視線を逸《そ》らせない。

衝撃的な驚きが、喉《のど》を塞《ふさ》ぐ。何一つ言葉が出――。

「……ガ、ガチホモ……」

「僕はホモじゃない!!」

言葉はジェットエンジンのような勢いで飛び出ていった。

生ポアニキ

NAMAPÔ ANIKI

リア・リラックス

リラックス

「アニキって、呼んでくれてもいいんだぜ？」

「……嫌です」

我が家の居間のテーブルを挟み、マッチョが最高の笑顔と共にそんなことを言い始めた。

より正確に言うのなら、正座しつつの〝ダブル・バイセップス〟という、ボディビルやマッチョを想像した時に、一番に頭に浮かぶであろう、あの両腕を掲げて力こぶを見せるポーズをしながら、パンツ一丁で、述べ始めた。

窓から差し込む朝日に、マッチョの上腕二頭筋——力こぶが鈍く、そして彼の白い前歯が眩《まぶ》しく光る。

「……あの、もう三日目ですし……いい加減、その、来た理由とか、お名前とか……」

「アニキって、呼んでくれてもいいんだぜ？」

「あの……」

「アニキ、で、いいんだぜ？」

僕は正座したまま、俯いた。

そりゃ、一昨日こそ世界的テロリスト石原《いしはら》&ツッチーにブチ切れ、生まれて初めて殺意の波動に目覚めたものの……元々僕は生まれてこの方、人に怒鳴ったりとか、喧嘩《けんか》したりとかしたこともない軟弱なもやしだ。

昔は理知的で他《ほか》の人間よりも冷静なんだと思い込み、なけなしの自尊心を守ったりもしたけれど……高校生にもなれば、そんなものただの無意味な思い込みに過ぎないとわかって、それを受け入れてもいる。

だから、というか、当然ながら……サカワ急便で宅配されてきたゴリゴリのマッチョを前に、出ていけ！　とか、間違っても言えない。それどころか何者なのか、どうして一昨日からパンツ一丁なのか、パンツから漂うあのフローラルな香りはどうやって生み出したのか……そして、何故《なぜ》アニキと呼ばせたがるのかを問うことなど出来やしなかった。

……とはいえ、アニキとも呼びたくないけども。

「お？　ユースケ、そろそろ学校に行く時間じゃねぇか。遅刻すんなよ！　……お、そういやお前、昼はどうしてんだ？　飯だよ、飯」

「……え？　購買で……」

「いけねぇなぁ。どうせ菓子パンや焼きそばパン、はたまたコロッケパンとか喰《く》ってるんだろう？」

……何故この三〇前後と思《おぼ》しきマッチョは僕の昼食を的確に言い当てたのだろうか。

「いいか？　ありゃな、糖質と脂質のお化けだぞ？　そのカロリーたるや、まさに地獄のカーニバルだ。今は若いからいいと思っているかもしんねぇが、気が付くとその腹に悪魔が住み着くぜ」

完全に炭水化物を断つのもいけねぇが……と、何か語り出したので、僕は左から右に聞き流すに徹した。

今日はもう火曜日だ。さすがにそろそろ区役所から何らかの連絡があって、すぐにこのマッチョを回収してくれるはずだから……今さえ耐えれば、きっと……。

何せ、昨日クラスに……彼女が、来たのだから。

そう、彼女は……カノジョなのだ。

——鳳来寺ユリ。

何か、明らかに僕より身長が高くて、気の強そうな目をして……ちょっとおっかない感じだけれど、でも、凄《すご》く綺麗な人だったなぁ……。

僕が期待した、素朴で優しく猫好きで苺が好きで、甘い匂《にお》い漂わせる銀髪で低身長で、病弱なせいで初恋もしたことがない浮き世離れした色白の処女で料理上手で縞《しま》パン装備のドジな猫耳の似合うピアノが特技の美少女とはちょっと……いや、かなり違うけれども、それはそれとして、綺麗な子だった。

目の前の爽やかマッチョに比べれば、何億倍も僕の好みに近いと言える。

……まぁ、女の子だし。

「まぁ、そんなわけだから今日はともかく、明日からはおれがユースケの昼飯も面倒見てやるぜ！」

……何故だろう。何だか、今、凄く怖いことを言われている気がする。

明日から、って出来れば今すぐにでもこの関係をどうにか終わりにしたい気分で満ち満ちているんだけれども……伝わらないか、彼には。

とりあえず区役所とかが対処するまでは同居し続けないといけないとはいえ……出来ることなら必要以上の関係を持ちたくはない、というのが正直な気持ちだった。

早くこの場から逃げ出したい気分だったのに加え……丁度窓の外を赤い髪の女性が歩いているのを見つけたことで、僕は、立ち上がった。

「あ、あ、あのさ、も、もう学校に行く時間だから……とりあえず帰ってきてから、その話をするってことで……お願いします。それじゃ」

「おう、それもそうだな。帰ってきてから……たっぷり、濃厚に、なっ！」

どうしてなのかわからないけど、マッチョからたっぷり、濃厚……といった単語が出てくると、もの凄くハードコアなイメージになるのは僕だけだろうか。

逃げるように自宅を後にし……いやまぁ、見知らぬ人を残して家を出るってよくよく考えるとかなり怖いことだけれど、追い出す術《すべ》もないので、出来るだけそのことを考えないようにしつつ……僕は、鳳来寺ユリを追った。

彼女はまだ僕らの学校の制服《ブレザー》が用意できていないらしく、未《いま》だセーラーだ。それに赤髪で美人とあれば自然と目を引き……行き交う街の人々すらも振り返る。

今の僕のカノジョなんっすよ……とか、スゲー調子こいて言いたいのを堪《こら》えつつ、僕は振り返る人々の視線の先へと急いだ……のだけれど……。

実際、どうしたものだろう。

もう彼女の後ろ数メートルのところに追いついたわけだけど……女性に声をかけるって、よくよく考えると相当に難易度高いよね。

しかも朝の登校時。渋谷《しぶや》・原宿《はらじゆく》辺りを拠点に日夜鎬《しのぎ》を削る百戦錬磨《ひやくせんれんま》のナンパ師だってこの時間帯は躊躇《ためら》うじゃない？

そこに苦節一六年、浮いた話どころか明るい話が基本なくて、家族が出ていった後は週一でカウンセリングに通って、何かマシになることもなく、最近の生活状況を報告するだけで、相変わらず今も半不登校な状態の僕には……ちょっと、難易度が高かった。

僕は彼女の後ろ姿を眺めながら、ただひたすら、無言でついていく。

……足、長いなぁ。体も細くて……凄く、綺麗だなぁ。……でも病弱とか、そういう雰囲気じゃないな。スポーツとかやってるのかな。無駄なく引き締まってるって感じだ。スカート越しのお尻《しり》、何か凄く健康的な張り具合で……いいなぁ。……身長、どのくらいあるんだろう。僕より明らかに大きいから一六三とか？　もう少しありそうな気がする。

……あ、やっぱり、そうだ。このかすかに感じるいい匂いって、彼女からだ。髪かな？　甘い匂いじゃないけど、凄く清潔感のある石鹸《せつけん》みたいな、そんな匂いで……。

「ほ、本当に……こ、こんな素敵な人が……カ、カカカ、カノジョに……？」

好みとは全然違うけれど、美人を前にすると男なんて、基本何でもいいものなのかもしれない。特に僕みたいに選ぶ権利を持たずに生きてきた男なんて……。

彼女が恭《うやうや》しく僕にかしずいたりとかしてくれたら……はぁはぁ。

あれやこれやをさせてくれたり……とか……？　はぁはぁ。

ど、どうしよう……興奮してきたぞ。ま、まず落ち着かないと。

こんなにガン見したまま追跡していたら、周りからおかしく思われる。しかも揺れるスカートをメインに見ているとか、いつ通報されてもおかしくない。

僕はいつものように、自分の足下だけを見るように俯《うつむ》いて歩く。酷《ひど》い猫背のせいもあってか、こういう歩き方が一番楽だった。

昨日は何故か僕をガチホモと呼んで恐れおののいていて、結局何も話せなかったけれど……今日は、学校に着いたら勇気を出して話しかけてみようかな。

だ、だって、向こうも僕のことを知った上で扶助《ふじょ》しに来たわけだから、知らない関係じゃないわけだし、ある意味ではもうＯＫってわけだし……ん？　ってことを考えるに……うちにいるマッチョは何なんだろう？

有効且つ適切とは言えないまでも、二重扶助になってる気がする。でも僕のことを知っていたし……そうなると、やっぱり区役所の手違いでマッチョのところにも僕の資料がいってしまっていて……それで鳳来寺《ほうらいじ》さんとマッチョそれぞれが……ということだろうか。

うん、そう考えれば全《すべ》てに納得出来る。

……だとしても段ボールで宅配されてくるのはおかしいとは思うけれど。

「……あのさぁ」

「ん？　うわっと……！」

急にスッと透き通った声が聞こえ、あの石鹸のような清潔感のある匂いが鼻腔《びこう》一杯に拡《ひろ》がり、そして……僕の額が何か硬いんだか柔らかいんだかわからない妙なものにぶつかって、思わず反動で尻餅《しりもち》をついた。

「ちょっ……ちょっと、ちゃんと前見て歩きなって！」

その声に、額を押さえながら地面に尻餅をついたまま見上げてみれば……胸元を押さえて顔を赤らめた、鳳来寺さんが、いた。

尾行がバレ……いや、待て、それよりも……今、僕が額に触れたものって……ひょっとして……？

「あ、あ、ご、ごめんなさい。ぶつかっちゃって。……えっと、ぶつかった、よね？」

立ち上がってみると……うん、僕が俯くと丁度額の位置に、彼女の何気に結構いい感じのサイズのおっぱいが……。え？　でも、ふにょんっていうような感触はあんまりなくって……でも、目の前の感じからするにまな板なんてわけがないし……あ、でも弾力は確かにあって……ひょっ、ひょっとして……あの伝説のブラってヤツか!?

そうか！　ブラだな!?　おっぱいと僕の間には制服とブラがあって……それであのちょっと硬いような感触か!?　確かに僕を跳ね返すぐらいの弾力はあったもんな!!

やった、僕の人生においての初パイ・ヘッド・タッチだ!!

「よくよく考えてみれば、何故かお色気系マンガやアニメって、服が破けたり脱衣したりする瞬間、基本ブラつけてないんだよね……。乳首立ってたりとかデフォだもん。制服の下が即素肌っていうのは、よくよく考えてみるとかなりおかしいけれど……何でなんだろう。ね、どう思う？」

頭上から鳳来寺さんの鞄《かばん》が叩《たた》きつけられ、僕の眼鏡が地面を転がり、それを追うように僕の体もまた地面を転がった。

「……アンタがクズ野郎だってのは、わかった」

頬《ほお》をピクピクと痙攣《けいれん》させながら、鳳来寺さんが道に尻餅を突いている僕をゴミでも見るような目で見下ろしながら吐き捨てる。

「あのさ、とりあえず学校じゃ、生活保護《せいかつほご》のこと……黙ってて欲しいんだよね。とりあえず、それだけは約束して欲しい」

「……え？　あ、あ、う、うん、わわ、わかった……けど……うん、いや、うん……」

僕が了承するなり、鳳来寺さんは踵《きびす》を返し、僕をその場に置いて行ってしまうのだった。

「……しまった、生まれて初めての経験で……思わず……あぁッ」

今まで女性ときちんと接触したことなんてなかったから……つい、きょどってしまって、あぁ、くそ、失敗した。

ラブコメとか恋愛ものの主人公みたいに、もっとうまく出来なかったんだろうか。

そう、具体的に言うなら……おっぱいに顔を突っ込ませたままモゴモゴとたっぷりとその感触を堪能《たんのう》しつつ喋《しゃべ》ったりとか出来なかったのか!?

千載一遇のチャンスだったのに……！　偶発的な事故、言うなればラッキースケベだ、それなのに……僕は、僕は……クソォ!!　どうしてっ……どうしてもっと鳳来寺さんのあのおっぱいを堪能しなかったんだ!!　一六年生きてきたのはあの瞬間のためとかじゃないのかよ、クソォ……!!

「……ふぅふぅ……。でも……」

僕は額に手を当てる。

ここに同級生の……美人さんのおっぱいが触れたというのは事実だし、そこには間違いなく胸高ぶる感動があって……ヤバイ、ニヤニヤが止まらない。

尻餅を突いていた僕はそのまま後ろに倒れて地面に仰向けになると、空を見上げた。

春の良く晴れた青い空……。初めてのパイ・ヘッド・タッチには最高の――あ、靴底。

「うわっ!!」

眼鏡がないせいか、思いっきり顔面を踏まれ、続けざまに腹に蹴《け》りを喰らう。

「おい、ユースケ、何だい今のは。ストーカーでもしているのかい？」

「そういやお前、昨日なんかお互いに知ってたみたいな感じだったよな。……あのホウダイジだかっていう転校生と、知り合いなわけ？」

僕を踏み、蹴りつけたのは……クラスメイトにして、僕をいじめる筆頭でもある、福耳の恵比寿《えびす》君と面長の渋谷君だった。

渋谷君が僕の胸ぐらをつかみ、簡単に宙へ持ち上げた。

地黒の恵比寿君がサンドバッグを相手にするように、僕の尻を拳《こぶし》で叩く。

「知り合いかって、訊《き》いてんだけど?」

渋谷君にドスの利いた声をかけられ……僕は……呻《うめ》いた。

1

「おぅ、どうしたユースケぇ、三角コーナーで腐ってるもやしみたいだぜ? フンッ!! ハッ!! 顔に傷もあるじゃねぇか。ン〜ハッ! どうした?」

マッチョにとってダンベルは、ちょいとお洒落《しやれ》なファッションアイテムだ。

どこから手に入れたのか知らないけれど、帰宅した僕を出迎える、肌に汗を浮かべながら両手に巨大なダンベルを持っていた彼を見るなり、そう思った。

不自然なまでに似合っているし、相応のマッチョが持っていると銀色にテカるダンベルはちょっと格好良く見える。

「……ちょっと、ね」

「暗い顔しやがって。……よし、ユースケ、いいことを教えてやろう。そういう時はな……筋トレだ。持ってみろ」

「え? あ、いや、ちょっ……おぁお!?」

軽く手渡された銀色のダンベルではあったが……クソ重い！　一つ一五キロ？　ちょっとした子供並みじゃないか！　こんなの僕が持てるわけな……でも落としたら居間の床に穴が……!?

「ぐぅうぅぅうぅっ!!」

「ふははは！　いいぞ、ユースケぇ。いいファイトだ。それ、もう一つだ」

「ちょっ、ダメ、絶対無理だから!!」

「ったく軟弱なボディだな。よぉーし、それじゃ、一つを両手で持ってだな、真っ直《ま　す》ぐ立って胸を張った状態でぶら下げろ……そうそう、それでいい。それで、腰を曲げずに、仁王立ちしたまま、首の高さにまで引っ張り上げるんだ。……なに、できねぇ？　おいおいおい、ったく、仕方ねぇな。それじゃ鳩尾《みぞおち》まででいい。……よし、ゆっくり下ろせ。それ、もう一回持ち上げろ。ゆっくりだ。それっ！　どうした！　出来る、お前なら出来るぞ!!」

　そんな無責任なことを言われるものの……僕は踏ん張り、ひたすらにダンベルの上げ下げを繰り返す。

「いいぞぉ、ユースケぇ。これを繰り返していけばお前はあっという間にタフガイの仲間入りだ。それ、一……二……一……二……!!」

　四回を超えた時点で僕の上半身の筋肉全域が悲鳴を上げ、五回目でぶっ倒れそうになった時、噴き出た汗もあって手からダンベルが落ちかかる。

「あ、ヤバッ――！」

手から外れ、重力に引かれて加速する一五キロのダンベル……その先には僕の、足。

思わず出かかった悲鳴が喉《のど》に突っかかる。

だが、そのダンベルを大きな手が簡単に受け止める。僕の前に立っていたマッチョが尋常ではない速度でしゃがみ、手を伸ばし、軽々と握り取ったのだ。

「……ふぅ。ナイスな踏ん張りだったぞぉ、ユースケぇ。次からは気合いと共に声を出すといい。いつも以上のパワーが出るぜ」

「……は……はい。すみません」

「ユースケ、何故《なぜ》謝るんだ？」

ポンっと、大きく温かい手が僕の肩に置かれた。見上げるマッチョは、凄《すご》く大らかで、優しげな笑みを浮かべていて……思わず、眩《まぶ》しくて僕は俯いてしまった。

「とりあえず、ナイスファイトだった。……さぁハグをしよう」

「……はい？」

「ユースケのナイスファイトを称《たた》えての、勝利のハグだ。さぁ！」

何が勝利か、と思ったものの……。

ダンベルを置き、両腕を広げたマッチョ……というか、肉の壁が迫り、有無を言わさずに僕を包む。

そこに逃げる隙《すき》などない。……僕は、肉に、包まれた。

制服越しに感じる、汗で湿ったプリプリとした肉。

太い腕、厚い胸板、立派な首筋、そしてホットな体温……男の僕でさえたくましいと素直に感じてしまうその肉体は、ぎゅっと抱きしめられると……あ、何か、フローラルな香りが……。

「ふぅ～、ハグはおしまいだ。……汗をかいたな。シャワーでも浴びるといい。その間に晩飯の用意をしておいてやるぜ。材料はおろか調味料とかもろくなもんなかったから、簡単なもんしか作れねぇが」

「……あ、ありがとうございます」

フローラルな移り香を感じながら、思わずお礼を言ったものの……な、何だ、このフローラルなのって。

ま、まさかあのマッチョの皮膚から分泌していたりするのか？　だから、あのパンツはあんなにも――。

ぞわわわわっと、全身に鳥肌が立ち、僕は身をくねらせた。

……どうせバレやしないと、つい出来心で悪いことをしたからバチが当たったのかもしれない。

「でも……何だろう、この感じ……」

ふと気が付くと、わずか三日であのマッチョが我が家に馴染《なじ》み始めている……。

考えてみるに、かなり怖い状況ではないだろうか。唐突に全裸でやってきたマッチョが、未《いま》だ名すら教えてもらえないままに共同生活と筋トレ指導に手作りご飯をって……。

とりあえず全身びちゃびちゃになるぐらい汗をかいたので、シャワーは浴びた方が良さそうだ。さっきのぞわわわわっのせいで、鳥肌立ってるし。

「うっ……たった数分なのに、全身が……。こりゃ、明日筋肉痛になるな……」

そんなこんなでキッチンから一年ぶりぐらいに包丁の音が聞こえる中、僕は軽くシャワーを浴びる。

……そういえば、居間はもちろん、廊下やこの風呂場《ふろば》も何か綺麗《きれい》になってる……？

ガラクタやゴミがなくなったのはもちろん、掃除までしてくれていたようだ。

「……何なんだろう、あの人。いったい何が目的で……」

泥棒とかではない、とは思う。家に金目のものがあるとすれば僕の部屋にあるパソコンぐらいなものだし、親から送られてくる生活費は当然銀行だ。そしてその通帳やハンコはしっかり保管してあって、大丈夫そうだし……うーん？

でももし……本当に生活保護に何の関係もないただの不審者だったりしたら……うん、どっちみち僕一人じゃ絶対に手に負えないか。あそこまで仕上がっているマッチョを相手にするには国家レベルの武力が必要だ。

あの石原&ツッチー共《テロリスト》め、早く対処して欲しいんだけどなぁ。

暇を見つけては連絡しているけれど、結局「今手続き中」「問題ないようでしたら今しばらくそのままで」と返事が来るばかりだ。……誰《だれ》がどう見ても問題がないわけなかろうに、と思うんだけれど、電話越しでは伝わらないんだろうな……。

これだからお役所仕事は嫌になる。民間を見習って欲しいよ、まったく。

「おぉ～い、ユースケぇ、ちょっとこっち来いよぉ～」

シャワーを浴び終わり、体を拭《ふ》いているとマッチョの声が聞こえたので、僕は腰にタオルを巻いて居間へと向かう。

一人暮らしが一年も続くと着替えを脱衣所にまで持ち込まないので、仕方ない。

男同士だし、まぁ別に——。

「……良くないよね」

マッチョの声の下へ犬のように何も考えずに向かってしまった自分も迂闊《うかつ》だと思うのだけれど……玄関だよね、そこ。

そしてそこにいるのは……ガタンっと玄関扉に背を押しつけ、目を見開く鳳来寺《ほうらいじ》ユリなわけで……。

「……や、やっぱり……アンタって……」

うん、タオル巻いただけの僕の情けない体を晒《さら》しているのもアレだと思うんだけれど……ぶっちゃけ今はもう、そこはどうでもいいんだよね。

やっぱり、一番の問題は——。

「ユースケ、お客さんだぞ？」

鳳来寺さんを招き入れた、マッチョの存在だった。

先程同様のパンツ一丁……なら、まだいいのだけれど……大阪《おおさか》でしか手に入らないような、ひらひらのついた真っピンクのエプロンとか着てんのな。

そして胸元には『I LOVE HEALTH《アイ・ラブ・ヘルス》』の刺繍《ししゅう》があって……。そこにシャワーを浴びて腰にタオルを巻いた僕が加わると……うん。

一つ一つはおかしくはなかったとしても、これらが揃《そろ》ってしまうと誤解が生まれないわけがなかった。

2

我が家に同級生がいるっていうのは、凄いことだ。しかもそれが美人な女の子ともなれば、尚更《なおさら》である。

多分、僕の人生において初めての展開じゃなかろうか。

世の中のルールとして、独り身の男の家に女の子が来ようものなら……それはもうそういうものだ、とする世間一般の認識があると思うんだけれど……この場合どうなるんだろう……？

……横にパンツ一丁でアナーキーなエプロンを纏《まと》ったマッチョがいるっていう……ね。

居間のテーブルに僕と鳳来寺さんの分のお茶を用意したと思ったら、平然と僕の隣に座るし……折角目の前に美人の同級生がいるのに、男女の空気なんてものは皆無だった。

テーブルに両腕の肘《ひじ》を突き、頭を抱えてしばし苦しげに唸《うな》っていた鳳来寺さんがようやく顔を上げた。

「じゃ……アンタが実はガチホモで、未成年でありながらそれ系専門の大人なお店に連絡して、トップクラスに仕上がったキャストを呼んで、これからお楽しみだぜヒャッハー……っていう、タイミングじゃなかったわけね？」

「う、うん。わかってもらえて、嬉《うれ》しいよ、凄く」

……何だよ、ヒャッハーって。

「おい、ユースケ、それ系の店って……何だ？」

……頼むから野太い声で介入してこないで欲しいなぁ。当たり前のように隣でまた〝ダブル・バイセップス〟をして、両腕で力こぶ作ってるし……。

「えっと、その……多分、あなたみたいな人が家にやってきて、その……なんかこう、健康《ヘルス》的なこととか、いろいろしてくれるお店のことだと思います……」

「あぁ、なるほど。ベンチプレスの補助とかだな。一人でやると危ないが、付き合ってくれるパートナーやトレーナーが常にいるとも限らねぇ。はははは、世の中にはいろんな商売があるな！」

あの、いいですか？　と、鳳来寺さんが異様に深いため息と共に言った。

「今のはあたしの誤解だった、ってのはわかった。……それじゃあさ、ユースケ……この人、誰？　資料じゃアンタ一人暮らしで友達もいないってあったんだけど」

「……それは、僕も訊《き》きたいんだよね……。まだ名前もわからないし……」

「鳳来寺ユリって言ったか？　遠慮なく、アニキって、呼んでくれてもいいんだぜ？」

「嫌です。……っていうか、まずその格好、どうにかしてください」

「おぉっと、こいつぁいけねぇ!!　おれとしたことが、恥ずかしい。つい飯の準備したままの格好だったな。これは失礼した」

アニ……違う、マッチョが大胸筋を見事に張りつつ、すくっと、〝リラックス〟の状態で立ち上がる。

第三者の意見ってのは大事だな。僕が言ったんじゃ聞いてくれなかったけど、ようやくこれで肌色の量が減――。

「ふぅ、これでＯＫだ」

いや、増えたね、圧倒的に肌色が。

「何でエプロンを脱ぎ捨てたんだよ!?　何がＯＫなの!?」

「おいおいユースケぇ、筋肉の鎧《よろい》を纏う戦士は、裸に近い方が正装と言える。鍛え上げた筋繊維一本一本が誇るべきものだ。本当のことを言えば、このパンツだって脱ぎ捨ててしまいたいぐらいだぜ？」

パチンッとパンツのゴムを鳴らすと、彼は再び〝ダブル・バイセップス〟を始めた。

「……今、あたしの中の常識が揺らぎかねないレベルで、いろいろ混乱しているんだけど……えっと、どうしたらいいんだろ？」

「これはこういうものだとして、一旦《いったん》無視して本題に入るのが一番かなって思うけど……」

「………………………………………………………………おーけー、わかった。これはもう、そうしないと話が進まない感じだもんね。うん、オブジェだと思い込……む……」

　ちらりと僕と鳳来寺さんは二人して、笑みを浮かべるマッチョを見上げた。

　都内郊外にある住宅街の一軒家、その居間で仕上げたボディで〝ダブル・バイセップス〟を決めている置物《オブジェ》というのは、相当に違和感があったが……鳳来寺さんは「……うん、おっけ」と何かを乗り越えたように、その視線を僕に向けてくる。

　僕はといえば……人と目を合わせて喋《しゃべ》ることなんて出来ないので、思わず視線を逸《そ》らすのだけれど……自然と行き先は彼女の何気に大きな胸に……はぁはぁ。

「……あのさぁ。あたし、朝、言ったよね？　生活保護《せいかつほご》に関しては秘密にって。……アンタ、何でその日の内にバラしてくれてんの？」

「あっ！　そ、それは……その、恵比寿《えびす》君と渋谷《しぶや》君に、その……知り合いなのかって……それならどういう知り合いなんだって……その、訊かれて」

「……はぁ～。訊かれたからって、すぐに答えないでよ。これから一ヶ月、今日みたいなこと言われ続けなきゃいけなくなっちゃったじゃん」

　鳳来寺さんは苦虫を噛《か》みつぶしたような顔で、頭を抱えた。

「あの……何か、言われた……の？」

「……いくらなの？　だってさ。ふざけてる」

「あ……それは……」

恋愛生活保護で、一番叩《たた》かれていることだった。

端からは、税金を使って異性を宛《あて》がっているように、どうしても見えてしまう一面がある。だから公的な風俗サービスなのではないのか、と疑われ、施行の前後でネットはもちろん、マスコミにさえ散々言われたことだった。

もちろん、そんな風俗的な意味合いのあるシステムではない。心理テストやカウンセリング、身体特徴、DNAレベルでの検査の結果、互いの好みや相性の良いとされる結果の出た二人を出会わせるようなシステムであり……言ってみれば公的な結婚相談システムみたいなものである。

……世間で悪口を言われるようなものじゃない。

何より……僕のように、このままでは結婚はもちろん恋人など出来ず、片想《かたおも》いすらままならない人間でもない限りは受給資格が与えられないのだ。以前の生活保護のように申告していない仕事や資産を隠し持っていたり、酷《ひど》い場合には何重にも申請して違法に受給している悪い奴《やつ》らに喰いものにされないために、本当にフォローを必要とする人に国の手が届くようにと審査は厳しいものになっている。

それなのに安易に悪く言うのは無知の証明だとする反論をこの恋愛生活保護を推進した議員さんとかが声高に叫んだらしいけれど……結局、世間の認識は変わっていないのが実状だろう。

僕も今日、散々に言われたのだから……。

税金の無駄遣い、税金ドロボー、俺達の金で女を抱くのか……とか。

あぁ……でも、僕が言われたってことは鳳来寺さんも言われているのだと考えるべきだった。

「ご、ごめん……つい、その……イテッ！」

鳳来寺さんの指が、僕の頬《ほお》をグイッと押した。そこは今朝方恵比寿君に踏みつけられて擦り傷になっている場所だった。

「どうせ暴力振るわれて、それで……とかでしょ？　そんなことだろうと思った。朝、そんな傷、なかったよね」

憂鬱《ゆううつ》そうな顔で言うと、鳳来寺さんは苛立《いらだ》たしげに頬杖《ほおづえ》を突いて窓の外を見やった。そこには草が伸び放題の庭があるばかりで、特に見るべきものなどないけれど……多分、僕やマッチョを見るのが嫌だったのだろう。

僕は触れた頬の傷跡に、手を当てる。

……僕なんかに女性が自分から触ってくれたのが、少し、嬉しかった。

「……一ヶ月が憂鬱……仕方ないといえば、そうだけど……」

一ヶ月？　と、僕が聞き返すのを無視し、彼女は立ち上がる。

「で……結局、これは何なわけ？」

鳳来寺さんの中で愉快な置物というカテゴリに置かれたのか、彼女はポーズを変えたマッチョを呆《あき》れ顔で指さした。

「これか？　これは〝オリバー・ポーズ〟と呼ばれるものだ。かの有名な〝ミスター・オリンピア〟で若きアーノルド・シュワルツェネッガーと激戦を繰り広げたセルジオ・オリバが最も得意としたこのポーズは、掲げた両手を拳《こぶし》にし、腕全体で白鳥の首のようにくねらせて優美さを演出するのがコツだ。……生半可なボディの奴がやると、逆に貧相に見えちまうから注意が必要だぜ？」

——知らんがな。

心の底からそう思うものの、それは鳳来寺さんも同様だったようだ。

彼女は頭痛でもしたかのように頭を振って、玄関へと向かっていく。

僕は慌てて彼女を追い掛けた。

「あ、あのさ……い、一応、その、僕らって……その、国が相性がいいって保証した関係で……だから、その……」

「だから、なに？」

鋭い目つきで振り返られ、僕は固まった。

そして、やっぱり彼女の顔なんて見ていられなくて、足下へと視線が落ちていく。

「ぼ、僕らって……そ、その……つ、付き合……って……る的な感じに……だ、だったり……その……へへッ」

何故《なぜ》か出てきた僕の最後の妙な笑いに、鳳来寺《ほうらいじ》さんは舌打ちした。

「あのね……ユースケ。もう一度資料を読んで欲しいんだけど、必ずしも受給者のパートナーを国が用意するわけじゃないの。単に相性がいいって思われる人間を近くに配置したり、場合によっては連絡先を教えるだけで、それ以上の介入はしない。つまり、どちらかが相手を嫌だと思ったらその時点でおしまいなわけ。わかる？　お互いに普通の一般人ってこと」

責め立てるようにドバッと言われ、僕は思わず体を震わせる。

そんな姿を見てか、まだ鳳来寺さんは何かを言おうとしていたようだけれど、もういい、というように息を吐いた。

「……はぁ。ここに来る前にさ、過去の前例として暴行事件が何件もあったから気をつけろって言われてて……。男って、みんなそんなふうに考えるんだよね、きっと。アンタもあたしを物か何かと同じようにしか考えてないんでしょ？」

確かに、僕みたいなクズならともかく、それなりに体力のある奴だったら……襲ったりもするだろう。自分好みの女の子がやって来て、互いに相性がいいからって、そう言われて、恋愛生活保護っていう建前があるんじゃ……。

自分に与えられたものだから、自分の物だから、何をしてもいいんだ、っていう考え方をしてしまわないわけがない。節操なんてない。愛だの恋だのの経験を促すためのものじゃなく、単に性欲の対象として相手を……。

……確かにそう考えると、わかる気がした。

それらの事件のことも、そしてこの制度が世間から叩かれる理由も。

「ま、制度の維持のために伏せられてるみたいだけど。……でも、そういう考え方って、大っ嫌い。最低だよ。……あの恵比寿だか渋谷だかいう連中も」

付き合ってるんだよね？　と確認しようとした僕も、きっとその大っ嫌いな一人なんだろう。きっと……。

「一応、何かあったら連絡するから携帯番号だけ教えて」

僕は言われるがままに、俯《うつむ》きながら自分の番号を告げた。

一度僕のスマホを鳴らして番号を確認すると、鳳来寺さんは玄関でローファーを履く。そして出ていこうと玄関の扉に手をかけた時……僕の隣にマッチョがやって来た。

「おい、ユリちゃん」

マッチョがたくましげに微笑《ほほえ》むと、全身に力を入れる。筋肉が、張る。身をくねらせると、金属のような硬質の筋肉が擦《こす》れ、軋《きし》み、ギュギュッと音がしそうな程だ。

彼は〝サイド・チェスト〟のポージングを決める。最高の笑みが、顔にはあった。

「学校で声をかけてきた連中に言っておきな。……おれならいつだって、タダで相手になってやるぜ？　ってな」

僕同様に呆気《あっけ》に取られた鳳来寺さんではあったが、その次の瞬間にはクスリと笑って、頷《うなず》いていた。

鳳来寺さんが、出ていく。……好みや期待とは少しばかり違ったけれど、僕と相性がいいと国が保証した美少女が……。

　バタン、と扉が閉じると共に、僕は俯き、そしてため息を一つ。

　待って、と声をかけたりとか、追い掛けたりとか……そういう選択肢が何となく頭に浮かんだけれど……そのどれもが鳳来寺さんに嫌がられる気がして、何も出来なかった。

「どうしたユースケ、元気ねぇぞ？……ははーん、さてはさっきの筋トレで腹が空《す》いちまったんだな？」

「……違うよ……」

「そうか？　じゃ、スクワットだな!!」

「うん、おかしいね。かなり、おかしいね。その流れ、おかしいよね？」

　胸に刻め、ユースケ。マッチョはそうドッシリとした声で言った。

「筋トレは、全《すべ》てを解決する」

　……うん、確信して言うけど、しないよ、絶対。

「覚えたか？　……よし、それじゃこれからおれが体に負担のかからねぇ、ヒンズー・スクワットのやり方を教えてやる」

　肩幅程度に足を開き、膝《ひざ》をつま先と同じ方向に向け、つま先より前に膝を出さずに、やる。それを守らねば膝を悪くするんだそうだ。そして、お尻《しり》を後ろに突き出す感じに重心を落とすものの、決して背中を丸めない。丸めてしまうと腰を悪くする……そうな。

　それら注意事項を聞かされ……お手本を見せられるのだけれど……こう、ね。うん、後ろからのアングルで見せられるとなかなかに来るものがあるよね。

こう、引き締まったケツが何度も何度も僕の前に差し出されたり引っ込んだりするわけで……。

「さぁ、ユースケ、やってみろ！　問題があったらすぐに言ってやるから安心しろ」

半ば強引に、僕はそのまま玄関でスクワットを始めるんだけれど……普段運動しない僕には、これがかなり……しんどい……。

あっという間に膝というか太ももががががが……。

「どぉ〜だ、いーい気分になってきたろぉ〜。ユースケ、笑顔だ、笑顔。……さっきからどうしてそんな暗い顔をしているんだ？」

ふはははっと今にも笑い声を出しそうな程爽《さわ》やかな笑みで、彼は訊《き》いてきた。

どうして、と問われればそりゃ……決まっている。

「そ、そりゃ……僕が、ダメな奴で、だから……その……」

中学の頃《ころ》からいじめられ続けたけれど、それでも何とか保健室とかに逃げたりしつつも、卒業はした。高校に入ればきっとどうにかなるからって思って頑張ったんだけど……でも、結局同じようなものだった。陰湿なのがなくなった分だけマシといえばマシかもしれないけれど、それでも嫌なものは嫌だった。

それで半引き籠《ひこ》もりみたいになっていたら、何も理解してくれない親には「出ていけ」と言われ、それでも引き籠もっていたら……家族の方が、出ていった。世間の目がどうとか書かれた手紙を置いて。

その時から——親が依頼した——カウンセリングにも通っているけれど、何も変わらない。騙《だま》し騙しで学校に行く回数が微妙に増えたぐらいだ。

……代わりに傷と、嫌な気持ちも増えたけれど。

結局、僕はバカで、チビで、やせっぽっちなクセして腹だけ出てて、センスも特技も、まともな趣味すらなくて……ただ、ひたすらに何もせずにグズっていただけだった。

だからこそ、今回の恋愛生活保護《せいかつほご》を先生《カウンセラー》は勧めたんだと思う。

同年代の女の子とろくに会話をしたこともないような僕に、何らかの刺激を与えようとしてくれたんだと、今ならわかる。それで何かが変わるはずだと……。

……けれど、それもこの有様だ。

国レベルの機関が相性を保証した彼女にさえ、僕は嫌われている。

思い出してみれば、あれは確かに僕が悪かったし、軽率で、それで……あぁっ!!

ちょっ……太ももがヤバイ!!　ヤバイ、ヤバイ……ふ、太ももが!?　ふと——!!

「モモガ——————!!」

「よぉし、そこからの踏ん張りだ！　ユースケ、あと一〇回だ、あと一〇回だけやるぜ！

諦《あきら》めるな、一緒にヤろう!!　それ、一!!　……二!!」

「無理無理無理無理無理もう無理だって!!」

「ほら、おれの動きに合わせろ、ユースケ！　置いて行っちまうぞ!?」

あぁ、畜生、何だコレ!? 何なんだよこの展開は!? 何で僕はオッサン一歩手前のマッチョと玄関でスクワットしてんだよ!?

女の子というか恋人をゲットするための制度で、何で僕はオッサン一歩手前のマッチョと玄関でスクワットしてんだよ!?

「いいぞ、ユースケ! ナイスな汗だ!! セイヤッ!! 三だぁ!! ユースケ、声を出せ!! 四ッ!!」

何だよ、何なんだよ!? 畜生、クソ、何でだよ、どうして、クソがぁあぁあああぁ!!

筋トレなんてしたくない、スクワットなんてしたいと思ったことなんて一度もない……なのに何で女の子に大っ嫌いだって言われて、しんどい時にこんな……くそ、くそくそくそくそくそくそくそ……!!

「くそおおぉおおぉおおぉおおぉおおぉおおぉおおぉあおおあおぉおぉあおおあおぉお!!」

「五!! あと五回だ、いける、いけるぜっユースケ!! いい汗かいてるっ、流れてるっ!!」

膝が震えてる。全身から汗が噴き出て、顎《あご》から滴っている。

「形振《なりふ》り構うなっ、ここはおれとお前だけの世界だ! 何も躊躇《ためら》うな、思う存分に乱れちまいな! そして、最後まで一緒にいくんだ!! 六ッ!!」

もう何もかもが嫌だ。こんなの間違ってる。何でこんな辛《つら》いことしないといけないんだ。どうして、どうして、どうして……もう、何で嫌なのに……くそぉ……!!

筋トレなんて嫌いだ。スクワットなんて嫌いだ。こんなマッチョなんて大嫌いだ。

……嫌だって思っているのに、大人しく従っているだけの自分が……嫌だ。

言い返せない自分が、嫌だ。

ただ当たり前にやらされている自分が、嫌だ。

どうして自分はこんなんなんだろ。どうして、こんな自分がいるんだろう。

他《ほか》のみんなはどうして、あんなに簡単にうまくやれているんだ。

どうしてあんなへらへらってバカみたいに笑っていられるんだ。

家族が優しいから？　頭がいいから？　体力があるから？　身長高いから？　顔がいいから？

……わかんないよ。何で僕には、そのどれもないんだよ。

どうして、ないんだ。こんなの不公平だ。どうして、どうして、どうして、どうして
……っていうか……。

「どうしてスクワットやってんだよおぉぉおぉおぉぉおぉぉおぉおぉ!!」

「七ッ!!　考えるな、動け!!　とにかく尻を後ろに出せ、立ち上がれ、スタイルを崩すな!!　考えるのはそれだけでいい!!　おれを見ろ、ユースケ、おれだけを見ろ!!　八!!」

マッチョは僕の前に回ると、額を突き合わせるように、目線を同じにして一緒にスクワットを始める。

笑顔。白い歯が眩《まぶ》しい。けれど、彼の双瞳は真剣だ。

彼は真《ま》っ直《す》ぐに僕を見つめている。力強くも、澄み切った、つぶらな瞳《ひとみ》。

思わず息を呑《の》む程に、綺麗《きれい》だと、そう思った。

そして……こんなに、真っ直ぐに僕を見つめてくれた人って……誰《だれ》かいたっけ……？

「九ッ!! ラスト六回だ!!」

「何で増えた!?」

「今のユースケが輝いているからさ!! それ、一〇!! あと五回ッ!!」

「嫌だ、やりたくない!! 限界なんだよ僕は!!」

「限界だってんならぶっ倒れちまえ!! ぶっ倒れるまでやってこそ本当の限界だ!! お前はまだ立ってるっ、動いてるっ!! 目は死んじゃいねぇ!! 一!! 行くぞ!! そりゃ二だぁ!!」

僕は、もう、限界だ。多分、今、五〇回、いや、六〇回を超えてる……か？

膝が笑ってる……いや、全身が震えてる。汗が止まらない。頭でかいた汗が目に入って、痛い。口にも入って、塩味を感じる。顎からもポタポタと止めどなく床に落ちていく。でも、スクワットが続く。止められない。マッチョが目の前でやっているせいか。彼が動くと、僕も動かなきゃいけない……そんな気がして、体を動かされる。

こんなに苦しいのに、辛いのに、何で僕の体は動くんだろう。

わからない。何もかもが、わからなくなってくる。

意識が朦朧《もうろう》としてきた。っていうか、さっき五回だけって言って増えたはずだけど、何で今カウントは八までいってんの？ あれ？ 八って五より、少ない数字だっけ？ あぁ、良かった、カウント、一だって。二だって。三だって。あぁ、五が近い。近くなってきた。

四で、五だ！　やった、さっきもあった気がするけど、ようやく終わっ……あれ？　何で六に、何で七に、あれ？　え？　え？　え？

「もう、わけがわからないよ……」

「八っ!!　諦めるなユースケ!!　ラスト、ラスト二だ!!　倒れるな、踏ん張れ、漢《おとこ》を見せろ!!　立ち上がれ!!」

「む、無理だよ、僕には……もう、無理だ……」

「限界だ、無理だ、っつぅ言葉を口にする奴《やつ》は必ず余力を残してる!!　本当に限界で無理だってんならそんな言葉は口から出ねぇ!!」

「足が痛いっ、辛いよ！　苦しいよ!!　もう出来ないよ!!」

「痛い!?　辛い!?　苦しい!?　だからどうした!?　それが何だ!?」

彼は、言い切った。

何の迷いも躊躇いもなく、辛いのも痛いのも……それが、どうした、と。

「そんなもん——大したもんじゃねぇ!!」

怒鳴るように、彼は初めて笑顔を打ち消し、そう、叫ぶ。

「筋トレは辛い！　苦しい！　当たり前だ！　そして、もう出来ないと思ったところからの踏ん張りがタフなボディを作り上げ、力を生み出すんだ!!　わかるか!?　その痛みが、苦しみが、漢を作るんだ!!」

わかるな!?　と、叫ばれると、僕も思わず頷《うなず》いてしまう。

けれど、突き出した尻をなかなか持ち上げられない。

太ももが、膝が……全身が、限界だと悲鳴を上げている。

「立ち上がれ!! 何度でも立ち上がり続けろ!! ユースケ、お前なら出来る!! おれが保証する、お前は出来る!! 立ち上がれる!! 行くぞ、おれと一緒に……!!」

僕は雄叫《おたけ》びを上げ、尻を上げる。天井を見上げるように——立つ。

その瞬間、彼はまた、あの爽やかな笑顔を見せてくれる。

「あと二回だ、これが本当のラスト二回だ!! いくぞ、ユースケ!! セイヤッ!!」

ずっと同じ視線の高さにあったマッチョの顔が下に……。

それに、僕はつられるようにして膝を曲げ、尻を後ろへ突き出す。

膝が自分のものじゃないみたいにぷるぷると震える。太ももの筋肉が悲鳴を上げていた。

太ももの筋肉が痛い、辛い、苦しい……それがどうしたなんて僕には、とてもじゃないが……言えやしない。

けれど……そう、不思議なんだけれど……けれど!……けれど!!

「にぃいいぃいぃいいぃいぃあぁあああああぁあぁあぁああぁあああっ!!」

わけのわからない衝動に突き動かされ、僕は、叫び声と共にスクワット。

「ナイスボイスだ!! 行くぜ、ラストワン!! 今までで一番のフィニッシュにしようぜ!?

いいかユースケ、一緒に行くぞ……せいやぁあぁあぁああぁ!!」

「らすとおぉぉおおおおおおおおおおおおおおおおおお!!」

膝《ひざ》を曲げる、ケツを出す、そして……僕は、立ち上がる。

一つ一つは大した動作じゃないのに、何でこんなにもしんどいのか。

何でこんなになってまで、僕は……どうして……。

最後の最後、本当の最後の一滴まで体力を振り絞って僕は……数十回のヒンズー・スクワットを……やり終えたのだった。

視界にはマッチョの笑顔があり、そして……天井が……あれ？

あぁ、今、僕、後ろにぶっ倒れて……ダメだ、受け身も取れな――。

「ナイスガッツだったぜ……ユースケ」

腐ったゴム人形のような体が倒れかかるも、僕はマッチョの太い腕に抱かれ、抱きしめられた。

……勝利の、ハグだ。

「最初からここまでやれる奴はそうはいねぇ。本当に自分の全部をぶちまけられる男なんて探したってまず見つかりゃしねぇ。……良く頑張ったな。良く、やりきった、ユースケ」

……空っぽだった。

もう精も根も尽き果てた。何もない。

体力も意識も、水分も、暗い気持ちも、嫌な気持ちも、何もかもが……汗と雄叫びになって、出ていった。

あるのは……太もも周りの信じられないような疲労と、マッチョの確かな温《ぬく》もりと、何だかよくわからない達成感だけ……。

ただただ純粋なそれらだけが、あった。……それしか、なかった。

「ユースケ、お前が何に悩み、何に苦しんでいるかは、今のプレイでわかった。共に汗を流すってのは最強のコミュニケーションだ。延々と言葉を重ねるよりもはるかに濃密なんだ。だから、わかるぜ、ユースケ。……今まで、辛かったな」

そんなの、嘘《うそ》だ。絶対嘘だ。スクワットしただけじゃないか。それで何が伝わるっていうんだ。僕がひ弱だってことしか……わからない……はず、なのに……。

あぁ、何でだ。何でだろう。

何で……ちょっと僕は涙ぐんでいるんだろう。

「ユースケ、立てるか？　……よし、まずはその汗だくの服を脱いじまいな」

物を考えるのが億劫《おっくう》だった僕は言われるがままに、まるで小さな子供のように、マッチョの手を借りながらパンツ一丁になった。

「姿見を見ろ」

「……な、なんでだよ」

「見ろ。……見たくないか？　どうして？」

そんなの……見たって、僕の気持ち悪い体が映るだけだ。

そう、気持ち悪くて、鬱々《うつうつ》とした嫌な自分の顔が……。

「……自分が嫌いか？　なら、尚更《なおさら》見ろ。そして……別れを告げろ」

後ろに立って僕の肩に手を置くマッチョを振り返るようにして、見上げた。

「これは今のお前だ。そして最後でもある。このほっせぇ足と腕、薄い胸……何より出っ張った腹。これに、別れを告げろ」

「……ずっと、こんなんだった。そんなの、無理だ……」

「言ったろ、ユースケ。無理だって言う奴は絶対に余力を残している。……お前はやれるさ。違う自分になれる」

「……ダメだよ。僕は普通の人よりずっと劣ってて、ダメダメで……情けなくて、恋人はおろか友達すら……」

「どうしてだ？　具体的に言ってみろよ」

「僕はチビだし、こんな餓鬼みたいな体形だし、根暗だし、ブサイクだし……」

僕は俯《うつむ》き、自虐的に言うのだけれど……マッチョは僕の肩にグッと力を入れる。

そして、言った。――なら、大丈夫だ、と。

「それらは確かにどうしようもねぇ。神様がお前に嫌がらせしているとしか思えねぇな。……だったら、そんな神様、捨てちまえばいい」

「……え？」

「筋肉だ。いいか、ユースケ、大事なのは筋肉だ。筋肉は差別しない。誰にも等しく、自らの手で、勝ち取れるものだ。気まぐれな神様なんてものが与えてくれる運否天賦《うんぷてんぷ》の結果じゃねぇ。全《すべ》て、自分の努力で作り上げるものだ！　顔付きだの身長だの、そんなゴミみてぇなのは関係ねぇ！」

「で、でも……」

「でも、とか、だけど、とか言うな。……いいか、とっておきを教えてやる。どんなチビもノッポもイケメンもブサイクもハゲも関係ねぇ。……マッチョだ。どんな生まれであっても、マッチョにさえなれば……そいつはマッチョだ!!」

　その瞬間、僕の体に雷で撃たれたような衝撃が走った。

「わかるか、ユースケ！　どんな奴だって、マッチョになれば……マッチョなんだ!!　筋肉は――!!」

「――差別……しないッ!!」

　言われてみれば、そうだ。確かに身長や髪型や、顔付きがどうとか関係ない。

僕らは、街でマッチョを見る時……マッチョだとしか思わない。

凄《すご》いマッチョかそうでないマッチョかしか、考えない。それをイケメンかどうかなんて、考えない……!!

　マッチョは、マッチョというカテゴリであり、ブサイクだのチビだのという細かいジャンルのそれをはるかに上回る強力なカテゴリで……あぁ、あぁ……っ!!　な、なんだ、何か、凄い発見をした気分だ!!

「ようやくわかってくれたようだな。……これから、少しずつでいい。ゆっくりと、筋トレをしていこうぜ」

「で、でも、出来るかな……僕に」

「おれがいる。おれが、必ずお前を立派な漢にしてやる。……必ずだ」

「どうして、そんな……」

鏡越しに見るマッチョは、どこか遠い目をした。

「おれには……年の離れた弟みたいな奴がいたんだ。いつもおれを慕ってくれていた。だが、気弱で、体も弱くて……無理はさせらんねぇなっておれはずっと思ってたんだ。そんで、ある日、あいつが車道を挟んだ反対側を歩いていた。だから無神経におれは声をかけちまってな……。そうしたらアイツ、何も考えずに車道に出ちまって、バカだから、ろくに走れもしねぇくせに、それで……トラックが……」

「……あぁ、そう……なんだ……」

「あの時ほど後悔したことはねぇ。……おれが少し強引にでも体を鍛えさせておけば……ってな」

「そうすれば……」

「あぁ、トラックの一台ぐらい受け止められたはずだ」

……うん、それは無理だな。

ともかく、その時、僕の中にあった疑問が解けた気がした。

何故《なぜ》彼は自分のことをアニキと呼ばせたかったのか。

どうして、僕を気に掛けるのか……わかった気がした。

「その、弟みたいな人って……ひょっとして、僕に……？」

「あぁ、さっきまでのお前に、よく似ていたよ」

ハッとして、僕は鏡越しではなく、今一度背後に立つマッチョを振り返った。

「今のお前とは、少し、違う。連続スクワット八五回をやりきった、お前とは」

その瞬間、僕は信じられない言葉を聞いた気がした。

この僕が、スクワットをぶっ通しで八五回、も？　そんなにやれたのか。そして……そこまでいけたってことは、もう少しやれば……一〇〇にまで、いけるんじゃないのか？

僕が、何一つ今まで出来なかった僕が……？

マッチョは、ニヤリ、としたり顔を浮かべた。

「一〇〇回まで行けるかも、今、そう思っただろ？……だから、今のお前は弟《アイツ》とは少し違うのさ。お前はもう、前を向いている。先へ行こうと無意識に思った。お前は、変わり始めたんだ」

僕はマッチョに自然と勝利のハグを求めた。

彼はその太い腕で僕を受け入れ、力強く抱いてくれる。

僕の腕もまた、彼の太いボディを抱きしめた。

「ユースケ……立ち上がれ。何度でも立ち上がり続けろ。立ち上がった回数だけ漢《おとこ》はタフになる」

「覚えておくよ。……ありがとう、アニキ」

その言葉は、心の底から湧《わ》いてきたその呼び名は、何ら抵抗なく発せられた。

アニキは、笑って僕の頭をぽんぽんと軽く叩《たた》き、そしてまた力強く抱きしめてくれ……。

――ガチャ。

気のせいかな。今僕の視線の先、そう、玄関の扉が……今し方若干、扉が開いて……赤い髪をした女性が微妙に覗《のぞ》き込んだっていうか、目を見開いて唖然《あぜん》として……え？

「あ、あの……鳳来寺《ほうらいじ》、さん？」

「さ、叫び声が……聞こえたから……その、事件かと思って……インターフォン押しても……反応なくって、それで……だから、その……」

ふと、僕の脳裏に過《よぎ》る先程の記憶……。

気のせいかもしれないけれど、散々それっぽいことをアニキと二人で叫んでいたような……。

――いい汗かいてるっ、流れてるっ!! ――形振《なりふ》り構うなっ、ここはおれとお前だけの世界だ！ 何も躊躇《ためら》うな、思う存分に乱れちまいな！ そして、最後まで一緒にイくんだ!!

――イくぞ、ユースケ!! セイヤッ!! ――今までで一番のフィニッシュにしようぜ!?

――ユースケ……勃《た》ち上がれ、何度でも勃ち上がり続けろ!!

これらに僕の雄叫《おたけ》びが交じった上に、汗だくでパンツ一丁の二人が抱き合い「……アニキ……」と……えっと、その……。

「……ガ、ガチ、なんだよ……ね、やっぱり……？」

「鳳来寺ユリさん、落ち着いて。これには深い訳が……」

「あぁ、おれとユースケはガチだ。ガチムチになるのさ。流れた汗はいずれ結晶となり、未来に燦然《さんぜん》と輝くんだぜ」

「アニキ!? 余計な上にわけのわかんないこと言わないで！ あ、ちょっ、鳳来寺さん、待って、そっと扉を閉めないで!!」

「……じゃ、じゃ、また、その、ね。うん、ばいばーい……」

　扉が、閉まる。

……まずい、このままでは超特大な誤解が生まれてしまう。

僕は藻掻《もが》きに藻掻き、互いに汗だくだったこともあって、どうにかこうにかアニキの腕の中からぬるちょんっと抜け出し、震える足腰で死に物狂いに玄関を飛び出した。

鳳来寺さんは、いた。何故か彼女はどん引きした顔のまま……隣のアパートへ……え？

あ、そういえばそこって、確か公営アパートだったような……あ、だから区から割り当てられて、とか？ それで声が聞こえたとか？

　まさかのお隣さんだったなんて！

……いよいよラブコメチックになってきやがったな、クックックッ……とかほくそ笑んでいる場合じゃない。

　抱かれた誤解を解かなくては、これから僕を待ち受けている日々が甘いラブコメじゃなくて、ハードコアなマッスル・ガチムチ・アクション・コメディになってしまう！

「鳳来寺さん、待って!!」

ビクッとして、彼女は僕を見る。明らかにどん引き、というか夜道で出くわした野良猫みたいで……今にも逃げ出しかねない様子だ。

「鳳来寺さん、違うんだ。君は大きな誤解をしている。僕は……女の子が好きなんだ!!」

「え、あ、う、うん……その、え？」

「君が考えているようなやましいことは何もない。これは、凄く健全なことで、何ら問題のないことなんだ。……信じてくれるね!?」

自分で、自分が信じられなかった。特に殺意の波動に目覚めているわけでもないのに、僕の口からこうもハキハキと言葉が出てくるなんて……。

しかも相手は同年代の女の子だ。……アニキじゃないけれど、僕は変わったのだ。さっきまでの鬱々とした僕から一皮ぬるちょんっとズル剝《む》けた、新しい木村《きむら》ユースケなんだ！

あぁ、あぁ、凄い、これも筋トレの力なのか!?

「あぁ、凄い！　何て凄い開放感なんだ、これが僕の真の姿……新生木村ユースケの誕生なんだ!!」

……あ、鳳来寺さんがどん引きしている。まぁ、さっきのやり取りを音声だけで聞いていたら、アニキと特殊なプレイをして、何かに目覚めてしまったと思われかねないわな。

ここは一つ、ゆっくりと懇切丁寧に説明しないと。まずは逃がさないように……。

くそ、全身の筋肉が悲鳴を上げていやがる。うまく歩けない……体が重くて倒れそうだ……けど、負けない。僕は、負けないんだ！　スクワット八五回をやり遂げたこの木村ユースケは、倒れない……!!

がに股《また》で、重い体を引きずるように前屈《まえかが》みになりながら、僕は距離を詰めていく。

「はぁはぁ……鳳来寺さん、大丈夫、大丈夫だから……はぁはぁ……」

鳳来寺さんが後ずさりしつつも、何故か僕を指さした。

何のことかわからなかったけれど、どうもそれは僕じゃなくて僕の後ろを指している……のかな？

ポン、と僕の肩に置かれる大きな手。

「あぁ、アニキから説明してあげてよ。僕はもう、今までとは違うんだって。最高にハイってヤツなんだ……って……」

アニキ、今までの僕じゃないって鳳来寺さんに証明を……そう思ったのだけれど、そこにいたのはアニキじゃなかった。

「はい、キミね、ちょっと向こうでお話しようか」

紺色の上下を着て帽子を被《かぶ》った屈強そうなオジサンがいた。

……あ、僕、これ知ってる。警察官ってヤツだよね。

そしてその後ろには白と黒のツートンカラーの、公園にて全裸で叫んだ国民的アイドルユニットの人とかが乗り込んだ車が止まっていて、そこの運転席の公僕が無線で誰《だれ》かと喋《しゃべ》っていた。

「はい、住宅街におきましてパンツ一丁《パンいち》にて女性に迫る不審な少年発見。現在任意同行《ニンドウ》かけてます。○精《マルセイ》……いえ、恐らくマメドロボウの○姦《マルカン》未遂かと思われます……えぇ、ハイになってるとのことですのでシャブってる可能性、どうぞ」

何故だろう、何を言っているかまったくわからないけど、雰囲気からして……パトロールしていたらパンツ一丁で性犯罪に及ぼうとしていた不審者を見つけたので取り敢《とあ》えず連れて行くって言われている気がする。

何となぁく逃げ出したい気分になってくるのだけれど……僕の肩をつかむ警察官の手の力が割と半端ない。

「とりあえず、行こうか。なっ！」

スッゲー爽《さわ》やかに言われて、僕は肩の肉を引っ張られてそのままパトカーに押し込まれ
……いやいやいやいやいや……!!

「違う、僕は何もしていない！　これは誤解、凄い誤解なんだ！　筋トレしてて、それでその……た、逮捕は嫌だぁー!!」

「うんわかったわかった。大声出すと近所の迷惑だから、とりあえず乗ろうぜ。なっ！」

「嫌だぁ嫌だぁあ————!!」

「マルヒが暴れています……はい、はい、やはりジャンキーだと思われます。……は？　公務執行妨害《コウボウ》で引っ張りますか？　いえ、どうせシャブを打ってわけがわからなくなって

いるようですから、押し込みます」

「ヤァーヤァーヤァ――――――――――!!」

　何だかよくわからないけど言うなら今だという何かのお告げを聞きながら口にした魂の叫びも空《むな》しく、僕はパトカーの後部座席に押し込まれ、そして……。

3

「……もう、嫌だ……全身筋肉痛だし、危うく前科一犯になるところだったし……」

　僕は自宅の居間で、クッションに顔を埋《うず》めて涙した。

「誤解だってのがわかってもらえたんだし、何よりもう筋肉痛が来てるってことは、いいことだぞ。筋肉の回復が早いんだ。若さだな、ユースケ！」

「良くないよ……鳳来寺さんが名乗り出てくれたから何とかなったけど、署内じゃ変質者同然の扱い受けて、しかもパンツ一丁だってのに送ってくれずに警察署の裏で解放だもん……帰ってくるまでも地獄だったよ。しかもろくな謝罪もなくて、Ｐ君の人形一個くれただけだし……」

　Ｐ君は警視庁のかわいいんだか奇っ怪なんだかよくわからないマスコットキャラクターである。そのぬいぐるみはとりあえず玄関に置くことにした。

「それもまた、心身のトレーニングだな」

「そりゃ強引過ぎ……って、アレ？　アニキ、どうしたの？　服着て……珍しい……」

服っていうか、ピチピチのサウナスーツを着たアニキが居間で準備体操をしていた。

……うん、っていうかアレだな。

今、もの凄《すご》く自然に服を着ていることが珍しいと述べたな、僕は。

「ん、この地区に棲《す》まうタフガイ共の顔でも拝んで来ようかと思ってな。近所のジムをちょっくら見て回ってくるぜ。夜、遅くなるから先に寝ていろ。飯は冷蔵庫にあるからチンッして食べろよ」

「……食欲ないよ」

「筋トレの後は出来るだけ速やかに良質なタンパク質を取るんだ。いいな、ユースケ、必ず喰《く》うんだぞ。ちょっと多めに作っちまったが……まぁ、少しでもいいから必ず喰うように。それじゃ、行ってくるぜ」

見送る体力すらなかった僕は、ソファに突っ伏したままガチャンという扉の開く音と閉じる音を聞く。

あ〜、眠い。というか眠るのすら、ぶっちゃけ億劫《おっくう》で、面倒で……あぁ〜何だこの感じ。もう、何もしたくない。

眠いし、ソファよりもベッドの方が寝心地いいってわかってるのに、全部が全部、面倒過ぎて……あぁ、もう、あぁ……。

「……でも……」

でも、何でだろう……何か、悪くない。

身も心もすり減らすような、そんな一日だった。

そのくせして、どこか……満たされている気がするのは何故《なぜ》だろう……？

達成感っていうか、満足感っていうか、充実感っていうか……そういうのが……いや、逮捕されかかったことはそれに一切関係してないけども。

「食事、摂《と》らなきゃな……。折角アニキが作ってくれたんだから……」

この短期間に、もう、アニキがうちにいることに対して急速に違和感がなくなりつつあるのは、何故なのか。

何だか自分がヤバイことになりつつある気もするけれど、でも……あのアニキの話を聞いた今となっては、何だか無下にも出来ないような、そんな気がする。

区役所から連絡は、未《いま》だ来ない。お役所仕事だから、どうせ一週間とかかかるんだろう。それできっと手違いがあったと謝罪されるはずだ。

「でも、それまでは……アニキと呼んであげよう。せめて、その間ぐらいは、弟の代わりに……」

「……アンタもなかなかだよね」

え？　と、思って痛む体を押して顔を上げてみれば……廊下から居間を覗いている鳳来寺さんが……。どうやらアニキと玄関前で出くわし、入れてもらったらしい。

「ちょっと様子を見に来たんだけど……あ、良かった。服は着たんだ」

……さすがにパンツ一丁のままではいられないので、帰宅してシャワー浴びて、そしてパジャマに着替えてはいた。

「まぁ、少しユースケとも喋った方がいいかと思って来たらさ。……多く作りすぎちまったから飯喰ってけって、あのマッチョに言われたんだけど」

「……ア、アニキ……まさか……」

アニキ、ひょっとして僕に気を遣ってくれたんじゃ……？　アニキの野獣染みた勘で夕飯を多めに作り、二人っきりにするために服《サウナスーツ》まで着て外へ……？　アニキ……。

「あ、ありがとう……」

え？　と、鳳来寺《ほうらいじ》さんに変な顔をされてしまい、警察に僕が犯罪者じゃないって言ってくれたことだと、慌てて妙な弁解をしてしまった。

思わずアニキに感謝の言葉を述べたなんて言ったら、それこそおかしな奴《やつ》だと思われてしまう。

「あぁ、そう。……あ、あと、そのさん付け、止めて。ユースケって呼び捨てにしてるんだから、同じでいい」

「え、あ、う、うん。……じゃ、その……えっと……鳳来寺、でいいかな？」

鳳来寺さ……違う、鳳来寺が髪ゴムで長い赤毛を後ろに束ねる。

「うん、おっけ。……それで？　台所って、こっち？……いいよ、座ってて。警察で酷い目に遭ったばかりでしょ」

……あ、あれ？　何、何これ？　何が起こっているんだ……？

僕の家で、パジャマの僕のために、同級生の女の子が……晩ご飯（アニキ手作り）を用意してくれている……？

な、何だ、何なんだ、こ、こここの感じ……自分のテリトリーに今までの人生で縁の無かった異質な存在が……。

そんなことで感動していると、テーブルの上には発芽玄米ご飯、漬け物、味噌汁《みそしる》、そして……大皿に盛られた大量のゴーヤチャンプルーが！

「うわっ、良い匂《にお》い！　こんな料理、久々だよ。ありがとう鳳来寺さ――うぐっ」

人差し指と中指を立てた手で、彼女にはたかれるように頬《ほお》をグイッと押される。

「あ、ごめん。ありがとう、ほ、鳳来寺」

「うん、おっけ。……って言っても、あるものを盛りつけただけだけどね。結構いい感じの料理だけど、あのマッチョ、ホント何者なんだか。……とりあえず、まっ……いただきます」

僕らはまるでカップル……否！　新婚夫婦か何かのようにして居間のテーブルに向かい合って手を合わせ、いただきます、の言葉を重ねる。

うわぁ、何だろ、この感じ！　凄い、何かわかんないけど、凄い！

ゴーヤチャンプルーやお味噌汁の匂いと一緒に……柔らかで清潔感のある石鹸《せっけん》の匂いと……そ、その、何だ……メスの、違う、女の子の匂いががががが!!

凄い、全身の筋肉がボロボロなのに、体が疼《うず》く。普通にしているつもりなのに、鼓動も呼吸も行動も一・三倍ぐらい速い。

こ、これが新婚生活ってヤツなのかな!? そういうものなのか!?

……いやまぁ、新妻が高校制服《セーラー》着ているのはさすがに変だけども。

対面に座った鳳来寺。彼女は姿勢良く正座しているようだ。座布団でも出してあげれば良かったけれど、家族が出ていった後にどこかにしまいこんだっきりなので……ダメだ、思い当たらない。今度捜しておこう。

彼女は後ろに束ねた髪を払うと、大皿のゴーヤチャンプルーを小皿にとりわけ……ぼ、僕に、くれる。

「あ、ありがと……う……」

「なに、その顔? 鳩《はと》が豆鉄砲喰らったみたいな顔して」

「え? あ、いやその……こういうの、久しぶりっていうか、何年ぶりかな」

「資料だと……確か、一年ぐらい前から一人暮らしだっけ?」

「そうなんだけど……その前から、ずっと、親にはもう、見放されててさ」

そっか、と鳳来寺も自分の分をよそった。そして、僕は何となく彼女に合わせ、一緒にゴーヤチャンプルーを食べ……うわっ、うまっ!?

何気なく口に運んだゴーヤチャンプルー。僕が小学校の修学旅行の時に一度か二度、食べたことがある程度だけれど……それとは全然違った。

あれは確かぐちゃぐちゃになった豆腐だか玉子だかが混ざって、スパムが異様に主張が強くって、ほとんどそれの味しかしなかったっけ。ゴーヤも、全然食べた感じがしなかった。

けれど、アニキ手作りのこれは違う。味付け自体は台所にあっためんつゆをベースにしているようだけれど……全然違う。

まず、豆腐だ。木綿豆腐をカットしたものだけれど……多分事前にしっかり水抜きをしたおかげで崩れずに、こんがりと焼き色の付いた長方形の形が残っているのだ。しかも、このしっかりした焼き色の部分……ごま油の風味がある。そうか、まずはフライパンで、豆腐をじっくりと焼いて表面をやや固めにすることで崩れるのを防ぐと共に香ばしさを宿らせたのか。……でも、他《ほか》にもう一つ風味があるような……何だろ？

この料理に使われている肉はスパムではなく、薄切りの豚肉。ただ、豚バラというよりは、赤身の多い部分を使っているようで……これが実に他の食材に馴染《なじ》む。変な主張をしないくせに、噛《か》み締めた瞬間には確かにお肉の食感と豚の旨味《うまみ》が滲《にじ》み出て、口に広がる。

でもやっぱり何よりだと思うのは、ゴーヤだ。ワタを抜かれてカットされたそれは、五ミリ強の厚さに切られている。塩水とかに晒《さら》して下拵《したごしら》えをしているのだろうが……しっかり、苦い。歯ごたえも残っている。

僕が修学旅行で食べたのはスライサーを使ったような極めて薄いもので、苦味も食感も何もなくて、何となく青臭いような印象しかなかったのだけれど……アニキのゴーヤチャンプルーのゴーヤは、俺が主役だぜ！　というような明確な主張がある。

自分が今、何を食べているのかが……青々とした見た目、わずかに残るシャクッとした歯触り、グッと来る苦味で、はっきりと伝わってくるのだ。

……あ、ごくんっと口の中のものを呑《の》み込むと、かすかに爽《さわ》やかさが漂う。

これ……生姜《しょうが》、かな。うん、そうだ、生姜だ！　さっき豆腐の時に感じたのもこれか！

目を凝らしてみると、豆腐の欠片《かけら》や玉子でわかりにくいけど、細かに刻まれた生姜が何気に混ぜ込まれている。ゴーヤチャンプルーに生姜はあまり聞いたことがないからアニキなりのアレンジなのかもしれない。

凄く、いい。

めんつゆベースの味ながら、最初はごま油の風味を纏《まと》う豆腐の柔らかさ、ゴーヤの歯触りの良さと苦味、そしてムギュッと肉汁染み出す豚の薄切り肉……それぞれがしっかりと役割を持って、仕事をなしている。そして、忘れた頃《ころ》に来る、全《すべ》てを一つに纏め上げている玉子の旨味と甘味、最後に香る生姜の爽やかさ……。

これ、おいしい。

「これ、ご飯がすすんじゃう！」

僕はすぐさま玄米ご飯に箸《はし》を差し入れ、かっ喰らう。

めんつゆの出汁《だし》の風味が香る中、柔らかな豆腐に抱かれ、ゴーヤにパンチを喰らい、豚肉に悶《もだ》えさせられ、それとなく玉子が全体を支えて生姜が締めるこの料理……そこに玄米という普通よりも存在感のあるご飯が来れば……最高だ。

口いっぱいに押し込んで咀嚼《そしゃく》した瞬間は、もはや、快感としか表現しようのないものだった。運動したせいかとも思ったけれど、いや、多分それもあるんだろうけれど、料理自体が……絶対おいしい。

実際、対面で、うんうん、と僕に同意してくれながら、同様に鳳来寺がご飯をかっ喰らってる。

彼女は頬を膨らませる程に口に入れると、味噌汁を啜《すす》った。

「……あのマッチョ、やるね。これ、素朴だけど、凄くおいしい」

鳳来寺曰く、ゴーヤはレモンの何倍ものビタミンCを持ちながら、さらに加熱に強いという特殊さを有し、その多量な食物繊維などもあって体にとてもいいらしい。

何より豆腐や玉子、赤身の多い豚肉という組み合わせはとてもタンパク質が豊富で、僕のような筋トレ後の人間にはとてもいいものなのだという。

「そ、そうなんだ。鳳来寺って、料理、詳しいんだ」

「んー別に、それほどでもないけどね。親が共働きだったから、自分でよく作ってた感じ」

一瞬だけ、暗い顔になったのを、僕は見逃さなかった。アニキならすぐにここで筋トレだって言うのかもしれないな、とか僕はそんなことを思う。

けれど、今は……うん、今は、このまま彼女とおいしい食事をしていたかった。

「ホント何者なんだろ、あのマッチョ」

「アニキは……」

「……あぁ、もう、そう呼んでるわけだ」

僕はお新香を摘《つ》まみながら、微笑《ほほえ》んだ。

そして、食事が終わり、デザート代わりに――というかどうも鳳来寺が出し忘れていたらしい――冷蔵庫の中で冷たくなっていたプチトマトを食べながら、僕はアニキから聞いたあの哀《かな》しい過去を語る。

人の辛《つら》い過去を簡単に口にしてしまうのは失礼な気もしたけれど……でも、鳳来寺にならいいんじゃないかと、そう思った。

「……そっか、それでユースケ、アニキって……」

「だから、せめて間違いが判明してあの人が出て行くまでの間ぐらいは、僕が弟さんの代わりってわけじゃないけど、アニキって呼んであげたいんだ」

その瞬間、プチトマトを口にしながら……鳳来寺が僕の顔を見る。

赤い髪の鳳来寺がトマトを食べると、色合いが合っていて素敵だ。

でも、女の子だから苺《いちご》とかラズベリーとかの方が……でも、気の強そうな、ヘタをするとちょっと怖そうにすら見える鳳来寺の目や、スタイルからすると、甘酸っぱいフルーツよりも、甘過ぎないプチトマトの方が似合っている……そんな気がした。

そんなことを考えながら鳳来寺を見返していると、彼女は彼女で無言のままに僕を見つめ続け……ん？　何だ、この沈黙の時間。

キスとか、しちゃう感じ……じゃない、よね？

経験ないからわからないけど、多分、違う……？

「……ん？　え、あ、どうしたの、鳳来寺」

「いや、手違いでいなくなるのは、あたしの方……でしょ？」

「……へ？」

「だって、ユースケ、ガチホモでしょ？　多分あたしって手違いで来たんだよ」

「……ガチ……？」

「うん。警察の人にもそう話して、あたしは単に格好に驚いただけで、全然襲う対象じゃなかったみたいだから、って言ったら納得してくれたし」

おかしいね。うん、とてもおかしいね、コレ。いろんな誤解が生まれてるね、これ。

「あ、あのさ……鳳来寺、その、僕はその……僕が好きなのは……」

キミだ！　って言えればまだ格好いいんだろうけれど、明らかに僕の好みと鳳来寺は違うんだよなぁ……。目つき怖いし、しっかりし過ぎている気がするし、赤毛だし、何より僕より身長高いし……で、僕の好みに重なる部分の方が絶対に少ない。

いや、でも確かに綺麗《きれい》だと思うし、良い匂いだし……全然カノジョになってくれるのなら喜ぶと思うけど、その……ね、うん。

「でも、ユースケがそっち系で良かった。全然あたしの好みと違うし、資料読んだ時、どうしようかと思ったもん。どうやって距離置こうかって考えてたんだけど……案外、そういうの抜きにしてみると悪くないかもね」

「……え？」

「だって、こうやって二人でご飯食べてても全然不安ないし」

……いや、襲っていいならアフリカに棲《す》まう肉食獣が如《ごと》くに襲いますがね？

今はそんな体力ないし……まぁ、普段でも返り討ち百パーだろうけれど。

でも、一応……誤解は解いておかないと、まずい……よな。

「あのさ、鳳来寺《ほうらいじ》……僕ってさ……女の子が好きなんだ。男じゃなくて」

またまたぁ～、と鳳来寺は眩《まぶ》しくなるような笑顔を見せてくれる。

……それがまた、もの凄《すご》く……かわいいっていう、ね。

ちょっとキツイ顔付きしている子が、笑顔になると……何か、その、ね。

好みとは違うけど……うん、ちょっと、思った。

――いいなって。

生ポアニキ

NAMAPÔ ANIKI

サイド・チェスト

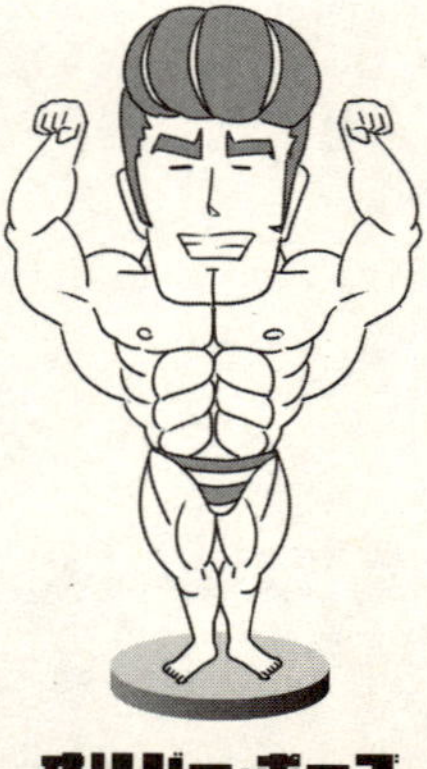

オリバー・ポーズ

ダブル・バイセップス

アニキの朝は早い。夜一〇時には寝て早朝五時半に目を覚ます。

まず起きてからすぐに心身をしっかりと目覚めさせるために筋トレを開始する。それを三〇分。短時間ながら濃密かつハードなメニューをこなし、かいた汗をシャワーで流す。

そして、サッパリしたところでユースケの昼食用弁当を丹誠込めて作るのだ。

これまでユースケはおぞましいことに、購買で菓子パンや調理パンを嚙《かじ》っていたというから、解毒の意味を込めてカロリーは控えめ、ビタミン・タンパク質を多めにしているのが、アニキのこだわりだった。

とはいえ、未《いま》だ成長期で、かつ健康状態も決して良好ではなかったユースケを思うに、あまりストイックに低カロリーにしては体調を崩しかねないため、程良く健康的な弁当を心がけていた。

どのような鍛え方をするにしても、まずはユースケを健康な状態にしなければならない。不健康な状態からのハードトレーニングは必ず体を壊してしまうものだ。

そんな機微の利いた弁当の準備が程良く終わった頃にはもう、六時だ。アニキはユースケを起こし、彼を早朝のウォーキングという名の散歩に行くように勧めるのだった。

「清々《すがすが》しい朝だ、ユースケ！　さぁ、今日もホットでタフな一日が始まるぜ!!」

1

鳳来寺ユリの朝は早い。目覚まし時計が鳴る六時より十数分前に目を覚ますのだ。

起きるとまずはカーテンを開ける。公営アパート、二階のそこは南東に向かって窓が付いているため、春の早朝でありながらもたっぷりと日差しが入り込み、ユリの気分を高めてくれる。

そんな中でパジャマとしている緩めのホットパンツとシャツを脱ぎ、スポーツブラを着け、ランニングウェアへと着替えると、そのまま部屋でストレッチをして体を温めるのだ。

それが終わった頃《ころ》には……何故《なぜ》か会話が出来るほどの距離にある隣家――木村《きむら》家の二階の一室のカーテンが開けられるのがユリの部屋から見て取れる。

「清々しい朝だ、ユースケ！　さぁ、今日もホットでタフな一日が始まるぜ!!」

ひらひらのフリルが付いたピンクのエプロンを纏《まと》うマッチョなアニキが最高の笑顔で、カーテンはおろか、窓すら開ける。その動きはまるでエキスパンダーで大胸筋を鍛えているかのように大仰で、しかし、様になった動きだった。

酷《ひど》い光景ではあるが。

「おう、ユリちゃん！　いい朝だな!!」

アニキがそんなことを言うので、ユリも諦《あきら》めの苦笑を浮かべつつ窓を開ける。

「そうだね、アニキ、おはよう」

ビッと親指を立てるアニキの横で、ベッドからユースケが起き上がると、眼鏡をかけるなり「……へへッ」というように、ほんのり赤みの差した中途半端な笑みを浮かべてユリへと手を振る。それには手で虫でも払うようにして雑に応じ、ユリは窓を閉めた。

彼が同性愛者で、自分が間違えてやって来たとばかり思っていたものの……本人曰《いわ》く、異性愛者《ノンケ》らしい。

確かに窓越しに見える彼の部屋の壁には、アイドルらしき女の子のポスターが貼《は》られているのが見える。とはいえ、それは自分とは似ても似つかない、小柄で繊細で、弱々しいタイプの女の子のもの。少なくとも自分は彼の好みとは違う、それは間違いないだろう。

では、間違いは何なのか？　その疑問に対する解答は、まだ見つけられていなかった。

「おぅ、ユースケ、ようやく朝方になってきたな。いいか、朝は無限の可能性があるんだ。無駄にしちゃいけねぇ！　さぁ、ウォーキングだ！」

窓越しにそんな声を聞きながら、ユリはユリでランニングの準備をするのだった。

2

僕の朝は早い。アニキは六時ちょい過ぎぐらいに起こしに来るわけだけれど、僕はそれより前に目を覚ますようになっていた。

最初の頃は六時にアニキから無理矢理起こされていたわけだけど……いやまぁ人間ってのは、目覚め一発目にパンツとエプロンだけのアニキの股《また》ぐらが目の前にあったりするトラウマを植え付けられると、自然とそれより先に起床するようになる。

いやね、わかるんだよ。窓際にベッドがあるもんだから、カーテンを開けるとなると、寝ている僕を跨《また》いでしまうのが手っ取り早いわけだ。

……でも、その間に瞼《まぶた》を開いてしまう僕の衝撃を少しでも考えてもらいたいものである。ピチピチとした太もの間に喰《く》い込む赤と白の縞《しま》パンの霊妙なる皺《しわ》具合とか、その布きれの向こうに眠る益荒男《マスラオ》のたくましさとか、眼球を通してこれでもかと脳髄に叩《たた》き込まれる衝撃は半端ではない。しかもフローラルな香りをベッドに漂わせるおまけ付きだ。

……とはいえ、基本怠惰である僕がそれだけの理由で六時前に目覚めるのを良しとしているわけではない。僕は、偶然見つけてしまったのだ。

多分、ペニシリンを発見したアレクサンダー・フレミングと同じような衝撃を受けたものと推察されるのだけれど……まさにそれは偶然の産物、奇跡のような発見だった。

……僕の部屋の窓から、鳳来寺の部屋が覗《のぞ》けるのだ。

まるでどこのチープなラブコメかと思うような展開だけれど、彼女の部屋、何気に僕の部屋から窓を開ければ会話が出来るような、そんなレベルの近さなのだ。

そして……多分、本人は未だ気付いていないのだけど……鳳来寺の奴《やつ》、カーテンを開けて……着替えるのだ。

僕が思うに、彼女が以前住んでいた家では安心出来る環境にあったのだろう。例えば数百メートルは同じ高さの家がないとか、ビルの壁とか、そういうのだったんだろう。

その時のクセが抜けていないか、はたまた木村家を除けば他《ほか》に覗ける家がない上、朝六時前であれば僕なんぞは寝ているると油断しているのだろうが……ふぅ。甘い。凄く甘い。

あんなしっかりしていそうな顔付きをしている鳳来寺だけれど、脇《わき》が砂糖漬けのように甘々だ。ペロリと舐《な》め上げたくなるわ。

最近の僕は毎朝五時半には目を覚まし、カーテンの隙間《すきま》から鳳来寺の部屋を覗……いや、言葉が悪いな。窓から朝の風景を見やるのが日課なのだ。

そう赤毛の彼女が目を覚ましてカーテンを開けるなり、まるで男を誘うかのような薄手のシャツに、ウェストや太もも周りに隙間のある緩めのホットパンツ姿で「んーっ！」と伸びをする様など、もはや僕のホットでタフな一日のオープニングセレモニーと言える。

それを見終わった後は、いよいよお着替えである。だが、脇が甘いとはいえ、鳳来寺も無意識なのか、着替えをする際は部屋の奥へ行くためにまず見えはしないのだけれど……それでも、運が良ければ一瞬だけ拝むことが出来る。

以前見た時、鳳来寺は気の強そうなあんな顔をしておきながら……何気に下着は上下お揃《そろ》いで、明るいオレンジと白のチェック柄のかわいらしいものを使用していた。さすがに一瞬で、かすかに見える程度なのでそれで興奮する間も何もないのだけれど、彼女がそういうのを愛用しているというのが、僕に早起きを促すに十分な〝引き〟を持っていた。

そんな新たな情報を僕に提供しつつ、鳳来寺《ほうらいじ》が着替えるのはややピッチリめのランニングウェア。僕が着ているようなグダグダのジャージとかではなく、かわいらしくもお洒落《しやれ》に纏められた、体に貼り付くような、それ。

その格好で始める彼女のストレッチの様など、ネットに転がっているエロ動画の比ではなかった。

ストレッチ……体の節々を伸ばすその行為は、鳳来寺の引き締まったしなやかな四肢をこの上なく魅力的にアピールする。

腰が、尻《しり》が、そして反らして張った胸など得も言われぬ魅力で僕を誘う。

ヘタにエロをアピールしている作品は、あざといというか、用意されて与えられた感じというか、〝ほら、こういうのがいいんでしょ？〟と鼻で笑われているような、はたまたどっかのオッサンがあれこれアイディアを捻《ひね》って作られたものだと考えると、僕なんかはどうしても前のめりにはなりにくい。それを無視して受け入れられる程割り切れた大人でもなければ、バカにもなりきれない。

……いや、まったく興奮しないわけではないけれどもね？

一方で、今の鳳来寺のように本人無自覚・無防備のままで、しかもとても健全なランニングウェアでのストレッチという行為は……とてもそそるのだ。

エロいってのもあるけれど、それ以上に……何か、いい。凄《すご》くいい。見ていると胸がドキドキしてくる。

最初、全然僕の好みと違うと思った鳳来寺だけれど……こうして見ていると彼女は凄く、綺麗《きれい》だと素直にそう思って、見惚《と》れてしまう。

鳳来寺の健康美に見惚れていると、アニキが鼻歌で『キ〇肉マン』の曲を奏でながら一階から上がってくる気配があるので、僕はカーテンの隙間をそっと閉じて、ベッドで眠っているフリをした。

ベッドの上に乗られ、軋《きし》みを上げる中、カーテンと窓が開かれる気配。

「清々しい朝だ、ユースケ！　さぁ、今日もホットでタフな一日が始まるぜ!!　おう、ユリちゃん！　いい朝だな!!」

遠くから鳳来寺の応じる声が聞こえ、僕はさも今起きたテイで――アニキの股ぐらを見上げないよう警戒しつつ――体を起こして眼鏡をかけて、彼女に手を振った。

さっきまで覗いていた罪悪感や興奮から、僕はいつも中途半端な笑みを浮かべながら鳳来寺に手を振る。すると、彼女にまるで犬でも払うように手でしっしとされるのだけれど……何か、そういうのも、嫌いじゃない。

「おぅ、ユースケ、ようやく朝方になってきたな。いいか、朝は無限の可能性があるんだ。無駄にしちゃいけねぇ！　さぁ、ウォーキングだ！」

僕はアニキに促されるまま、顔を洗いもせずに素早くグダグダのジャージに着替えると、履き潰《つぶ》したスニーカーを足に嵌《は》めてウォーキングという名の散歩に出る。

当然ながら僕にこんな大層健全な趣味などないんだけれど、アニキから一五分で良いからウォーキングして頭と体を目覚めさせるんだ、そしたら朝飯が何倍にもうまくなるぜ、と半ば強引に勧められたわけなのだけれど……早起きと共に、今ではこれも自分から進んで行くようにしていた。

何せ……急いで玄関を出れば……そこには、高い確率でキャップを被《かぶ》り、赤髪をポニーテールに纏めた鳳来寺と出くわせるから。

「おはよ、ユースケ」

「あ、お、おはよう……鳳来寺」

別に待ち合わせをしているわけじゃない。実際、鳳来寺はさっさと耳にイヤホンを填めて、一人さっさと走り出してしまう。

僕はアニキに勧められたからだけど、鳳来寺のランニングは単なる習慣らしい。

あの引き締まった体はそうして作られているのだろう。

僕はその背を追うようにして、早歩きぐらいの速度で走る。

前は走ることなんて出来なかった。今でもそうだけれど、でも、ゆっくりでも走れるようになっていた。

少しでも、鳳来寺の姿を見ていられるように。そして、運が良ければ信号待ちで追いつけるように……。そんな気持ちを抱いていたら、アニキからは歩くだけでいいんだと言われていても……自然と、そうなっていた。だって――。

「僕だって……男だから……」

——いや、ケツがね、いいんだよ。鳳来寺のさ。

ピンクのパーカ状の薄手のジャケットに、薄手のホットパンツ、足を包むスパッツ……そんな姿の彼女が走れば、ヒップの具合なんか、最高だもの。見ていたら自然と足が速《はや》まっていたのだ。全然露出なんてしていないのに、不思議と興奮出来る。腰に巻いたポーチというか、スクイズボトル——サッカーの試合とかで選手が休憩時に飲んでる、ぎゅっと押してぷしゃーと出る柔らかい水筒みたいなやつ——ホルダーがぺちぺちとその張りのあるヒップを叩くも弾力で跳ね返っている様など、絶頂すら覚える。

……とはいっても、ものの一分かそこらではぐれちゃうのがいつものパターンだけれど。しかも僕は一五分程で帰るけれど、鳳来寺は三〇分以上走っているようで、大抵僕がシャワーを浴びて朝食を前に手を合わせる時に帰ってきているのを、いつも窓から見ていた。

今の生活を続けていたら、いつか、鳳来寺を追い続けられる日が来るのだろうか。

三〇分以上もの間、彼女の……ケツを見つめ続けられるのだろうか。

そんなことを考えながら、僕は無脂肪牛乳でフルーツグラノーラを浸《ひた》し、茹《ゆ》でて解《ほぐ》されたササミの身がたっぷり入ってボリューム感満点の玉子焼きと、山盛りのサラダに箸《はし》を向けるのだった。

3

何だかんだで気が付くと、僕の生活にはアニキが当たり前にいるようになり、学校に行く回数も増えていた。最初は単にアニキと二人っきりで家にいることが辛《つら》くて、逃げるように登校していたのだけれど、朝のランニングを始めてからは、自然と休もうと考える前に制服に着替えている自分がいる。

多分、習慣化のせいなんだと思う。鳳来寺に引っ張られるように朝早く起きてウォーキングして、朝食を終えたら着替える……それが当たり前のローテーションとして自分の中で出来上がってしまったがためってのと……後は何より、やっぱり鳳来寺が来てくれたからかもしれない。

僕はチラリと隣を歩く鳳来寺を見やった。

彼女は横から見ても、やっぱり綺麗だった。

かわいいというよりは綺麗、美少女というよりは美人と評したくなる、そんな人。

そのくせして、笑うと〝かわいい〟〝美少女〟なのだ。

僕の前ではほとんど笑顔は見せてくれないけど、クラスなんかじゃもうあっという間に慣れて、女子達の間で人気者になっていた。転校生というのは、ハブられるか人気者かのどちらかに分かれるものらしいけれど、鳳来寺は完全に後者だった。

休み時間はクラスの女子達に囲まれて、凄くかわいらしい笑みを浮かべていて……眺めていると眩《まぶ》しいほどだ。

……どこか焦りのような、嫉妬《しっと》のような、そんな気持ちを抱いたりするのは何故《なぜ》だろう？

とはいえ、女子がやたらに囲い込むので、実状を知っている渋谷《しぶや》君や恵比寿《えびす》君を始め、他の男達も彼女に近づけないでいるのは、少しホッとする。

それに……そんなだから、僕へのいじめもあからさまに減っていた。

鳳来寺が転校して来た日に、お互いに変なリアクションしちゃったせいで、担任が知り合いと判断し、教室の最前列、廊下から二番目の席——つまりは、僕の隣に鳳来寺を置いたのだ。当然、そこには休み時間には女子が集まる。

こんな中ですぐ隣に座っている僕にちょっかい出すような強者はさすがにいなかった。

見ていた僕の視線に気が付いて、隣を歩きながら鳳来寺が顔を向けてくる。

「ん？　なに？」

「あっ、いや、別に、何でもない……」

本当に鳳来寺が僕に扶助《ふじょ》された女の子なのだろうか。最近、そんなことを考える。

鳳来寺は僕の好みとは違っても、凄く魅力的だと思う。

けれど……正直、僕では彼女を持て余してしまいそうな……って、失礼か。

そうだな……うん、うまく釣り合わない、そんな気がする。

恋愛生活保護《せいかつほご》は、日本で最高、否、史上最も優れた頭脳を持つとされる三人の天才が組んだプログラムと国内有数のスパコンを用いて、あらゆるデータを基に複雑な計算をしてピッタリの相手を導くものだとあった。その結果が、鳳来寺だというのだろうか。

彼女からも、僕を未《いま》だそういう相手として見てもらえていない状況を見るに、疑問を抱かざるを得なかった。

……アニキの方は、疑問以外の何もないけれど。

二人共に部活に入っていないので――鳳来寺の方はいくつかから誘われてるみたいだけど――早めに帰宅すると、しばらくそれぞれの家で時間を過ごす。僕は主にアニキと一緒にトレーニングとか、ポージングを決めるアニキの横でゲームとか読書とか、映画やアニメを見たり、たまにはアニキの筋トレのサポートをしたりもする。

そうして夕飯の時間になる頃《ころ》には、アニキが台所に立ち……鳳来寺もうちで夕飯を食べるのが日課となっていた。

ある時、「一人暮らしじゃ大変だろう。どうだ、うちでおれ達と一緒に食事しねぇか！」とオリバー・ポーズのアニキから誘われたんだそうな。

ある日、居間に行ったら鳳来寺がいて、最初はちょっとビックリしたものだ。

まぁ鳳来寺としても毎晩料理作るのは面倒だったようだし、何より恋愛生活保護のルールとして一週間ごとにレポートを出す必要があるからだろう。

つまりは僕が恋愛生活保護をきちんと受給しているかどうか、ということの確認である。単に相手との起こったことを書いて提出するだけなんだけど……鳳来寺としても一応それなりに僕と接触しておいてから書きたかったようだった。

そうじゃなかったら、さすがに僕の家なんかに毎晩来てくれない……と、思ったり……。

ともかく理由はどうあれ、当初、ぎこちなかった三人の食卓は、今では当たり前のものとして僕らの日常になっていた。

買い喰いばかりだった僕の食生活が、アニキのおかげで比べようもないぐらい改善され、さらには大きな一輪の赤い花が飾られた形である。

少し前からは考えられない、いや、考えもしない、そんな生活だった。

……美少女とマッチョなアニキがいる食卓の図なんて、見たことないもの……。

油をほとんど使わない野菜炒めの夕餉《ゆうげ》をたらふく喰《く》らった後、僕と鳳来寺は居間のL字型ソファの端っこ同士に座って、垂れ流しのテレビを前に、ダラッとしていた。

アニキが鼻歌交じりに食器を洗うカチャカチャというBGMに、時折「フンッ！　ハッ!!」と覇気の籠《こ》もった声が交じるのを聞きつつ、さして面白くもないドキュメンタリーを見ていると、「あ、そうだ」と鳳来寺が何かを思い出したように声を上げる。

「あのさ、ユースケ。食費なんだけど後で持ってくるね。……いや何でって、そりゃ毎晩こんなに食べてるわけだし。アニキにも悪いじゃん」

「いいよ、多分、大丈夫だから」

食費、というか生活費は親から定期的に送られてくるもので十分だった。

元々多趣味ではないし、物欲もせいぜい本とゲームぐらいしか買うものがないのだ。貯《た》めていたものもある。

それを今はアニキに渡しているんだけれど、彼と鳳来寺《ほうらいじ》の分の食事代を含めても、ぶっちゃけ以前までの僕の生活費よりも安くなっているはずだ。

何だかんだでコンビニで買ったカップ麺《めん》やレトルト、弁当などにジュースやアイスを買うと結構高いんだよね。けれど、鳳来寺達が来てからは買い喰いしなくなったし、何より飲み物が大きい。アニキが淹《い》れて冷やしてくれている烏龍茶《ウーロン》があるので、ジュース類を買わなくなったのだ。

……何よりアニキに甘い物のカロリーの高さを一晩中語られたら、さすがに買う気もしなくなる。特に、このアイス一つとカップヌードル一杯が同じカロリーだと言われた時なんて、さすがに僕でさえヤバイと思ったり……何か後半は一周回って逆にカップヌードルって結構低カロリーなんじゃないのかって感じ始めていたレベルだった。

「だからいいってわけじゃないよ。ちゃんと払う。それに、それ、アンタのお金っていうより、アンタの両親のお金なわけだし」

それを言われちゃうとなぁ……。バイトでもしていれば多少変わるけれど、自分で働いていない未成年って基本持っているものなんて親から貰《もら》ったものばかりだ。

お小遣いやそれで買ったものはもちろん、着ているものも、食べる物も、そうだ。学校でどれだけ偉そうに威張っていても、喧嘩《けんか》や何だで命がどうこう言ってる生粋《きっすい》の不良でさえも、基本自分で自分の尻《しり》を拭《ぬぐ》えている奴《やつ》はほとんどいないはずだ。

税金や健康保険や光熱費、家賃、食費……それら全《すべ》て、自分でまかなえている奴は不良なんてやっている暇もないだろう。日本はカツアゲや万引きだけでやっていけるような甘ったるい世界じゃない。

……まぁ、それ言い出しちゃうとスポーツ漫画とかで「……フッ」とかクールぶってい る凄腕《すごうで》のライバルキャラとかが出てきても、あぁこんな奴でさえパパとママのお金で買ったパンツ穿いているんだろうなぁってなって、ちょっと切なくなったりもするから、割とスルーするのが正しい気がする……。

鳳来寺はマジメだなぁ。そんなことを思いながら、僕は髪留めを外して髪を払う彼女を横目で見ていた。ほんのりと、良い香りが男臭い居間に漂った。

「おっ、何の話だ?」

洗い物を終えたアニキがエプロンを取り、いつものパンツ一丁になると、もはや居間の調度品になりつつあるダンベルを二つ両手に持つ。ンッ！　と気合いの入った声と共に、仁王立ちしたアニキの筋トレが始まったので、鳳来寺はかいつまんで今の話を説明した。

「フンッ！　なるほどな、ユリちゃんの言うこともっともだが、ユースケの言うことも間違いじゃねぇ。料理は人数が少ないほど一食当たり高くつくからな。人数が多くても一人の時とそんなに食費が変わらねぇ場合もある。実際、おれの料理は低価格なものが多いしな。フンッ！」

「うん。それにそんなこと言い出したら、鳳来寺だって、結局は……」

「あたしの生活費は、生活保護関係の経費ってことで国や自治体から一定額貰えてるの。

未成年が引っ越してきているんだから、当然でしょ？　親のお金使ってまでここに来ないって。……あ、それで思い出した。ね、ユースケ。明日のアレ、結局どうしたの？」

「アレ……？　あぁ、アレね。……いや、さすがに……」

僕は鳳来寺と共にそれとなく、チラリとアニキを見やる。すると彼はチャンスとばかりにダンベルを素早く床に置き、〝ダブル・バイセップス〟を決めて見せる。

基本、アニキは注目が集まるとポージングをするのが義務か何かだと考えているようだ。

「おい、ユースケ。アレってのは、何だ？」

「あぁいや……その……」

「まぁ、あたしの知ったことじゃないけど……」

チラリと鳳来寺は今一度アニキを見やる。

アニキ、笑顔を即座に彼女に向けるが、鳳来寺は素早く視線を外す。

「端から見てると、まぁ、一応ちゃんとしておいた方がいいんじゃないかなって思うよ」

「……でも……」

「アニキがアンタの保護者みたいなもんでしょ、現状」

……まぁ、何だかんだでそうなんだよね。

アニキが〝ダブル・バイセップス〟から〝サイド・トライセップス〟へと切り替える。

上腕三頭筋《トライセップス》を強調するこのポーズは、腕を後ろに回してお尻の辺りで組み、サイドの名が示すように膝《ひざ》をやや曲げて側面から見せるものなんだけれど……わかりやすく言えば、手を後ろに組んで僕の前を歩いている美少女が「ん、何ユースケ？」と最高に可愛《かわい》らしく振り返った瞬間……のようなポーズである。まぁ、ゴリゴリのマッチョなアニキがやっているわけだけれど。

「イマイチに話が見えねぇな。おい、ユースケ、わかるように説明しろ」

ほら、と鳳来寺に促され、僕は仕方なく部屋の机、その引き出しに隠してあったプリントを持って来て、アニキに見せるのだった。

「……ほぅ？　父兄参観日か。ふははははは っ、照れることはないぜ、ユースケ！　安心しろ、おれがきちんとお前の普段の頑張りを参観してやるぜ！　何せおれはアニキ……父《フ》っ兄《ケイ》ッ参観日には当然出席の権利があるからな!!」

……まぁ、こうなるわな。

4

その日ばかりは、いつもの朝とやや趣《おもむき》が違っていた。

散歩《ウオーキング》を終えた僕がシャワーを浴びて出てくると、アニキは玄関の姿見を居間に持ち込み、入念に髪型を整えていたのだった。

居間で、パンツ一丁で大股《おおまた》を開きながら――姿見よりもアニキの身長が頭一つ分高いせいだ――全身に力を入れながらのヘアセットというのは日本の朝の日常風景にはかなりそぐわないものの……最近の木村《きむら》家では割とどうでもよく感じてきてしまうから、いろいろヤバイと思う。

彼のキュッと締め上げた大殿筋《ケツ》を見ながら、僕はフルーツグラノーラを頬張《ほおば》る。

「おい、ユースケ。父っ兄《フケイ》参観日ってのは、学校に何か持って行くものがあるのか？」

……何か父っ兄《フケイ》の兄《ケイ》の部分にやたら気合いを入れるもんだから、段々とケの音がゲに聞こえてきて、やんわりと不審なイベントが学校で開催されそうな雰囲気が漂い出していやがる……。

「別に何もいらないと思うけど……」

「そうか。そんじゃ、おれ自身をガッツリ決めるだけでいいか」

「あ、あのさ、アニキ。間違ってもその格好のままで来ない……よね……？」

「あぁ、もちろんだ！　舐《な》められねぇようにしっかり筋肉《トレーニング》をいじめて、ガッツリ〝パンプ・アップ〟してから行くぜ！」

……いや、そうじゃない。ってか寝起きのアニキの状態で、誰《だれ》も舐めたりなんてしないっての。国内でもそこそこのボディビル選手権にでも参戦しない限り太刀打ち出来る人はいないだろうに。

ちなみに〝パンプ・アップ〟はハードにトレーニングをすると、筋肉内の血液等の量が増え、一時的に膨らみ、よりタフなボディに見えるものらしく……先日のアニキ曰《いわ》く「筋肉へのお化粧さ」とのことだった。

「あの、アニキ……？　ボディの状態じゃなくて、その、服装的な意味でさ。普段と同じなのは止めてね」

「あぁ、そっちか。大丈夫だ、安心しろユースケ！」

それを聞いて僕は少しホッとした。

アニキのことだからパンツ一丁、ヘタすりゃそれすら穿《は》かずに、裸こそが――。

「裸こそが漢《おとこ》の正装だからな、任せとけ！　より際どいパンツに――」

「露出を減らして！　お願いだから！」

下半身はそのままに身を捻《ひね》り、アニキが振り返る。その視線には、何故《なぜ》？　というメッセージが。普段爽《さわ》やかな笑みを浮かべているくせに、今のアニキはちょっと切なげである。

「……と、ともかく、来るなら、肌の露出を減らしてよ……恥ずかしいから」

「どうしてもか？　……そうか……まぁ、ユースケがそう言うなら仕方ねぇな。じゃ、クラスメイト分のプロテインでも土産で持って行くか！」

「いらないから！」

「ちゃんとした国内メーカーのいいやつだぞ？　何よりプロテインはいくらあっても困るもんじゃ……」

「いらないって！　ともかく来るんなら露出減らして手ぶらでちょっと顔出したらすぐ帰ってよね」

ふぅー、とアニキはため息を一つ。するとニッコリと笑って「わかった、恥ずかしがりりにため息をして、朝食を終えたのだった。

屋だな」と応じてくれたのだった。
……どうせ、パッツンパッツンのサウナスーツで来るんだろうな、と僕もまた諦《あきら》め混じ

5

参観が始まるのは午後の授業の一発目ながら、昼休みの終わり頃《ごろ》にはすでに幾人かの親
——平日のせいでどうしても母親の方が多いけれども——が顔を出していて、担任が教室
の後ろであれこれと教育がどうだこうだと話していた。
そして、クラスメイト達はそれを気にしないようにしつつも、何となく落ち着かない。
うちのクラスで悪ぶってる恵比寿《えびす》君と渋谷《しぶや》君でさえも、今は借りてきた猫のように大人し
く寝たフリをしていた。……多分、今来ている人の中に親がいるのだろう。
僕はそんなことを気にしつつ、昼食を終えて、弁当容器を鞄《かばん》にしまう。すると婦人の化
粧品臭がする教室内でありながら、ふわっと爽やかな清潔感のある匂《にお》いがする。
俯《うつむ》き加減だった顔を上げてみれば……鳳来寺が僕の机の前に立っていた。
彼女が机に片手を突き、身を乗り出すようにして座っている僕に顔を寄せてくる。その
背、その肩からサラリと流れる赤毛が僕の頰《ほお》に触れ、思わず息を呑《の》んだ。
爽やかで、清潔感のある彼女の匂いが……僕を包んでいた。

「……あのさ、さっきちょっと思ったんだけど……アニキ、間違ってもあの格好で来ないよね？　いや、うん、ぶっちゃけあたし関係ないって言えば関係ないからどうでもいいんだけど……何か、不安になって」

「あっ、うん。今朝、一応露出は減らしてくれって注意したし、大丈夫だと思う。……多分、サウナスーツだと思うけど」

「あ、アニキ、サウナスーツ持ってるんだ。パンツしかないのかと思ってた」

「夜はちゃんとスウェット着て寝てるよ。……上だけだけど」

……先日なんか、夜中にトイレに起きたら、同様にトイレに起きた半裸のアニキと出くわして危うく漏らしそうになったもんな。暗闇《くらやみ》で巨体に出くわすだけで驚く上、あのアニキが服を着ているもんだから、余計に驚いたものだ。

……うん、今自分で言ってていろいろ間違えているってのは、わかっている……。

「服着てくるんならいいんだけど。……何でだろうな、夕飯ごちそうになっているせいかな、赤の他人のはずのアニキを考えると何か不安になるんだよね……」

鳳来寺は眉間《みけん》に皺《しわ》を寄せ、頭痛でもするかのように瞼《まぶた》を閉じてこめかみに手を当てた。

「ありがと、大丈夫だよ。ちゃ……ちゃんと僕、言ってあるからさ」

僕は少しばかり勇気を持って格好付けて、そんなことを言った。

けれど、明らかに後半僕の声はどもり、震え、嘘《うそ》くさくなっていたのが自分でもわかって、思わず顔を伏せてしまう。

……けれど、鳳来寺《ほうらいじ》から失笑やバカにした感じの気配はなく、ただ、「うん、おっけ」という声だけ。

僕が恐る恐る視線を上げてみると、鳳来寺はどこか優しげだった。

その顔を見た時、全部見透かされた上で、それでもあえてそういうふうに言ってくれたのだとわかり……僕は嬉《うれ》しいやら恥ずかしいやらで、顔が赤くなったのが自分でわかった。

「あ、まだ時間あるか。……ユースケ、ちょっと来て」

僕は鳳来寺に言われるがままに、人気の少ない、廊下の端にあるトイレ前へと行く。

何かあるのかと思ったけれど……。

「身だしなみ、せめて今日ぐらいちゃんとしなよ。アニキに言うんだったら、自分もしっかりね」

……そんなことを言われ、トイレに入った僕は洗面所の鏡で自分を見る。

さほど気にしなかったけど、うんまぁ、頭はぼさぼさだし、いつの間にかシャツの裾《すそ》は片側だけスラックスから出ていたり、ネクタイもゆるゆるだったりで……うん。

僕は水で軽く寝癖を直し、スラックスにシャツの裾を入れ、ネクタイを締め直し、トイレを出る。すると……まだ、鳳来寺はそこにいてくれた。

「うん、おっ……け、じゃない。ネクタイ、もう少し真《ま》っ直《す》ぐに出来ないの？」

「え……ま、曲がってるかな」

僕は慌ててその場でやるのだけれど、鏡もなくて……何か、余計に……。

「曲がってるってか、歪《ゆが》んでる。……あぁもう、ちょっと貸して」

鳳来寺の手が僕のネクタイに伸び、それを一度解く。

その行為に、僕は思わず猫背を真っ直ぐに伸ばして、どぎまぎした。

女性にネクタイを……って、入学時に母親に締め方を教わった時以来で、その……何だろう。何だか、緊張する。

女性に僕のことをしてもらっているのに、その当の僕本人は何もせずにいるこの状態は……何だか恥ずかしいんだけど、それでいて……凄《すご》く、嬉しいものだった。

……そういえば、以前僕が筋トレで雄叫《おたけ》びを上げていた時も、鳳来寺は駆けつけてくれたっけ。……まぁそれで余計に状況がこじれたわけだけど、僕を案外気に掛けてくれている……いや、違うかな。単に世話焼き好きっていうか、責任感があるっていうか、面倒見のいい性格をしているのかもしれない。……年下とかに好かれたりしそうだな。

僕の視線は俯き加減にうろうろと辺りを彷徨《さまよ》うものの、鳳来寺の腕の隙間《すきま》から胸を見つめるのもどうかと思い、躊躇《ためら》いがちに彼女の顔を見る。

すると、鳳来寺は何やら難しい顔をしていた。

「……対面でやると、難易度高いなぁ……。ったく、しょうがない。時間ないし、ユースケ後ろ向いて」

僕は頭に〝？〟を浮かべたまま、その場で回転してトイレの方を見やる。すると……鳳来寺の匂いに、包まれた。

鳳来寺の腕が僕を包むように……抱きしめるように、左右から、来る。そしてその手がネクタイに向かうと共に、僕の肩甲骨の辺りに温かくも柔らかな感触が……。

これって、間違いなく……鳳来寺の……。

うん、間違いない。背中にやや硬いような感触があるくせに、弾力があるというか、僕の背を押しやるようなこの感じは……ブラ越しの、鳳来寺のおっぱいだ……!!

「……くそっ、人のやるのって難しいな。もう一度……!」

鳳来寺の声が僕のこめかみの辺りで発せられ、ぼさっとしている僕の髪の毛がその吐息で揺らされた。

……同級生の女の子とのこんなにも濃密な接触は、生まれて初めてのせいか……暴れ馬のような心臓が口から出そうになると共に、膝が震えそうになる。

あぁ、何て僕はチキンなんだ！　こ、こんな夢に見るような体験がついにやってきたってのに、どうして僕は、僕は……もっと後ろに寄りかかる根性がないんだ!?

もっとダイナミックに鳳来寺に身を委《ゆだ》ねれば、よりグッとこう、彼女の胸が僕の背に押しつけられてその素晴らしさを濃密に体験出来るのに……頭ではわかっていても、チキンな体が言うことを聞いてくれない……!!

……まぁ、下腹部だけはやんわり元気になってしまっているけれども……。

シャツはスラックスの中にインしてしまった上、現状何も持っていないから〝前〟を隠すものが何もないわけで……。でも参観日ということで、皆早々に教室に入っていてトイ

レ近辺はもちろん、廊下にも人が少ないから助か――。

「何かもぞもぞして、どうしたの？」

まずい、ピンチだ！　股《また》ぐらがふっくらしてしまったのを何とか配置で目立たないようにとイジイジしていたのがバレたか⁉

「あぁいやぁ、その、あの……あ、えっとスマホが震えた……気がしてさ」

そう言って僕はポケットの中からスマホを取り出してみると……案外、メールが来てるのね。いつ来たのかわからなかったけれど……これは助かった！　どうせスパム同然のネットショップメールだろうけれど、それでもこんなに嬉しいことはない！

僕は、さもこれが来ちゃってさ、と言うように、ドヤ顔でメールを開いて後ろの鳳来寺に見せる。すると、僕の胸元で動いていた手がピタリと止まった。

「……いつから、そういうやり取りしているの？」

「え？　あぁいや、その、最初にそういう登録をして……」

……マジ？　と何かを疑うような声をかけられてしまって、慌ててスマホのモニターを見やれば……いや、うん、こんなメーリングサービスに登録した覚えはないな……。
※メールタイトル：本日のアニキ
メール本文：パンプ・アップしてシャワー浴びたらまだ冷水で、ビンビンにおっ勃《た》っちまったぜ。
それと共に添付されているのは水を弾《はじ》く膨れ上がったアニキの大胸筋、というか乳首を含むバストアップの無駄に高画質な写真だった。

「アニキ……携帯持ってたんだ。というより、何故《なぜ》僕のアドレスを……」

そりゃよくよく考えれば、ろくに使わないスマホなんて、いつも部屋か居間かそこら辺にロックせずに放置してあるから、アニキがその気なら一発だろう。

「ふーん、アニキとはそういうやり取りして楽しんでるんだ。ふーん」

「ち、違ッ……！　ぼ、僕は知らないし、それにこれは──あっ」

慌てたせいで、手が滑ってスマホが床を転がってしまった。

僕を包むように回されていた鳳来寺の手から一度逃れ、それを拾おうとしたのだけれど……まぁ何か転がっていった先が女子トイレの近くなのが、若干気になる。

まぁ、周りに誰《だれ》がいるわけでもなし、鳳来寺がいれば大丈夫だろう。

僕はスマホを拾おうと女子トイレの扉に近づ──。

──ガチャ。

うん、開いたね、女子トイレの扉が。そして現れたね、女子生徒。その彼女とさ、思いっきり女子トイレの前に仁王立つ僕と目がね、こう、ガッツリ合ってるよね。

トイレから現れたのは、僕よりもやや小柄なクラスメイトの、松笠《まつかさ》アザミだ。

彼女はピンっと伸びた二本の耳が付き、かわいらしいＡＡ《アスキー・アート》風の顔が描かれたフードを被《かぶ》ったまま、一瞬「お？」というような顔をするものの、ペコッと頭を下げる。

何の会釈なのかわからないものの、その時彼女は「……あっ」と声に出した。足下にスマホが転がっているのを見つけてくれたようだ。

「……落とし物ですか」

松笠さんは、床を転がる、思いっきりアニキが映し出されている素敵スマホをしゃがんで拾ってくれる。

……まぁ、いわゆるネタ画像とでも思ってくれるだろう。

「大丈夫です。……では」

……な、何が……大丈夫だと？

そんな疑問を抱いた時、僕の頭に恐るべき仮説が思い浮かんだ。

――今、拾い上げる時に、僕は……股間《こかん》を見られちゃいまいか？

鼓動が高鳴る。冷や汗が噴き出た。

今、松笠さんはしゃがんでスマホを拾い、僕の顔を見上げて立ってくれたわけだけれど……その過程で一瞬、どう考えても僕のふっくらしたものを極めて至近距離で視界に入れているはずである。

……だから、こうは考えられないだろうか。

僕が、マ、ッ、チ、ョ、の、画、像、を、見、な、が、ら、股、間、を、膨、ら、ま、せ、て、い、た、と。

松笠さんの背を見る。ブレザーの制服の下に羽織ったパーカに、かわいらしい猫の肉球マークの入ったタトゥーストッキングが妙に似合う、そんな子だった。

彼女は特に早歩きで距離を置こうとするでも何でもなく、いつものようにマイペースな

歩みをしているところを見るに、僕の股間のダイナマイト――いや、アニキのに比べると
ゴミみたいなものだけど、やんわりと存在を主張していた股間を目撃はしていない……？

実際、最後に視線が合った時も、平常運転な、ぬぼーっとした感じの目をしていたし、
色白な肌を赤らめたりもしておらず……うん、問題ない。もし見られていたら、ガタガタ
震えて走り出したり……とかするレベルの大事になるはずである。

せいぜい、僕が女子トイレ付近でマッチョの画像をスマホで見ていたぐらいにしか思っ
ていないのだろう。……うん、まぁ、十分にヤバイ気はするけれど、最悪の事態ではない。

「ん……？　今の、誰だっけ？」

僕は鳳来寺に――股間のことがあるので――背中からそっと近づく。

「松笠アザミだよ、ほら、僕の席と対角線に席が……一番後ろの隅の席の」

僕の背がかすかに鳳来寺の胸に触れると、彼女の手がまた僕を包むように伸びてくる。

……それがちょっと、嬉しい。

「あぁ、あの地味っていうか、ちょっと不思議ちゃん入ってる子か」

あれだけ目立つ容姿の子を鳳来寺が覚えていないってのはちょっと意外だ。

訊《き》いてみると、まだ転校してきたばかりで、寄ってきてくれる女生徒の名を覚えるので
いっぱいいっぱいらしい。

「あの子……アザミか。かわいいのに、何か、クラスで目立たないよね」

「うん、遠くの中学から来たみたいで、一年生の時とか男子内で結構人気になってた。で

も告白されても全部断ってるみたい。かといって女の子の友達も多いかっていうと、そういう感じでもない……かな。わかんないけど」

「男っ気はなさそうだよね、確かにさ。女子にも交友関係が少ないって何か変わって……よしっ、今度こそうまく出来たっ」

ポンっと鳳来寺《ほうらいじ》に肩を叩《たた》かれ、僕は喉元《のどもと》に手を這《は》わせる。

「あ、うん……凄くビシって決まった気がする」

僕がそんなことを言うと……鳳来寺は得意げに、あの、眩《まぶ》しい笑顔を見せてくれた。

僕は思わず……息を呑《の》む。

自然と出てくる「ありがとう」の言葉。

彼女は「どういたしまして」と、はにかむように、微笑《ほほえ》んだ。

女性の腕に包まれるのも、鳳来寺のおっぱいの感触を背中に感じるのも……何もかも、たまらない。

けれど……でも、それ以上に誰かにこうして気遣ってもらえるって……こんなにも嬉《うれ》しいことなんだ。

そんなことを、ふと、思った。

授業が始まると教室内に父兄……というか、クラスメイトの母親達が幾人も集まり出していた。結果、教室内がむわ～んと、無駄に気合いの入った熟女《マダム》の皆様の化粧の臭《にお》いで充《み》ち満ちて、ちょっと気持ち悪い……。

けれど、僕の貧乏揺すりを速めるのはそんな理由とは関係がなかった。

「……まだ、アニキが来てないってのが、逆に不安だ……」

英語の授業の中、僕は思わず呟《つぶや》いた。

来るなら来るで不安だけれど……来ると言って来ないってのもまた不安なのだ。

ひょっとしたら学校に来る途中でサウナスーツが破れて、お尻《しり》丸出しとかになった瞬間に警察が来て……とか、可能性としては十分に考えられる。

普段ならこんなそわそわした僕を担任はこれ見よがしに叱《しか》りつけてくるのだろうけれど、参観日である今日ばかりはクラス中が浮き足だっているので、スルーされていた。

ちらりと振り返って教室を見やれば、余裕な面持ちでいるのは今日、親が来ないとわかっている連中ぐらいなものだろう。

何となく、松笠さんを見る。彼女は先程同様、表情一つ変えずにぬぼーっとした顔のままでペンを淡々と動かしていた。その様子を見るに、彼女の両親も来られないのだろう。

「……ん？」

鳳来寺も僕と同じ心境なのか、同様に後方を振り返っていて、顔を前に戻す途中で視線が合う。

――と、その時である。

無数の鳥が一斉に喚《わめ》きながら飛び立ち、犬や猫が騒ぎ始めた。それを切っ掛けとするように、何やら校舎の外からざわめきが聞こえ始めたんだけど……これって……。

窓際の生徒の幾人かや、仲良さげに喋《しゃべ》っていた婦人達もまたそれを察し、首を伸ばすようにして窓から校庭を見やったが、何も見えないらしく、伸ばした首を捻《ひね》る。

しかしながらざわつきの中、遠くの方からかすかに「全警備員を投入しろ！」という怒声をかろうじて僕の耳は捉《とら》えたような……気のせいのような……。

恐らく同じものを聞いたであろう鳳来寺は顔から血の気が引きつつも、声は出さずに唇の動きだけで僕にメッセージを送ってくる。

〝ちゃんと服着て来いって言ったんでしょ!?〟

もちろんだって！　と僕もまた唇の動きだけでそれを伝える。

何せ、最低でも二回は露出を減らしてくれと頼んだのだ。最悪、スウェットを上だけ着た格好かもしれないけれど、それでも通常状態で来るよりは、ずっといい。

しばらく一緒に暮らしたけれど、アニキは嘘《うそ》をついたことがなかった。

何よりあんなにも躊躇《ためら》いなく素肌を公開している彼に、嘘という名のベールは似合わない、そんなふうに僕は感じるのだ。

いつも丸裸、いつも全力で本当の自分を見せている……だから、大丈夫なはずだ。

アニキはちゃんと露出を減らしてくれると約束してくれたのだ。

「ですからこの問題はですね、パットが虫除《むしよ》けスプレーを入れていたポケットというのが、ジ・アザー・ワン、つまり……」

　このクラスの担任でもあり、道に迷っている外国人に得意げに話しかけたら彼の流暢《りゅうちょう》な英語が冗談みたいに全然通じなかったという輝かしい経歴を持つ英語教師が淡々と授業を進めていく。けれど、僕と鳳来寺だけはもはや何年も前のセンター試験問題などどうでもよく、顎《あご》から冷や汗が滴るような状況で、ひたすら耐えるに徹した。

　鳳来寺はどうか知らないが、僕は自分とアニキを信じて、耐えに耐える。

　絶対にアニキは服を着てくる。だって、そう約束したのだから……！

　あ、あぁ……何か他のクラスがざわざわしていやがる……。

　――何だ、今の!?　――今デビュー直後のシュワルツェネッガーみたいなのいなかったか!?　――んまぁ！　何ということでしょう!?

　生徒や参観に来られていたであろうご婦人の声が聞こえるんだけれど、それが段々と近づいて来るのな……。２-Ｄ、Ｃ……そして隣のＢ組までもがざわめき出した。

　わかるわかる……アニキのボディはサウナスーツ越しにだって、スゲーのがわかるもの。シュワルツェネッガーみたいだって言いたくなるのも、わか――。

「ご婦人よ、悪いが、この扉をちょいと開けちゃくれまいか？」

　……来た。

　野太いアニキの声が、はっきりと廊下から聞こえた。

　僕と鳳来寺は今一度互いに視線を交わらせ……意を決して、二人同時にそっと教室後方の出入り口を見――こらアカンわ!!　もう、何、え!?　何で、スライドドアの窓からアニキの大胸筋がちょろっと顔出しちゃってんの!?いつもよりビシッと決めた髪型といつもの爽《さわ》やかな笑顔と白い歯もいい、最高だ！　その下の筋張《キレて》った太い首も立派でいい！　けどそこから下に何故布がない!?肩の、岩のような三角筋や大胸筋の上辺がドアの窓から見えているってことは、つまり……そういうことだろう!?

「ユ、ユースケ、アンタ、ちょっと……！」

アニキのダンディ・ボイスに授業が一旦《いったん》止まった中、鳳来寺が愕然《がくぜん》として目を見開き、小声で何か言ってくるけれど……僕にどうしろっていうんだ!?

婦人が一人、驚きながらも言われるがままにスライドドアを開ける。案の定パンツ一丁にスリッパという夢のようなマッチョがそこに佇《たたず》んでいた。

教室内が水を打ったように、静まる。

「お、すまねぇ。何せうちのユースケの要望《オーダー》で、手が使えなくてね」

僕は、愕然とすると同時に……あぁ、アニキはやっぱりアニキだ。嘘なんてつくような人じゃない、そう納得もした。

アニキは確かに約束通りの格好で来てくれていたのだ。

「……あの、な、何故《なぜ》こんな格好なんでしょう?」

婦人がおどおどしつつ、乳首を両手で隠すアニキに訊いた。

「ユースケからよ、恥ずかしいから手ブラで来いってワガママ言われちまってな。ハハッ、あの野郎、思春期真っ盛りで困っちまうぜ」

僕は地の果てにまで轟《とどろ》かん雄叫《おたけ》びを上げたい衝動を堪《こら》えつつ、頭を抱えた。

そう、確かに僕は言った。露出を減らしてくれ、と。そして何もいらない、手ぶらでいい、と。でもそうじゃねぇ、そうじゃねぇんだアニキ……!!

世界のどこにアニキに手ブラで学校に来てくれと言う奴《やつ》がいるというのか。「あそこで乳首隠してんの、僕のアニキなんすよ」とかドヤ顔で誰《だれ》に言えと言うのか。恥ずかしいから乳首隠せって何なんだよ!?

相変わらず筋肉が張りまくった状態で、両腕の肘《ひじ》を張るようにして乳首を隠しているもんだから、両手の握り拳《こぶし》を腰に当てて胸を張る〝ラット・スプレッド・フロント〟の亜種みたいなポージングで……何当然のようにスマートな歩行術で教室に入ってきてんだよ……！　ちょっとしたテロだぞ、これ！　ってかさっき外で投入されたはずの警備員とかはどこに行ったんだよ!?

「おう、ユースケ、見に来たぜ！　思う存分頑張れよ!!　普段のお前の底力を日本中に見せつけてやれ!!」

きょっ、教室中の視線が僕の背中に突き刺さってるのを感じる！

うおおぉぉおぉ、耐えられないよ、コレ、何だよコレ、針のむしろじゃん!!

「ほ、鳳来寺……」

僕は助けを求めるように、横の鳳来寺を見やるのだけれど……彼女は彼女で僕同様に頭を抱えてガクブルしていた。自分とは関係ないとか言っておきながら、やっぱりアニキは他人だとは思い切れなかったのだろう。

僕のネクタイもそうだけれど、鳳来寺はそういうところがあるのだろう。いろいろと自然体で面倒見がいいというか、他人のことも自分のことのように気にして——。

「お、ユリちゃんも同じクラスだったのか！　後で探しに行くつもりだったんだが、ヤったぜ！　ユリちゃんも頑張れ！　鍛えろ、学べ、タフになれ!!」

……うん、今し方完全に鳳来寺も他人事じゃなくなったな……。

明らかに僕の背に刺さっていた視線が薄れたものの、今は彼女が針のむしろだろう。

「それにしても……ご立派なお体ですわね……」

そっと振り返ってみれば、面長な婦人がアニキの体を舐《な》めるように見ていた。

「お、また嬉しいことを言ってくれるじゃねぇの。……そうまで言われたんじゃ仕方ねぇ、そんじゃここで特別にサービスタイムだ！」

何を言い出したのかと思えば……アニキは乳首を隠していた左右の手、その指先の小指を折り曲げる。続けて薬指も……。これでアニキのぷっくりとかわいらしい乳首は人差し指と中指だけで隠す格好になり、まさに、ギリギリで隠れているという有様で……って何してんだよ、アニキ!?

でも震えている僕や鳳来寺をよそに、その婦人は……いや、教室内の婦人達全員はその際どく隠れているアニキの乳首を凄《すさ》まじい集中力と緊張でもって注視する。

「セイッ!!」

アニキの指がダブルピースが如《ごと》くに開かれ、秘匿されし二つのサーモンピンクが教室に降臨した。

婦人達から「んまぁ〜!!」と歓声が上がる。頭を抱えた僕と鳳来寺は、無言で悶《もだ》えた。

何がセイッ！　だよ、コンチクショウ!!

アニキが指を閉じると、婦人達が残念そうな「……あぁ〜……」と吐息を漏らす。

「これ以上やるとユースケに怒られるからな、ここまでにしておこう」

……いや、もう現段階で怒るけどね、割とバリバリに。

「そのユースケ君って、あそこの最前列の隅の子ですか？　あの子の……お父さん……？」

「いや、違うぜ、ミセス。おれはアイツの……」

アニキが一人の婦人に顔を寄せ、彼女の福耳に唇が触れるか触れないかのような距離に持って行く。

「……ア・ニ・キ、さ」

彼の甘々な囁《ささや》きは静寂なる教室には十分な声量で……うん、今また視線が僕に来たね、集まってるね、針のむしろだね、これ。

どうしてだろう、アニキって言葉自体は普通なのに、アニキのようなタフガイが〝アニキ〟って言葉を口にすると、若干違うニュアンスがそこに含まれるよね……。

しかも妙なイントネーションで言ったもんだから、何か確実にそっち系にしか聞こえないっていう、ね……。

婦人が腰を抜かしそうによろよろと後退しつつ、胸に手を当て、んまぁっ！　と顔を赤らめていた。

「おっと、勘違いしないでくれよ。アニキって言っても、義理とか血が繋《つな》がってるアニキじゃねぇんだ。……いわゆる漢《おとこ》と漢の関係だな」

……うん、その注釈は誤解が深くなるね、確実に。

義理でもなく、血の繋がってもいない漢と漢の関係のアニキって、もうさ、アレだよね、うん。いろいろとアレがアレで、アレだよね……？

「では、つまりは、そういう関係の……？」

婦人の一人が何か期待するような目をして、そんなことを尋ね始める。

「あぁ、そういう関係だ。つってもまぁ、まだ扶助《ふじょ》ってから一ヶ月も経っちゃいねぇが」

扶助？　と婦人達が首を傾《かし》げ、アニキの口が「いわゆる……」と、ようやく正しい情報が教室内に流れようとするのだけれど……あれ、これ、まずくない？

だって、いわゆる恋愛生活保護《せいかつほご》でアニキが僕のところに来たってなったら、つまりそれは僕はゲ――！

「ア、アニキッちょ待っ――!!」

さすがの僕は席を立ち、声を上げ――たと、それは同時だった。

「先生、授業を進めてください」

バンッと机を叩《たた》いて、松笠《まつかさ》アザミが立ち上がった。

顔は相変わらずぬぼーっとしているものの、声は普段よりもずっと張りがあって、強い主張をそこに感じる。何より、普段は自分から発言することがほとんどない彼女だからこそ……誰もが目の前の事象に驚き、固まった。

また彼女が最後尾の席――つまり、アニキや婦人達に近かったおかげで、後方の会話もピタリと止《や》んでいて、妙な沈黙が教室を一瞬にして支配したのだった。

「あ、あぁ、そ、そうですね。では……えー、見学の皆様は、お静かにお願いします」

「おっと、こいつぁいけねぇ。折角の授業を邪魔しちまったな。すまねぇ、先生。ホットな授業を進めてくれ」

アニキが軽く頭を下げ、僕に小さくウィンク。

そうして婦人達に囲まれるようにして、〝ラット・スプレッド・フロント〟風の手ブラ・マッチョが立っているという……まぁ、異世界感漂う教室になったわけなんだけれど……僕はそれよりも、松笠さんの行動に驚いていた。休み時間を含め、普段は誰かから声をかけられないとまず発言しないような彼女なのに……どうして、あんな……？

6

「おい、ユースケ……お前、今日のアレ、何だったんだよ……」

教室の掃除をしていると、やや青い顔をしている面長の渋谷《しぶや》君が福耳の恵比寿《えびす》君を引き連れてそんなことを訊《き》いてきた。

アレってのは、きっとアニキのことなんだろうな……。

まぁ気になるよね、普通。クラスメイト全員が気にしている空気バリバリだったけれど、刺激が強すぎたのか、授業が終わってアニキが婦人に囲まれながら退室していっても、誰も話しかけてこなかったもんな……。

僕はチラリと周りを見やるも、掃除は終わり掛けで、今手にしているモップを片付けてゴミ投げをしてくれれば終わりだから、それに行くって言って逃げれば……あ、持って行かれた。くそ、いつもなら班員は絶対僕に押しつけてくるのに……。

まずいな、鳳来寺《ほうらいじ》はもう逃げるように帰って行ったし、教室内や前の廊下なんかにクラスメイトが幾人かいるけれど、誰もが素知らぬ顔で耳をすますばかりで助けてくれる人はいないようだ。

渋谷君の後ろに隠れるようにしていた恵比寿君が、怯《おび》えたような顔をして僕を見る。

「ど、どういう精神状態だったらあんなのを学校に連れてこれるのだ？　というより、ユースケ、お前は、あんなマッチョをパンツ一丁、しかも手ブラで来させるのを強要とか……ど、どういう趣味をしているんだ……。まさかと思うが、オ、オレ達もそういう目で見ていたのか……？」

言われてみると、渋谷君はガリガリに細身なんだけれど、恵比寿君はポテッとした福耳同様、全身がぷっくり……というより、骨格からしてちょっとガタイがいい感じだ。アニキと比べたら贅肉《ぜいにく》の塊のようだけれど、見ようによってはプロレスラー体形というか——。

「なかなかいい体しているよね恵比寿君って」

「やっぱりそうか！　くそ、そうやって弱々しそうなオーラを出してオレや渋谷を誘い込んで……お前ッ、何する気だ!?」

「え？　いや、何もしないっていうか、出来ないよ。……僕は、ただ、されるがままに受け入れるしか出来ない、そんな男だってのは、恵比寿君達の方がわかって……」

「じゃ、じゃぁ無理矢理はないんだな……？」

「待てよ、恵比寿。よく考えろよ、こいつこの体格でありながらあのゴリラマッチョを手玉にしてんだぜ。手ブラ強要だぞ、並じゃねぇ」

「だが、いざとなったら最悪殴りつけてやれば……だ、大丈夫だろう？」

「妹が本で読んでたんだ。サソイウケとか何とか言うやつで、挿《い》れられる側なのに、相手にその気がなくとも様々な話術やテクを駆使して半ば強引にヤっちまうって……」

何だか様々な誤解が組み合わさった結果、恵比寿君が、まるで子犬のようになって渋谷君の背に必死に隠れようとするのだけれど……アレだよね。ガリガリの渋谷君の背に恵比寿君が隠れるのは無理があるし、その姿はむしろこの二人こそガチなんじゃないかと思うわけで……。

「二人っていつも一緒にいるけど、実はそういう関係なの？」

「違ッ……てめぇ！」

あ、まずい、調子こきすぎた。

そんなことを迫り来る渋谷君の拳《こぶし》を見ながら思ったけれど、時すでに遅し。凄《すご》い衝撃が顔面に来て、僕は倒れた。音からするに眼鏡が廊下まで飛んでいったようだ。

いじる側に回れたことが嬉《うれ》しくて、ついニヤけて余計なことを言ってしまった。

大人しくいつもみたいに俯《うつむ》いていたら良かったのに……失敗したな……。

目が眩《くら》む。真っ暗なんだか真っ白なんだかわからない中、胸ぐらをつかみ上げられる。

「っつぅかよ、おかしくねぇか？　あのマッチョがお前のそういうのだっていうんなら、鳳来寺は何なんだよ？」

「あ、いや、その、鳳来寺は別に……何でもなくて、その……えっと……」

僕はかすむ視界のまま教室内を見やった。見て見ぬ振りをしているものの、何人もいる。

廊下にだって聞こえているだろう。ここで、恋愛生活保護について話すのは……また、鳳来寺を苦しめることになるかもしれない。……言えない。

「てめぇ、嘘《うそ》ついてたのか？　それとも、鳳来寺は何でもなくて、あのマッチョが本当のお前の相手か？　あ？　何なんだよ、一体全体よぉ！」

……もし、今、僕がイエスと答えたら、どうなるだろう？

あぁ、そうだ、そうじゃないか。ここで僕が自分を偽れば……何もかもうまくいく。

どうせ僕は今以上に悪くなることはない。うまくすれば恵比寿君が近寄らなくなるかもしれない。何より……。

「あん!?」

僕は渋谷君につかまれている胸元を見る。今でこそ崩れかかっているけれど、それでも綺麗《きれい》な形に締められているネクタイ……鳳来寺に締めてもらった、それ。

僕が、自分を偽れば……鳳来寺が苦しまなくなるっていうんなら……言ってやろうじゃないか。僕は、そういう趣味だ、と。君達に性的興奮を覚える、と。

「どうなんだよ、ユースケ!? てめぇはそっちなのか!?」

思わず笑みが湧《わ》く。口の端が吊り上がる。

これから自分は嘘を言う。

でも、それは……僕にとって勝ちに近いような、そんな、嘘だ。

僕の空気が変わったのを渋谷君も恵比寿君も、感じたのか、その顔にかすかに怯えのようなものを浮かべるもんだから……尚更《なおさら》、僕の口の端が吊り上がる。

「そ、そうだ、ぼ、僕は――!!」

「私の恋人です」

僕の背後から声がして、渋谷君と恵比寿君が目を見開き……そして、僕もまたつかみ上げられたまま、背後を振り返る。

「木村《きむら》ユースケは私の恋人です。人の彼氏に何してくれてるんですか?」

そこには吹っ飛んだ僕の眼鏡を持っている――ぬぼーっとした松笠さんの姿があった。

7

僕はまるで大金でも入っているかのように、鞄《かばん》を胸に抱きしめ、おどおどしながら歩いていた。……かわいらしいリュックを揺らして歩く松笠さんと一緒に。

さっきの恋人宣言の結果、目を点にしていた渋谷君と恵比寿君の手から抜け出すことは出来たのだけれど……状況は何だかカオスだ。

ちらりと隣を見やれば、何ら感情を抱いていないような顔をして淡々と歩いている松笠さんがいるわけなのだけれど……いったい、何が何やら……。

僕の視線に気付いたのか、彼女もまたこちらを見る。

「あ、あの、さ……松笠さん、さっきのって、っていうか、今のこれって……」

「まだ尾行されてますね。このままうちまで行きましょう。お話はそれから。あと、その松笠さんは止めましょう。アザミで。下の名前呼び捨てでいいです。私もそうしますから」

気のせいだろうか、松笠……いや、アザミの顔は相変わらずぬぼーっとしているけれど……彼女が被《かぶ》っている帽子のＡＡ《アスキー・アート》風な顔が、さっきまでのシャキーンとした表情のものから、ウィンクの顔に変わっているような……。

「結構しつこいですね、渋谷と恵比寿の二人。まだ疑っているんですかね」

……いや、そりゃ気になるもの。恋人発言もそうだけれど、それ以前にアザミが積極的に自分から人に関《かか》わっていき、そして僕なんぞが彼氏だと宣《のたま》ったわけで……。もはや、ちょっとした事件だ。渋谷君達じゃなくても気になるってものだろう。

「……手でも、繋ぎますか」

「え!?」

「信憑性《しんぴょうせい》が増すかと」

ブレザーの裾《すそ》からさらに伸びる、長いパーカの袖《そで》で隠れた手を差し出される。

あー、中学校とかで女子と手を繋がなきゃいけない時、よくこうやってされていたっけなぁ。何かもうさ、傷つくとか以上に、懐かしさが込み上げてくるよね！

高校になると授業とかで女子と触れ合うようなことってないから、何だか……あっ。

思い出を振り返りながら、アザミの手を取ろうとしたら……何と、彼女の方から僕の手をつかまえてくれた。

袖からにゅっと細い指が伸びて僕の親指を除く四本の指先をそっと握ってくれる。

その感触に、僕は思わず息を呑《の》む。しかも、その状態で手を下ろして歩くと僕の手はパーカの裾の中に入り込むようになっていて……彼女の細い指先の感触だけでなく、ほのかに感じる体温や、果てはパーカの袖の感触さえも僕をどぎまぎさせた。

一体何が起こっているのかわからないまま、アザミに誘《いざな》われるに従い、彼女が〝うち〟

だと言ったマンションへと足を踏み入れた。

そこはショッピングモールと実質的にくっついているような、そんな高層マンションで、かなり高そうな物件だ。

エレベーターの中には鏡。そこに映る僕ら、高校生の男女ってのはこの凄いマンションにはちょっと似合わない気がした。

「さすがにここまで来れば大丈夫でしょう。危ないところでしたね、ユースケ」

「あ、あのさ、さっきのって、一体……」

「危うく言いそうになっていましたよね？……恋愛生活保護《せいかつほご》のことです」

その言葉に、僕は無意識に繋《つな》いでいた手を思わず放して、アザミから一歩遠ざかった。

彼女は目はそのままなのに、口の端を持ち上げるようにしてどこか得意げに微笑《ほほえ》む。

「大丈夫です。私はユースケの味方ですよ。……というか……あ、着きました。ここです」

エレベーターの扉が開き、アザミが向かったのは高層ビルの一二階……その、角部屋だった。はっきりいってすでに未知の空間である。……廊下は絨毯《じゅうたん》状になっていたりと、僕はかなりビビっているわけなのだけれど……そこにきて角部屋だ。確か角部屋って普通のより高くなることが多いはずで……やっぱり、お金持ちなのだろう。

「どうぞ、入ってください。……多分、散らかってると思いますが」

扉を開けてもらった瞬間……明らかに、我が家には存在しない匂《にお》いがその隙間《すきま》から溢《あふ》れ、通路にいながらにして〝それ〟に包まれた。

……そう、女の匂いだ。

男特有のムアッとしつつたまに酸味の混じる悪臭とは全然違う……ほのかに甘く、上品で、清潔感のある、そんな匂い……。

どうぞ、と再度勧められたため、僕は恐る恐る玄関へと足を踏み入れる。

木村ユースケ、一六年と少々。生まれて初めて、今、ついに女子の家に侵入、違う、進入する……ッ！　これは一人の人間にとっては小さな一歩だが、非モテにとっては偉大な飛躍である!!

僕の震えそうな足が、松笠《まつかさ》家の玄関に着地した時、僕は月を最初に歩いたニール・アームストロング氏のような気持ちと共に、思いっきり部屋の匂いを吸い、肺を満たした。

……ん？　気のせいか、うっすらとだけど、いい匂いの中にスルメのような臭いが……？

「……やっぱり、散らかってますね」

玄関には……うん、確かにアザミの言う通り、ハイヒールがひっくり返っていたり、女性ものの鞄が投げ捨ててあったりしている。でも、汚れているわけではなく、物が落ちているだけっていう感じで……ん？　今度はスーツの上着？　廊下にはシャツ？　その向こうには雑に脱ぎ捨てたせいで裏返っているスラックス《パンツ》……？

ってか、その奥にはやたら大きな、ブラらしきものまでが……？

「ねぇ、アザミの家って実は凄い迷宮空間になってて、ヘンゼルとグレーテルよろしく、迷子にならないために玄関からこうして目印を置いていっているとか？」

「そんなわけないじゃないですか。……ふぅ」

そんな会話をしていると、野生の獣が獲物の気配を嗅《か》ぎつけたかのように、部屋の奥からガタッと物音。ハイヒールを片付けているアザミをよそに、何となくその方向を見ていると……何か、来た。

「あざみぃ～ん！　ようやく帰ってきたのぉ～!!」

そして包まれる濃密な甘い匂いと、ほのかなスルメ臭……そして、尋常ではない弾力と柔らかい球体二つが僕の頭を捉《とら》える。

その匂い、その感触、そしてこれらが来る直前に見た、ハーフパンツに肩紐《かたひも》なしのキャミのようなものを着た女性らしき姿。それらを統計して考えるに、今、眼鏡を押し飛ばさんほどのパワーで僕の頬《ほお》をぐりぐりしている巨大なものは……おっぱいではないのか!?

「オナモミさん、それ、違いますから。離れてください」

ふえぇ？　と、とぼけた声が聞こえたかと思うと、おっぱいらしき感触を押しつけられているところから、いきなり突き飛ばされ、僕は床に転がった。

冷たい玄関の床に頬を当てたまま、僕は、変わらずぬぼーっとした顔のまま大きなおっぱいに顔をグイグイやられているアザミと、先程まで僕に抱きついていた女性を見やる。

最初上下お揃《そろ》いのデザインのキャミとハーフパンツかと思ったけれど、どうやらトップとボトムが一緒になっている、ロンパースと呼ばれるやつのようだ。柔らかそうなタオル生地のそれは胸元までしかないとはいえ、どこか子供っぽいデザインなのだけれど……それに秘められているボディはあからさまに半端ではない。胸から上は肩紐すらなく、単にゴムで胸辺りで優しく留めているだけのロンパースは、かなりゆったりとした造りではあったものの……胸元だけ尋常ではない張り方をしていた。

え？　なに、そこに乳袋《ちちぶくろ》（わからない人はすぐ検索《ググれ》！）でもついてんの？　っていうぐらい盛り上がり、かつ、その艶《なま》めかしい形を表している。

多分、あれだ、ロンパースがゆるゆるなので、胸元の弛《たゆ》んだ生地を下乳が挟んでしまい、それで疑似乳袋状態としているのだろう。

……ん？　ってことは、何か？　僕はさっきまでノーブラおっぱいに頰を……？　確かに温かくて、跳ね返すような弾力と共に霊妙なる柔らかさが……バカな、冷たい床に頰を当てて感触が……!?

僕は慌てて顔を上げ、そこにノーブラおっぱいの名残を感じようとするものの……うん、そんなものはすでになかった。何となく弾力があって、柔らかくて、温かくて、良い匂いなのかスルメ臭なのかよくわからないものがあったなぁ、っていうぐらいの思い出だけで、心地良さとかそういった類《たぐい》のものが何も……。

「あぁ～あざみん～！　わたしが仕事早く終わって帰ってきてもあざみんがいないとどうしようもなかったんだよ～！　どうして、どうしてぇ、もうわたしのことなんて飽きちゃったのぉ～!?」

アザミは相変わらずの顔のまま、抱きつかれ、押しつけられる巨大なおっぱいの圧力にされるがままでいた。……今にも首が折れそうである。

「いっぱしの社会人がこんな明るい内に帰って来ると予想出来ないですから。それに、私も学校が終わって比較的早めに戻ってき――」

「だってだってぇ～！　あざみんに会いたい一心で出先から直帰するって会社に言って、超頑張ってちょっぱやで片付けて帰ってきたのにぃ～……そしたら、こんな……えっと……うん、何かわたし以上にダメそうな男の子なんて連れてきてるんだもん、不安になるよー！　わたしにはあざみんしかいないのにー、あざみん命なのにー！」

……うん、今、僕、怒っても良いタイミングだったんじゃないかな？　ちょっと何か言ってやろうか、と少し思ったものの……ようやくその段になって、巨乳の持ち主の女性――オナモミ?さんの顔を見るに至り、思わず出かかっていた言葉を飲み込んだ。

むっちゃ美人なのね、彼女。

歳《とし》は二十代半ばぐらいだと思うけど、寝ていたのか、後頭部はくしゃくしゃながら、それ以外はビシッと整えられているショートボブに、優しげな顔の作りのクセに化粧はどこにも緩みはなく、何より唇を彩るルージュがヤケに妖艶《ようえん》で……何だよ、あの唇の端の黒子《ほくろ》とか……何て凶悪な武器を持っていやがる……ッ!!

大人の女の黒子は男を落とす時に強靭《きょうじん》な武器になると物の本で読んだことがあるけれど、オナモミさんのは間違いなくそれを使いこなしている気配だ。

自分の魅力を理解した上で彩り、全《すべ》てがキまっている……そんな印象だった。

手足も長く、長身で……私服ならモデルに、スーツを着ればやり手なキャリアウーマンだと思えるような、そんな彼女なわけだけど……まぁ、それでだらしなさの極致みたいなロンパース着てるわ、足にはニーソかと思ったけれど、どうもむくみ解消用らしきサポーターを着けているっていう……もう何だか無茶苦茶な組み合わせで、泣き顔浮かべてアザミを胸に抱いているわけで……。

いろいろとミスマッチ。けれど、彼女がもの凄《すご》く美人で、とんでもない巨乳だっていうのは嫌でもわかる。……これじゃ自分よりダメだと僕を評価しても、何も言えない……。

「はいはい、わかりましたから、とりあえず離れてください。……あ、それぞれに紹介します。こちら葈耳《おなもみ》さん。私の同居人です。そして、こちらは木村《きむら》ユースケです」

僕はぺこりと頭を下げるものの、葈耳さんはまるで敵愾心《てきがいしんむ》剝き出しの犬のようにガルルルとうなり声を上げんばかりの顔を僕に向け、この子はやらんぞ、とでも言うかのようにアザミを強く抱きしめる。

「とりあえずこんなところで立ち話も何なので、どうぞ、あがってください」

アザミは葈耳さんを抱きつかせたまま、廊下に落ちていたスーツやら何やらを拾い上げながら奥へ行くので、僕もまたスニーカーを脱ぐ。

うーん、玄関の靴類を見る限り、二人暮らしなのだろうか。同居人って言ってたけど、親戚《しんせき》とかかな？　けど、二人、全然似てなかったけど……。

僕はそんな疑問を持ったままマンションの居間らしき場所に行って……度肝を抜かれた。

いや、何が凄いって毛の長い絨毯の上にビールの空き缶とスルメのパック、さらにはワンカップの瓶が散乱しているという有様で……お洒落《しやれ》で洗練された家具がなければ、酒とスルメ臭からして確実に田舎のオッサンの家に来たような感じなのだ。

「まったく、もうこんなに散らかして。こんなんじゃ私が一週間いなかったらまたゴミ屋敷に戻りますよ。……ユースケ、先に片付けちゃいますので、適当に座っててください」

と言うものの、飲み関係以外のものでもティッシュやら腕時計やら、椅子《いす》の上に置かれた画鋲《がびよう》を思い出すような絨毯に埋もれかけているピアス、リモコン、スナック、雑誌等々でかなり散らかっていて……どこに座るべきか、迷う。

葉耳さんはすでに、僕を無視し、いっとき人をダメにすると話題になった無印良品の体にフィットするソファ……というか、巨大なビーズクッションのようなものを二つ並べて、その上に寝そべっていた。

「ねぇねぇあざみん、お腹《なか》減ってるからちょっと何か作ってよー。乾き物ばっかじゃやっぱ腹の足しにならなくてー」

葉耳さんは足をダバダバと振りつつ、床の上を転がっていたライターを拾うと、同様に床にあったスルメを拾ってそれを炙《あぶ》ってから口に入れた。……臭《にお》いの原因は、これか……。

「少し待っててください。……ふぅ。これは着替えて、気合い入れないとダメですね」

「あ、じゃ僕も何か手伝……うぉ……!?」

ん？　というように、アザミが振り返る。ストッキングと下着に包まれた小ぶりなお尻《しり》をこちらに向けながら……。

僕は中腰のまま、固まった。

何故《なぜ》、アザミは当たり前のように、脱いだのか。

より正確に言うなら……何故今、彼女は僕がいる居間で唐突にスカートを床に落とし、タトゥーストッキングを脱ごうと親指を差し入れつつ、艶めかしくもお尻をこちらへ突き出しているのか。

特筆すべきこととしては、そんな状態でありながらまったく恥じらう様子も何もなくて、その、えーっと……なに、この状況？

小ぶりながら形の良さが如実に表れている猫のデザインが入ったアザミのパンツに何らかのヒントがあるとは思えないものの、僕は困惑し、そのラインというか、形というか、お尻の割れ目というか、そういった辺りを思わず凝視してしまった。

あーなるほど。タトゥーストッキングの模様である、太ももの肉球の足跡《マーク》、その持ち主が普段はパンツに描かれた猫だという構成なわけか。セットで買ったのかな？　……とか、驚きが一周回って逆に冷静沈着に分析していると、アザミがさらに追撃を仕掛けてくる。

「あ、大丈夫です。いつものことですから。そのソファに座っててください」

いつも!?　彼女はいつも男にケツを差し出しているってのか!?　い、一体何をしているんだこの一六歳は!?

いろいろな衝撃があったものの、それより何より股間《こかん》があからさまに元気になったので、僕は空いていたソファに覆い被《かぶ》さるように、つまりは股間を押しつけるようにしてうつ伏せになる。

そんな、ある意味では完全防御状態の僕の目の前で……アザミは当たり前のようにストリップショーをおっぱじめたのだ。

まずは今、脱ごうとしていたストッキングを、僕に背……というかお尻を向けてお辞儀するようにして、足首まで下ろす。薄いベールで包まれていたアザミのパンツがよりクリアに姿を現した。柔らかそうな白い生足も、最高だ。

ショーの開幕には十分過ぎる盛り上がりである。最初からクライマックスではないか。

足先からストッキングを脱ぎ捨てれば、下はパンツだけ、上はパーカにブレザーという構成だ。

アザミが真《ま》っ直《す》ぐに立つと、その長いパーカの裾《すそ》がそのお尻を隠すものの……丈の関係から、女性の股《また》ぐらにあるという神秘の二等辺三角形《トライアングル》の底辺がギリギリで見えないという僕の股間の硬度を高めるに余りある絶景を生み出した。

モロ出しもいい。しかし、あえてギリギリで見えないというエロくも際どいところで一般紙でもＯＫな状態こそが男の期待を高め、妄想を生み、盛大なまでのエロを醸し出す。

そんなギリギリかつ絶妙な状態を演出していたパーカだが……名残惜しくも、彼女はその奇跡のような光景を崩していく。

アザミはまずブレザーをさらりと脱ぐと、続けてパーカのチャックの開閉部品《スライダー》を摘《つ》まんだ。柔らかで暖かそうなパーカが立てるチィーという繊細な音が、耳に甘い。

スライダーがゆっくりと下がり、ゆく。

一方、それに反比例するかのように、僕の興奮と期待は天井知らずに上がっていく。

スライダーが下がりきり、アザミがパーカをも脱ぐ……すると、顔を出すのは白いワイシャツと……今再びのパンツだ。

——やぁ、また会ったね。

思わずバーのカウンターでプレイボーイが口にしそうな台詞《せりふ》を胸の内で唱えつつ、僕はパンツ、そしてそれをモロ出しにしているアザミの姿を目に焼き付ける。

パーカの下は当然のように、白いシャツなわけだ。夏なんかにはいつも見ているはずの当たり前のものながら、ブレザーを脱ぎ、下を穿《は》いていないだけで、こうもレア感が出るものなのか。

……何より、シャツの裾が実にいい演出をしている。

男物でもそうだけれど、シャツの裾は自然と〝八〟の字のような形となる。今のアザミの姿で言えば、丁度その真ん中部分には……パンツが来る。これがいい。

まるで日の出の時間、濃密な雲海から不意に富士山が顔を覗《のぞ》かせたかのような神々しさがあり、思わず拝みたくなる衝動に駆られるのは男としては当然の心情だろう。

衣服を着ているのに、大事なところだけが薄布一枚だけで露出しているというこのアンバランスさがたまらない。

もしかしたら、そのシャツの裾はまるで漫画で言うところの集中線がそこに注がれているかのように、見る者の視線を股間部へと誘導する効果があるのかもしれない。

「……うぐぐ……」

うつ伏せで寝ている僕は腰を球体状のソファに強く押しつける。……そうしていないと腰が不自然に浮き上がりそうだった。

二年生を示す黄色いリボンを解き、シャツのボタンを外し始める様など、もうたまらない。彼女がボタンを一つ外す度に、ソファに押しつける僕の股間の力が増す。

そうしてシャツの隙間《すきま》に現れる幻の渓谷、おっぱいという名の谷間は……うん、ちょっと彼女にはないけれども、ブラが顔を出す。下とお揃《そろ》いのデザインの清潔感のある白いもの。

シャツを脱ぐ。僕の小さい手でも包めてしまいそうな、細くて華奢《きやしや》な肩が顔を出す。傷一つ無く、艶やかなそれはまた違った感動を僕に与えてくれた。

……そして、わずか二分にも及ばないような、短いストリップショーは終わり……下着姿の松笠《まつかさ》アザミが僕の前に、立っていた。

鳳来寺《ほうらいじ》の下着姿は二枚の窓越しかつ、遠距離で、しかも一瞬だけ見たことがある。けれど、こうも間近で、手を伸ばしたら触れられる距離に下着姿の同級生がいるというのは……僕の頭をパンクさせるほどの衝撃《インパクト》があった。

繊細そうな体。どこをとっても赤ちゃんのようなきめ細やかな肌。小ぶりな体の凹凸ながら、しっかりと主張している女としての魅力……。

僕は息をするのも忘れるほどに、彼女を見つめた。

「ちょっ、あざみん！　男の子の前だよ!?」

「あ、大丈夫です。ユースケは私達と同じ……というか、ずっと進んだ感じです」

え？　それってどういう……？　と、葉耳さんも意味がわからず、何かを考えるように首を傾《かし》げていた。

「あ、あの……アザミ。今日は僕を恋人だとか彼氏だとか、味方だとか同じだとか、進んだ感じとか……それってどういう――」

「なぬ!?　恋人!?　彼氏!?　わたしを差し置いてあざみんを!?　小僧、人の女に手を出そうなんざ……クソゥ！　かかってこい!!」

葉耳さんはソファの上で陸揚げされたカツオのように身をバタバタやりながら床へ転げ落ちると、彼女は即座に立ち上がって格闘漫画のような大仰な構えを取る。

「葉耳さん、だから、違いますから。直前の私の言葉を忘れないでください」

アザミは下着姿のまま、部屋の壁に掛かっていた、葉耳さんのとは違う、半袖《はんそで》状でフードも付いたロンパースを纏《まと》うと、さっさとゴミ袋を用意して部屋を掃除していく。

「……い、一体、どういうことなんだ、アザミ」

アザミは先程まで着ていたパーカのと同じ顔が描かれたロンパースのフードを被ると、ゴミ袋を手に、かすかに微笑《ほほえ》んだ。

「私達も……ユースケと同じ、恋愛生活保護《せいかつほご》受給者なんです」

「へ!?」

思わず声が出た。こんなかわいいアザミが？　そして、何より私達って……。

「ユースケもそうですよね。……だから、あまり公にするといろいろと辛《つら》くなるかと思って、助け船を。迷惑でしたか？」

「い、いや、全然……でも、意外っていうか、その……」

「そうだよ！　恋愛生活保護受給者だからって、あざみんの肌を見せていいわけが……！」

「大丈夫です。ユースケは……ガチホモですから」

「…………………………………………………………………………ん？」

驚愕《きょうがく》する僕をよそに、掃除機をかけながらアザミは今日の参観日にアニキがやって来たことを話す。すると、菜耳《おなもみ》さんの顔から警戒の色が消え、代わりにニンマリとした笑みが浮かんだ。そして安堵《あんど》したように深い息を吐くと、掃除機をかけるアザミに後ろから抱きついたのだった。

「なぁんだ、そういうことかぁ。なら、ＯＫだね。よろしく、ユースケ！　わたしは菜耳まき、二五歳。仲の良い友達からはオナッチとか、オナミーって呼ばれてるよ！」

……結構ギリギリなあだ名だな。

って、そうじゃない！　何か凄《すご》い誤解が生まれて……あぁ、そうか、ガチだと思ってい
たからアザミは平然と僕の前で服を脱いで……。

「あ、あの、今のうちに訂正するけど僕は――」

……ふと、思う。今ここで僕、ノンケです、と、女の子がとても好きです、と宣言した
ら……僕は、どういう扱いを受けるのだろう。

だって、向こうの勘違いとはいえ、もう、見る物見ちゃった後なわけで……。

そんな思考の迷路に陥り、躊躇《ためら》っている間にも、オナミーの自己紹介は続く。

「変わった苗字《みょうじ》だけど、これでも植物の名前でね。いわゆるくっつき虫のことなんだよー」

……うん、アザミ《アザミ》に抱きつく様子からして、何となくわかる気がする。

「で、でも、ちょっと待って。さっき私達って言ってたけど、二人共、恋愛生活保護を受
けて……ってことは……いわゆる百合な関係の……？」

「別にそういうわけではなかったんですが……」

アザミが言うには、彼女は中学になっても誰《だれ》かを好きになったことがなかったのだとい
う。周りは思春期ということで誰が好きだの、誰が誰に告白しただのと話題になっている。

けれど自分にはその感情がいまいち理解出来ない。

それは強い疎外感を生み、何ら気持ちを抱けないことに焦りを抱いたのだという。

「それって、男だけじゃなくて、女性にもってこと？」

「はい。人の好き嫌いはありましたけど……他《ほか》の人が抱く感情とは違うようだったので、それである研究機関に相談したら、恋愛生活保護を勧められまして。それで葉耳さんを紹介されて、高校からはこの部屋で居候する形に」

「あざみんが来なかったら、ヤバかったのよー。何せ、もうこの部屋全部がゴミで埋まっちゃってぇ～。もう、わたし自身も埋まっちゃいそうだったんだから」

てへっ、とオナニ……違う、オナミーは舌を出す。

「仕事はバリバリに出来てこんなマンションまで買えるくせに、プライベートがずぼらを通り越して、もはやヤバイゾーンに入っている……それが、葉耳さんです」

……いったいどういう精神構造なんだろな、それって……。

「あ、でも待って。それって……恋愛とかと違うんじゃ……？　二人とも別に女性が好きってわけでもないんでしょ？」

「はい、性的な衝動はないです。……でも、葉耳さんは、好きですから」

「んもぅ！　あざみんたら！　大好き大好きぃ～！　わたしもレズビアンじゃないけど、あざみんなら嫁にしたいよぉ～！　っていうかあざみん抜きでは生きていけないよぉ～！」

どういうことかわからず、僕は相変わらず元気な股間をソファに押しつけながら、うつ伏せで頭を捻《ひね》る。

「私も最初わからなかったんですけど……ユースケはちゃんと書類を読みました？　この恋愛生活保護は建前上生活保護法の一部ではありますが、制度としてはほぼ独立しています。そのため受給審査や給付内容に関しては別の機関が動いていて、そこでは史上最高の頭脳が集まり、スパコンを用いて複雑な計算がされているんです」

「うん、それは知ってるけど……」

「その結果、私と同じように申請していた菜耳さんと引き合わされたんです。やっぱりそれだけのことをやっているせいか、間違いはなかったと思います。……恋とか恋愛ってわけじゃないですけど、でも……大事だって、初めて想《おも》えた人ですから」

相変わらずぬぼーっとしながらも、さすがに頰《ほお》をほんのりと赤らめるアザミを、オナミーはギュッと抱きしめていた。

でもそれじゃ恋愛生活保護じゃないんじゃ……？

どういうことだろう。

僕の家にやって来たアニキと同じような感じもするけれど……。

ってか、今さらっと言われたけどオナミーも恋愛生活保護申請者ってことは……。

まさか、アニキや、鳳来寺も……？

でも、オナミー以上にあの二人が申請する必要性を感じない。

何が、どうなっているんだろう。

「ユースケはちゃんとした性的な対象としてマッチョなアニキと出会ったんですよね」

「……ん？」

「何せ休み時間にトイレで彼の裸の写真を見て興奮するぐらいですから」

あの時やっぱり見られていたのか……!? ってかスゲェ誤解が生まれてる!?

「多少の違いはあれ、私達は同類、いえ、同志と言えます。……そこで、提案があります」

「……え、提案……？」

「はい。かつて、不正受給者のあまりの多さからまるで制度そのものが悪いものであるかのようなイメージは今でも世間から拭《ぬぐ》えていません。……どうしても周りに知られると私達の立場は苦しくなります」

「う、うん……それは凄く、わかる」

「そこで提案です。……協力しましょう。助け合いです。私達が付き合っていることにすれば、ユースケがゴリゴリの同性愛者なことや、私達が恋愛生活保護受給者だということは確実に隠せるはずです」

唖然《あぜん》とする僕をよそに、アザミは確信を抱いたように、力強く頷《うなず》く。

うつ伏せで股間《こかん》を膨らませていた僕は、犬が飼い主の視線を追うように、その動きに釣られてつい頷いてしまった。

「……では、現時刻を以《もつ》て、私達は恋人になりました。ふつつか者ですが、よろしくお願いします」

背中にオナミーを抱きつかせたまま、ぬぼーっとしたいつもの顔で、アザミは、言った。

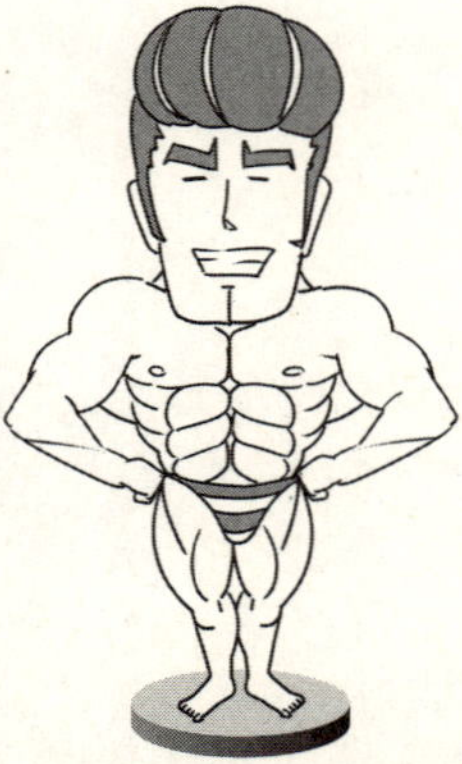

ラット・スプレッド・フロント

サイド・トライセップス

「しっかし、わかんねぇなぁ。何がどうなってんだよ。鳳来寺《ほうらいじ》が自分に与えられた生活保護だって、ユースケは確かに言ったんだ。んじゃ、あの呼吸する筋肉の塊みたいなオッサンは何なんだ？　そんで、松笠《まつかさ》がユースケを彼氏だ何だって……クソッ！」

渋谷《しぶや》は悪態を吐《つ》きながら、ダブルチーズバーガーに囓《かじ》り付いた。薄っぺらなビーフパティが二枚、チーズが二枚も入ったそれは渋谷のお気に入りであった。パサつきかけているパティをとろけたチーズがフォローしてくれる。奇をてらわないオーソドックスなケチャップの味わいも、チープさのあるピクルスも、食事というよりは間食感があって、むしろいい。学校の帰宅途中に喰《く》って夕飯まで腹を持たせるには最高だった。

渋谷はワックマインド《ワック》のテーブル席で、金色の髪を掻《か》き上げ、先日唐突に直面した謎《なぞ》を考える。

木村《きむら》ユースケ、奴《やつ》はどういう状況にあるのか？

そして、アニキと名乗ったマッチョと鳳来寺はユースケとどういう関係なのか。

何より、松笠アザミがユースケの恋人だというのは事実であるのか否か……。

ありとあらゆる謎が絡み合い過ぎて、渋谷の頭を混乱させる。

彼は自分を落ち着けようとポテトを一気に頬張《ほおば》った。

「……イテッ。口にポテトの先が……」

細いワックのポテトはたまに人体に刺さるほどに硬いものがあるが、それが渋谷の口内を痛めつけた。そのストレスもあって、大きく拳《こぶし》をテーブルに叩《たた》きつける。

きゃっきゃとアホのようにうるさかった親子の子供がそれにビクッと反応して、ワックのマスコットキャラクターである不気味なピエロ《ロナウダ》の人形を強く握り締め、渋谷を怯《おび》えた目で見て来る。

そんな視線にすら苛《いら》つく渋谷は、またポテトを大量につかんで口に含んだ。頬張った際に硬い表層を砕き、中からほっこりとしたイモと、でゅわっと油が滲《にじ》む。相変わらず熱々のワックのポテトは、うまい。やはりLサイズにアップグレードしておいて良かったと渋谷は思った……が、その程度の満足感で渋谷の心のモヤモヤが解けるわけはなかった。

アニキと鳳来寺は恐らく何らかの形で生活保護と関係しているような気はする。だが、松笠だけは理解出来なかった。

彼女は一年の頃《ころ》から愛らしく、置いておくだけでマスコットキャラクターになるような少女だ。しかしながら浮いた話はなく、同性ともそれほど積極的に関《かか》わろうともしない、不思議な子であった。そして、それがまた彼女の魅力の一翼を担ってもいる。

世間知らずそうで、ちょろそうに見えたこともあって、彼女は入学直後から何人もの男から告白されまくったものの、その全《すべ》てを躊躇《ためら》いなく断っている。……そんな松笠が、何故《なぜ》ユースケなどという、どこにも魅力がない男の彼女だと名乗ったのか。

あれはただの冗談や嘘《うそ》というわけではないのだろう。実際、あれ以降渋谷達がユースケに問いただそうとすると、「人の彼氏に何してくれてるんですか?」と同じような台詞《せりふ》でもって、松笠が介入し、ユースケを連れ去っているのだ。

もし事実なら、何もしないではいられない。

……というのも、半年ほど前に渋谷も松笠に告白していたりするせいである。

あぁいう大人しかったりマジメっぽかったりするのは少し悪ぶった奴に憧《あこが》れを持ち、簡単に落とせると、ファッション誌で見かけたというのもあったが……何気に入学時からずっと意識していたのだ。

とはいえ、ダメならダメで仕方ないとして、いつまでも引きずることはなく、渋谷はすぐに割り切っていたのだが……しかし、その松笠が自分よりもユースケを選んだとあっては穏やかではいられない。

「なぁ、どう思うよ、恵比寿《えびす》。……恵比寿?」

対面に座る恵比寿は、ワックシェイク(M)のストローを咥《くわ》えつつ、頬をすぼめて格闘していた。吸ってもなかなか出てこないらしい。

「オレにもわからんよ。ただ、松笠はガチなんじゃないのかって思う」

「何でだよ!?」

「……何でお前がそこで声を荒らげる?……いや、見てるだろ。昼飯の時、最近松笠、ユースケと一緒に喰ってる」

ぐっ！　と、渋谷は歯を食い縛った。あれは確かに衝撃的な光景だった。購買から教室に戻ってくると、ユースケの隣の席——鳳来寺の机に座って松笠が弁当を開いていたのだ。特に楽しげに会話していたり、いちゃついているわけでもなく、不自然に並んで食事しているだけという謎な状態ではあったが……。

「何にせよ、全部にユースケが関わっている。それは間違いない。だが、聞きだそうにも松笠が邪魔をする。……別にそれでも構わないと強引に連れ出してしまえばいいと思うが……渋谷《おまえ》が引くからなぁ。惚《ほ》れた弱みか」

そんなんじゃねぇ！　と、ガンっと渋谷がテーブルを叩くと、コーラが倒れそうになって、慌てて彼はそれを手で押さえた。ワックのセットにはいつだってコーラが一番合う。

「ともかく、こうなると聞き出せそうなのは……鳳来寺か」

渋谷が言うと恵比寿は頷くのだが……しかし、視線は正面の渋谷ではなく、左を見るようにしていた。

「その、鳳来寺なんだが……アイツが着ている制服、どこかで見覚えがあるんだ」

「近くの学校のか？　けどよ、別にそれが……」

「いや、それで、確か面白い噂《うわさ》が……いやでも、違ったか？　そもそも、アイツとは関係が……いや、だが……」

「わかるように言えよ、恵比寿」

「確か中学の時の同級生《ダチ》と遊んだ時だ……そうそう、確かそいつの彼女があれと同じ制服で……面白い噂が……赤毛が……あっ、そうだ！」

「だからどうしたよ。別に今関係ないだろ」

「まぁそうかもだが……ちょっとだけ待ってくれ。記憶違いの可能性もある。……だが、もしかしたら、もしかするかもしれない。……そしてもし、そうだったとしたら……ちょっと面白いことになる」

恵比寿はどこか含みのある笑みを浮かべつつ、ワックシェイクを啜《すす》った。

1

「バイトしようかと思っててさ」

夕食後、キッチンで皿洗いをしている鳳来寺が唐突にそんなことを言った。

ちなみにずっと食事関係は全てアニキがやってくれていたんだけれど、そればかりじゃ悪いからと皿洗いや片付けを鳳来寺が手伝うようになり、二人が交替でやり始めたら……気まずかったので、最近では僕も交じってローテーションでやることになっていた。

「でも、鳳来寺って毎日走ってるし、スポーツとかも出来るんでしょ？　誘われてる部活もあるみたいだし……」

僕は一定のリズムで腕立て伏せをするアニキの上で正座したまま、彼女に訊《き》いた。

「うん、でもね。生活費は十分な額をちゃんと貰《もら》えてるけど……全部、自分のものじゃない感じっていうか、必要経費以外に使っちゃいけない気がして、ちょっと窮屈でさ」

相変わらずまじめというか何というか……。でも、あれ？　確か生活保護《せいかつほご》で貰《もら》えるお金って、バイトとかして稼いだら、その稼いだ分だけ引かれるんじゃなかったかな？　仮に、月に一〇万円貰えていたとして、バイトで一万円手取りになったら、貰える金額が九万円に減額されて……と、そんな感じだったはずだ。結果として「だったら働かない方がマシじゃん！」ってなって結局受給者の労働意欲を削《そ》いでしまい、向上心を持ちづらく、逆に自立の足かせになっている場合も……とかいう意見もあった気がする。

とはいえ、被保護者は生活保護法第六十条にちゃんと働いたり節約して生活の維持及び向上に努めないといけないってあったり、扶助《ふじょ》を減らさなかったら最低賃金で働いている人よりも裕福な状態になってしまうから、という問題もあるんだけれど……。

そんなことを鳳来寺に言ってみると、彼女は難しそうな顔をする。

「それはそうなんだけど、あたしの場合、別に申請通って受給しているわけじゃないし……それ以前に普通の生活保護は未成年単身じゃ受給できないしね。まぁ恋愛生活保護はその辺も別枠で、未成年も受給者は多いみたいだけど、金銭が貰えるわけじゃないからね」

ということは鳳来寺は、僕やアザミのように恋愛生活保護受給者ってわけじゃなく、僕の恋愛のためにやって来た女の子、ということで間違いないのだろう。

謎が一つ解けたような、解けていないような……？

「確かあたしの生活費は、恋愛生活保護運用における〝経費〟って扱いだった気がするから、そこら辺どうなるかはちょっと担当の人に聞いてみる。ただ、どうであれ、やっぱり毎日ダラダラしているのは性に合わないってのもあるしね」

……うーん、悪意なんてこれっぽっちもない台詞だけれど、高校に入って何するわけでもなく半引き籠《こ》もりやっていた僕のハートにグサリと来るな……。

「フンッ！　ハッ！　フンッ！　ハッ！……よぉ〜し、ユースケ、もういいぞぉ〜。ナイスウエイトだったぜ。ふぅ〜」

アニキの腕立てが終わり、僕はいつもの日課のように、フローリングの床に垂れたアニキの精製水のように澄み切った汗を雑巾《ぞうきん》で拭《ふ》き取っていく。

「ユリちゃん、バイト先の候補は決まっているのかい？　……まだなら、このおれが紹介してやってもいいぜ。なぁに、ユリちゃんなら簡単だ。そのナイスなボディを遺憾なく活用すりゃすぐに大金が稼げるぜ」

「ア、アニキそれって——!?」

鳳来寺は一六歳、完全なる未成年……彼女のしなやかに締まりつつも、出るとこは出ていて、そのくせしてモデル体形のような見事なその体を遺憾なく活用するなんて……アレか!?　ヘタなAVよりエロいという幼女とか現役小中高生が薄くて際どい水着を着て、水辺で遊んだりローションまみれになったり、見えるか見えないかのギリギリまで脱いだりしてたまに発売出来なくなったりするというアレか!?

それとももっと直接的に制服姿の未成年と出会いの場を設けるだけでそれ以降はお客さんの交渉次第です的なことを謳《うた》いながら誰《だれ》もが考えていることは一つだけっていう……!?

僕の頭の中で際どい水着で男を誘うようにあれこれしたりする鳳来寺の姿や、ぐへへへとねちっこいプレイをしそうな中年のオッサンに体を売り渡す鳳来寺の姿が思い浮かんで……………………うん、ちょっと、興奮した。

「あぁ、ユースケ、その通りだぜ」

やっぱりね！　思った通りだ！

つまり、こういう展開があるってことだろう……？

……ほぅら、ユリちゃんそこだ、もっと強く、そう、もっとしっかり、それでいてソフトに、優しく……はぁはぁっ、そろそろイくぞ……はぁはぁっ、ウッ——!!

「そう、引越業者だ!!」

ウッ——リャアァ！　よし、持ち上がった、このままトラックまで一気に行くぞ！　この曲がり角《カーブ》、気をつけろ、ぶつけたら大変だぞ！……よいしょっと。ふぅ、これで大物は全て終わりだな。……お疲れ、ユリちゃん!!

うん、こんな展開だな。まぁ、アニキの紹介ってそういう感じだよね。

「女性のみで引越するっていうサービスも最近増えてきているんだ。大金稼げるし、体も鍛えられて一石二鳥。腰を悪くしないように気をつける必要はあるがな」

「……そういうハードなのはちょっと……。まぁ、目を付けているところはあるんで、大丈夫だよ、アニキ」

ほぅ？　と、アニキはタオルで全身を拭きながらそれはどこかと尋ねた。

「うーん、とりあえず〝サブウェイ〟で募集してたの見かけたし、そこに申し込んでみようかなって」

「ほぅ、また、洒落《しやれ》た感じだな」

〝サブウェイ〟といえば、あのお洒落で野菜たっぷり、そして本当の意味で健康的《ヘルシー》なのにおいしいっていうサンドウィッチのお店だ。

食べたことはあるけれど、お洒落な雰囲気のせいか、女性のお客さんが多くて、僕みたいな男が一人で入るには若干勇気がいる、そんなお店でもある。

でも、確かに鳳来寺《ほうらいじ》には似合いそうなお店だし……稼げるにしても、夜の街で体売るようなのよりはずっといい。

考えて興奮はするけれど、鳳来寺がそういうところで働くのは……やっぱり、嫌だ。

「だがなユリちゃんよ。……本当に、あんなハードなところで働けるのか？」

「え？　まぁ、大丈夫じゃないかな。サンドウィッチ作るのはちょっとテクニックが必要そうかなぁ。でも自分で言うのも何だけど、不器用ってわけでもないし」

皿洗いを終えた鳳来寺は、手を拭《ぬぐ》って、髪を後ろに纏《まと》めていたゴムを外して首を振る。

「甘い、甘いぜ、ユリちゃんよ。大事なのはそこじゃねぇ。あの店で大事なのは、ハートだ。お客に対して最高のおもてなしをして、最高の笑顔を提供するんだ。もちろんそれだけじゃねぇ。店員同士の関係も大事だ。互いに信頼し合い、気軽で明るく、温かな職場を作っていたりもしていてな……一筋縄じゃいかねぇ。教育はガッツリだぜ？」

「へぇー、アニキ、詳しいんだ？」

「おぅ、外食では結構頻繁に利用させてもらっていたぜ。ヘルシーで、いいよな。……お、そうだ。こうしねぇか。明日は土曜日だ、学校は休みだろ。ユリちゃんがちゃんとやっていけるかどうか、確認のために、昼にみんなで喰《く》いに行こうぜ！」

鳳来寺があからさまに迷惑そうな顔をするも、アニキはニッコリと笑って〝ダブル・バイセップス〟を決めた。

「別にいいけど……アニキ、どんな格好で行く気？」

「そりゃもちろん洗い立てのパン――」

「ユースケ、サウナスーツを用意してちゃんと明日着せるように。いい？」

「え、あ、う、うん」

「おいおいユリちゃん、漢《おとこ》の正装はいつだって全身に纏ったこの筋《きん》に――」

鳳来寺がキッチンの蛇口を捻《ひね》り、出てきた冷水をピッと指先で弾《はじ》くようにしてアニキに飛ばした。

「あひゃっぅ!!」

無防備な脇《わき》に雫《しずく》が直撃し、まるで彫刻のようなアニキの〝ダブル・バイセップス〟が一瞬にして崩れ、よろめき、果ては尻餅《しりもち》までついてしまう。

……何気にアニキほどの巨体が転ぶと、家が揺れるのな……。

「それじゃまたね、アニキ。……ユースケ、明日はちゃんとね？　それじゃ、バイバイ」

ちょいとばかり得意げな顔をして、鳳来寺は木村《きむら》家を去っていき……後にはあまりの手際の良さに唖然《あぜん》とする僕と、か弱い乙女のように床に倒れながらクロスした両手で乳首を隠すようにして脇を締めているアニキだけが残されたのだった。

基本暴れ馬なアニキへの対抗策を半月と経《た》たずに見つけ出すとは……彼女、やっぱり、やり手だ。うーん、さすがだなぁ。

僕は無意識にそっと自分の喉元《のどもと》に手を当てる。

ネクタイの時も思ったけれど、誰かに面倒を見てもらうっていうか、世話を焼いてもらえるのって、何か、嬉《うれ》しいよね。やっぱりさ。それが美人な同級生だったら、文句なんてつけようがない。

恋愛生活保護。何だかいろいろ手違いがあったけれど……でも、何か……悪くない。

受給してから、いろんなものが変わってきている。

「うぬぅ、ユリちゃんめ……この短期間で我が家の主導権を完全に握りやがったな」

「うん、適応力が半端ないよね。……あ、お風呂《ふろ》のお湯落としてくるよ」

そうして風呂場に行った時、当たり前に木村宅を我が家と言い放ったアニキに何の疑問も抵抗もなく応じた僕も、なかなかだな、とちょっと思った。

2

一一時半に出発ね。朝、窓越しにそんな連絡が来たものの……結局僕とアニキが玄関を出たのはその時間から一〇分ほどしてからだった。

「うん、おっけ。ちゃんと肌色量が標準的だね」

僕は額の汗を拭いつつ、家の前で待っていてくれた鳳来寺に中途半端な笑みを向けた。

「……折角早朝から〝パンプ・アップ〟して仕上げたってのによ」

さすがに今回ばかりは不満げな顔をするアニキは、僕との多種多様かつ激しくアクロバティックな交渉の結果、ランニングシューズにはち切れそうな黒いサウナスーツの下、上はねずみ色のフード付きスウェットといった構成に至っており、無事にパンツ一丁の不審者から、減量中の重量級格闘家へとジョブチェンジすることに成功していた。

……人に服を着せるってのは、大変なことなんだなぁ、とちょっと勉強になったよ。

まぁ人にっていうか、アニキにだけども。

「ユースケ、お疲れ様。それじゃ、行こっか」

鳳来寺は僕にその尻《しり》、違う、背を見せると小洒落たトートバッグを揺らして歩き出す。

そんな彼女の様子に、僕はちょっとホッとした。

昨夜からアニキに服を着せなくては、と使命感というか危機感こそあったんだけれど……よくよく考えたら僕の服だってヤバかったのだ。何せ、基本外に出ず、買い物は通販かコンビニばかりだった僕に、ろくな服なんてなくって……サブウェイなんていう女性の多いお洒落な場所に、しかも鳳来寺と一緒に行くってことを考えると……ね。いっそアニキにしごかれているスポーツマンを装ってジャージで……ってことも考えたけれど、くたびれて毛玉のあるジャージを貧弱な僕が着てアニキと並んでも、違和感が先立つだろうし……。

んで、結局、丈が絶妙かつ微妙に長くてそのままじゃ裾《すそ》を踏んじゃうので一回だけ折っているジーンズに、着古した……というか、何かうちにあったのが漂白剤入り洗剤だったらしく、洗っていたら表面がうっすらと白ずんでしまった紺色のパーカという……現状の僕が出来る精一杯のファッションに行き着いたのだった。

　ちなみに何でこんなのを親が買ってくれたのかわからないけれど、パーカの背中にはLONDON《ロンドン》と書かれている。当然のように、MADE・IN・PRC《メイド・イン・チャイナ》だけれど……。

でも服を着た時、アニキにはこのパーカを褒められていた。

というのも、ロンドンはボディビル・コンテストの発祥の地とも言える場所らしく、僕のように〇《ゼロ》からマッチョを目指すにはとても象徴的で、「いいじゃねぇか！」、とのことだった。

　……別にマッチョになる気はさらさらないので、いつものように流そうかと思ったんだけれど……何か、そのボディビル・コンテストのたった二人の審査員の片方はシャーロック・ホームズの作者である、かの有名なコナン・ドイルが務めていたという話にはちょっと興味が引かれた。

推理作家は書物に囲まれてひたすら原稿を書いている頭でっかちで痩せっぽっちってい う、ボディビルとは対極に位置するようなイメージだったので、何でやねん、と思ったものの……どうも作家で、医者で、政治関係の活動とかもやっていたコナン・ドイルは……何気にボディビルにまで手を出していたらしい。これがまた、当時としては結構イイ体をしていたそうだ。

まぁ、そんなこんなな僕の格好なんだけれど……どうしても僕は先行く鳳来寺やアニキと自然に距離を開けてしまう。

「ん？　どうしたの、ほらユースケ、行くよ」

アニキと並んで歩く鳳来寺は、やっぱり、何か、凄《すご》くて、眩《まぶ》しくて……どうしても僕は彼女に対しては気後れしてしまうのだ。

ぺたんこヒールのパンプスに、ピッチリとした細身のジーンズ、七分袖《そで》のふわりとしたざっくり編みのニット越しにわずかにインナーの黒いキャミソールが見える、そんな服装だ。背伸びせず、押しつけがましいかわいさとかもなくて、シンプルで、ラフで……鳳来寺の綺麗《きれい》なところがちゃんと出ていて……凄く、いい。

彼女の近くにいると、周りの目が気になってしまう。だから、自然と距離が開いていく。

本当にこんな素敵な……いや、素敵過ぎる女性が僕のカノジョとして適切なんだろうか。

そりゃ、こんな子が僕のカノジョになるというのなら、凄く嬉しい。

けれど……眩しすぎて、引け目を感じずにはいられない。

隣にいたらあまりのアンバランスさに、周りから笑われるんじゃないかって、そんなことが気になってしまう。

制服を着ている時は不思議とそんなに気にならなかった。

多分、周りからは単なるクラスメイトなり何なりに見えて、不釣り合いな男女でも何かしら理由があるのだろうっていうふうになったと思うけど……私服となると、傍目《はため》からはどうやってもプライベートな関係だと見えるはずだしで……。

僕は鳳来寺に言われるも、なかなか彼女の隣に追いつくことなく、俯《うつむ》き加減で二人の後をついて行く。

「んん？　おい、ユリちゃんよ。サブウェイはそっちじゃねぇだろ」

「え？　この先行って、曲がって、それでしばらく行った先の……」

「あぁ、そっちにも出来てたのか。けどよ、家や学校から近い方が良くねぇか？　……うん、だよな。よし、じゃ、最寄りの店舗に行こうぜ。こっちだ」

そっちにあったかな、あれぇ？　と、鳳来寺は不思議そうな顔をするも、アニキは気にせずに僕らを先導するようにしてズンズンと歩き行く。

折角の移動――運動だからと、アニキは大股《おおまた》で、大きく腕を振って腰を捻りながら歩くので、目立つ上に、速い。

結果、アニキ、僕、鳳来寺というように並んで歩くんだけれど……鳳来寺が足を速めて隣に来る。さすがにこうなると距離の取りようがなかった。

「あのさ、ユースケ。……あたしのこと、今日、避けてたりする？　……だって、何だか妙に距離を開けるよね」

「あ、いや、そういうわけじゃないんだけど……。鳳来寺こそ、その……あの……嫌じゃない？　僕みたいに冴《さ》えない感じのが隣歩いてるのって……恥ずかしい的な……うぐっ」

いつぞやのように、頬《ほお》を鳳来寺の二本の指がグイッ——というか、グニュ〜っというように押し込んできて、僕の顔をあらぬ方向へ押しやった。

「卑屈過ぎだって。別に誰《だれ》が見てるってわけじゃないんだから」

隣を歩く鳳来寺を見やれば、小馬鹿《こばか》にしつつも、どこか僕を安心させるような、そんな笑みを浮かべてくれていた。

彼女の言葉に、その表情に、思わず僕は恥ずかしさと嬉しさが込み上げ、それに関連して顔に大量の血が上ってきたようで……赤面する。慌てて顔を逸《そ》らした。

……あぁ、やっぱり、そうだよなぁ。

顔を逸らした先にいたのは、すれ違う人達《たち》。……鳳来寺は誰も見ていないって言っていたけれど、結構見ている。特に男はみんな鳳来寺を見て、「おっ？」という顔をし、すれ違っても振り返るようにして彼女を眺めているのだ。

まぁ、それ以前に誰もがアニキを見て「おぉ！」ってなってるんだけどさ……。

服を着ていても、胸を張って歩くアニキのボディは十分過ぎるほど周りにそのポテンシャルをアピールしていた。

そんなアニキを先頭にしつつも、普通の男なら誰もが振り返る美人を連れていることに優越感を覚えるんだろうけれど……その程度の自意識過剰にすらなれない、卑屈な自分が嫌になる。

やっぱり釣り合わない。鳳来寺《ほうらいじ》が僕のカノジョに相応《ふさわ》しい気がしない。

きっと何かしらの手違いが……ってなるものの、じゃやっぱりアニキが僕の適切な相手なのかとなると、それもまた違う気がするけれども……。

「んー？　あのさ、アニキ。こんな路地裏の飲み屋さんとかあるような場所にサブウェイなんて……本当にあるの？」

鳳来寺が普段足を踏み入れないような場所にきょろきょろしつつ、言った。

「おう。もちろんだ。ここを曲がったところに……ほら、着いたぞ！」

路地裏の飲み屋街、そのさらに裏に入ったような場所に……確かに、それはあった。

デカイ看板に極太かつパワフルな筆で書かれたその店名……そう──『さぶ道』だ。

それを見上げた時、僕と鳳来寺は時が止まるのを確かに感じた。

「……うん、あのさ、あたしの知っているサブウェイと違う」

「良かった、僕だけ幻を見ているのかと思ったよ……」

「あん？　なぁにわけわかんねぇこと言ってんだ。さぶ道を、さぶうぇいだなんて小粋な呼び方をするぐらい通《ツウ》なんだろ？　結構来てるつもりだったおれでさえ、この店にそんな呼び方があるとは知らなかったぜ」

さぁ行こうぜ！　そんなアニキのパワフルな声に引っ張られるようにして店内に入れば、即座に轟《とどろ》き渡る威勢のいい「お帰りなっせぇっ!!　アニキィ!!」の声。ラーメン屋や寿司《すし》屋《や》でさえ、ここまで声に覇気はないだろう。

そして、外のとんでも臭とは違い、柔らかな間接照明の中、落ち着いた色合いである粗塗りの壁や、アンティーク調の小物が飾られ、使い込まれて味が出ているテーブルや椅子《いす》なども備えられており、意外なほどシックでいい感じの店内を……ガタイのいい丸坊主の店員と思《おぼ》しき厳《いか》つい男が最高の笑みを浮かべて、走り寄ってくる。

そして、胸元には『加藤《かとう》さぶ』という名札を付けたジャージにTシャツ、そして何故《なぜ》か首からは金のネックレスを下げた彼は、アニキの前で腰を直角に曲げるように頭を下げた。

「お帰りなせぇ二人のアニキッ!!　そして、アネさん!!」

困惑する僕とアネさんと呼ばれた鳳来寺をよそに、アニキと加藤さぶさんは何かを喋《しゃべ》り、二階席へ通されたのだった。

階段を上る中、そのぷりっとしたお尻を僕に晒《さら》しつつ、鳳来寺が困惑顔で振り返った。

「……あのさ、アネさんって、あたし？」

「うん、多分ね。……ようやくこの店のシステムがわかったよ」

ここはメイド喫茶ならぬ、さぶ喫茶なのだ。あぁいや、でも一階のカウンター席の奥にはお酒の瓶が並んでいたから、さぶバーなのかもしれない。

ともかく入店した男性はアニキになり、女性はアネさんに……つまりは、メイド喫茶と同じく、客が店員を従えるポジションにおだてあげられ、それを楽しむものなのだろう。

ずんずんと先行くアニキを無視し、階段の踊り場で説明をすると、鳳来寺は頭痛がするように頭に手をやった。

「……うん、おっけ。だいたい理解した。いや、全然おっけじゃないけど」

「おい、どうした、さっさと来いよ。腹減ってるだろ？」

アニキの声に促され、二階に上がってみるとそこは一階のバーの雰囲気からは一転、畳が敷き詰められた座敷となっていて、奥の壁には掛け軸が垂れ、日本刀が二振り備えられているという結構ガチな造りだ。

靴を脱ぎ、中に上がる。テーブルが六つあるも、酒を飲むには早い時間のせいか一組しか埋まっていないようだ。

アニキがテーブルの一つに陣取り、加藤さぶさんが出してくれる座布団にあぐらをかいて座るので、僕らもそれに倣《なら》った。

「アニキ、今、お茶を用意しやすんで！　その間にメニューをご覧くだせぇ！」

アニキと対面するように、鳳来寺と並んで座った僕はメニューを開く。

そして、二人して目眩《めまい》を覚えた。

……いやだって、メニューの一ページ目にあるドリンクからして頭おかしい。

『アニキを想《おも》って絞り上げた漢《おとこ》の濃厚ミルク（アイス可）』

メニューのトップにこれが鎮座している時点でこの店のヤバさがわかるというものだろう。何だよ、漢の濃厚ミルクって。しかも（アイス可）ってことは基本熱《ホット》いってことだろ。アニキを想いながら絞った熱いミルク……もうアレ系にしか思えないよ……。

「とりあえず、ランチメニューにするかな。ユースケ達はどうする？」

「え？　あ、じゃ、僕もそれで……うぅ、目眩が……」

「うん、あたしもそれで……」

鳳来寺がメニューの最後のページにあるランチメニューを見やるも、その言葉通り、目眩を覚えたように力なく天井を見上げた。

何を見たのかと思えば……いやまぁ、うん、ミルクがあった時点で想像するべきだったんだろうけれど……。

ランチメニューのトップにあったのは『さぶ全力のシコシコッ!!　喉《のど》に絡《から》むほどの濃さで提供する、とろ～り濃密な白濁汁うどん』というもので……僕らの食欲を瞬時に奪い去るというか、精神力を大幅に削っていくものだった。

いや、説明書きによれば、濃厚な豆乳ベースのスープに、筋骨隆々な職人が全力で打ち上げた最強のコシを持つうどんを合わせたものらしくって、それだけを考えると結構おいしそうなんだけれど……もう、さ。言葉って凄いよね。ちょっと変えるだけで、人の食欲をここまで奪い去り、来てはいけないエリアに足を踏み入れているのではないかと恐怖まで与えてくるっていうね。

……でも、アレか。メイド喫茶がブームになった頃《ころ》って、『ご主人様を想ってメイドが一生懸命に作ったオムッぱいプレート』とかいう、おっぱい型のオムライスが載ったプレートメニューもあったようだし、考えようによっては同じものか。男女の立場が入れ替わっただけで、それを批判するのは男女差別というもので……だから、その……うん。

日本のオタクの一端として世間に飼い慣らされていたせいかわからないけど……よくよく考えるとメイド喫茶ってのも結構、アナーキーな商売だったんだな。

「……メニュー見てるだけでしんどいから、あたしはユースケが頼むのと同じのでいい」

「僕だってしんどいよ……。じゃ、アニキのオススメで……」

「ん、そうか？　それじゃぁ、いつものだな」

「アニキッ！　茶ァッ、お持ちしやした！」

加藤さぶさんが仰々しく手ふきとお茶の載ったお盆を額の所まで持ち上げて持ってくる。

「おう。飯なんだが、いつものを三つ頼む」

「ヘイッ！　了解しやした！　今しばらくお待ちくだせぇ！」

加藤さぶさんが遠ざかってから、肘《ひじ》を突いて額を押さえつつ、鳳来寺が口を開いた。

「……ねぇ、アニキ。何、この店。ハードコアにもほどがない？　ってか、どこもかしこも『漢』って文字がありすぎて、ゲシュタルト崩壊しそう……」

「何だよ、入店したこともなかったのか？　……なぁに、安心しろよ、ユリちゃん。女性客も結構多いんだぜ？　ほら、そこのテーブル席だって、女性二人で来てるじゃねぇか。牛丼《ぎゅうどん》屋より全然入りやすいいい店さ」

アニキに顎《あご》で示されたのは、先客のテーブルだ。僕らが背を向けていた席だったので、それとなく振り返ってみれば……確かに女性客である。

土曜とはいえ仕事だったのか、ストライプスーツを着たＯＬさんだ。その彼女と向かい合って座っているのは……妙なフードを被《かぶ》った、小柄な……え!?

「え、あれ？　アザミ？」

「……はい？　あ、ユースケ。奇遇ですね、どうしたんですか？」

そう、さぶ道二階の座敷にいたのは、松笠《まつかさ》アザミである。黒のストッキングに丈の短いデニムパンツを重ね、上はあのパーカを羽織ってフードを被っている……そんな目立つ彼女ではあったのだけれど、丁度ＯＬさんの陰に隠れて今の今までわからなかった。

……ん？　ってことは、このストライプスーツのＯＬさんって……？

振り返ったパンツルックのＯＬさんはその腕を伸ばし、細く長い指先で僕の顎をなで上げる。妖艶《ようえん》さすら漂うその動きに、僕は、思わず固まった。

「あら？　ユースケ君じゃない。世間は狭いのね。……ふふ」

ルージュの引かれた唇から漏れ出るような言葉は、これでもかと女の色気が漂っていた。

困惑に突き動かされるように、僕はＯＬさんの胸元を見る。……うん、ジャケットの下のブラウスのボタンが、今にも弾《はじ》き飛びそうなほどに張っているもんだから、隙間《すきま》が開き、ブラが見えそうで見えない、けど谷間はかすかに見えるという絶妙な状態になっている。

そのサイズを見るに……やっぱり、オナミーだよね。

「あ、菜耳《おなもみ》さんは外だと基本こんな感じです。気にしないであげてください」

……あぁ、なるほど。確か、以前、オナミーは仕事はバリバリに出来るって聞いた時、凄《すご》い違和感があったんだけど……今のこの感じなら、それが理解出来た。

ひょっとして、家がゴミ屋敷になったり、アザミに甘えん坊状態なのはその反動なんだろうか……？

「そうなんだ。……あ、じゃ、菜耳さんは仕事終わりとか？　それとも休み時間……？」

「違うわ。スーツは男の戦闘服……けれど、女にだって同じことが言えるのよ。いついかなる時も、外にいる時のわたしは隙《すき》を見せない。……あえて隙を見せて取り入ろうとする女の戦法もあるけれど……そういう甘ったるいやり方は好きじゃないの」

うぉおぉ……オナミー、超絶仕事が出来そうな雰囲気バリバリだ！　こりゃ確かに男社会でも十二分に渡り合っていけそうだ。女を利用しないって言っているくせに、むしろそこいらの女性よりもはるかに色気むんむんに漂わせている辺りとかが、もうスゲー。

「意訳すると、菜耳さん、スーツと部屋着以外の服を持っていないんです」

……あぁ、うん。なるほどね、うん。

アザミの注釈が入って、ようやくオナミーって人間がわかってきた気がした。

休日だけれど服がないので、いつも仕事で使っているスーツを着てきただけなのだろう。

そしてそれに合わせて化粧やヘアセットも、いつものように完璧《かんぺき》にして……。そして、外にいる時は基本仕事スイッチが入りっぱなしで……。

……けれど、スーツ姿のオナミーも、いい。

っていうか、ピッチリしたパンツルックのOLさんが、畳の上に座っているのは何かいい。生地がかわいそうなぐらいに張り詰めているお尻《しり》の感じとか、下着のラインがうっすら浮かび上がっているのとかもう最高で……つい目線が……。

そんな僕の肩をちょんちょんと鳳来寺が突《つつ》いた。

振り返ると顔を寄せ、耳打ちしてくる。

「……いつの間に仲良くなってたの？」

鳳来寺の声に伴われた吐息が耳を擽《くすぐ》り、僕は思わず身悶《みもだ》えしそうになるも、それを表に出さずに堪えつつ、どう説明したらいいかを慌てて考える。

鳳来寺って、昼は友達に囲まれていつも屋上だかにすぐに行ってしまうので、僕とアザミの関係については知らないのかもしれない。いや、でも最近ずっと鳳来寺の席にアザミが座っていることは知っていると思ったんだけど……。

……アレか。基本会話のない僕とアザミだから、僕らが一緒に食べているというふうには思っていないのか。それ以前に僕が女の子と食事しているという発想がないのか……。

「えっと……友達とかから、何か聞いていたりとかも……？」

何を？　と、不思議そうな顔をして、鳳来寺は小首を傾《かし》げる。……ちょっとかわいい。

うーん、割とあのアザミの恋人宣言は衝撃的で空前の話題性だと思うんだけどなぁ。

ひょっとしたら、転校してきたばかりの鳳来寺《ほうらいじ》にはよくわからないだろうからって気遣いで話題を振られていないのかもしれない。そうなると……どう、伝えたもんか……。

あ、えっと、その実は……と口ごもっていると、オナミーが声を上げる。

「ユースケ、そちらのお二人とはどういう関係なのかな？　……ん、なぁに、アザミ」

「そちらの方はユースケさんの……アレです。女性は、クラスメイトです」

「あぁ、なるほどね。わかったわ。それじゃ……邪魔しちゃ悪いかしらね。ちょうどわたし達は食べ終わったところだし、先においとましましょうか。ね、アザミ？」

まだ少し残ってます、と、ぬぼーっとした顔のままアザミは言うと、その小柄な体が持つとやたらと大きく見える……っていうか、実際にデカい丼《どんぶり》を持ちつつ、うどんを啜《すす》っ……うどん!?　アレか!?　さぶ最高のシコシコッのアレなのか、それ!?

「ア、アザミって、よ、よくこの店来るの？」

「はい、菜耳さんの取引先の方が常連だそうで。おいしかったとのことで、いつの間にか二人だけでよく来るようになりまして。……あっ」

ちゅるりんっと太い手打ちのうどんをアザミが啜るのだけれど、その麺《めん》が最後に跳ね、濃密なる白濁液がオナミーの胸元に飛んだ。それはブラウスの上とはいえ、まだ熱かったのか、オナミーは「はぁっ……！」とか声を出して身悶えするのだけれど……なんか、エロいなぁって思うと同時に……濃厚白濁汁っていうのが、豆乳ベースのあんかけ状のスープなのだと知れた。たぶん、それでより一層うどんと絡んでおいしいというわけなんだろうけれど……あんが固過ぎやしないだろうか……。

ブラウスに染みこまずに、その上でゲル状にこんもりとしているっていうね……。

「あ……菜耳さん、ごめんなさい」

「あんっ。んもぅ、ダメな子ね。こんな粗相をするなんて。……でもいい。気にしないで。許してあげる。……だって……洗濯するのは、あ・な・た、だもの」

「ええ、知ってます。菜耳さん、洗濯これっぽっちも出来ないですもんね」

アザミは手ふきを持って、オナミーの隣へ移動すると、その胸を揉《も》むようにして白濁液を拭《ぬぐ》い始める。

「……で、いつの間に？　てっきりユースケって女の子とは全然縁がないもんだと思ってたけど……どういう関係？」

鳳来寺が追撃を仕掛けてくるので、僕は頭をフル回転させながら応じる。

「あぁ、うん。いや、そうなんだけど……実はその……」

「私とユースケは恋人でして」

オナミーの胸を揉みつつ、アザミがさらりと述べた。

彼女の被っていたフードの顔が、汁気を飛ばした時はショボーンとした元気のないものだったのが、今では得意げにウィンクしていて……あのフード、どういう最新技術が用いられていい——。

「はぁ!?」

鳳来寺が素《す》っ頓狂《とんきょう》な声を上げて、立ち上がった。

「ちょっ、え!? なに、そっ、え!? どういうこと!?」

「私と彼の間ではいろいろとありまして。……はい、とりあえずはこんなところでしょうか。あとは帰宅してからにしましょう」

「ええそうね、アザミ。これから先は、家で……ゆっくり、たっぷり……しましょうね」

「はい、漂白剤大量ぶっかけです」

唖然《あぜん》としたまま固まっている鳳来寺をよそに、アザミ達はそそくさと立ち去っていった。

そして、残された僕らはしばらく重苦しい沈黙の中を彷徨《さまよ》ったのだった。

よくよく考えてみると、アザミは僕がガチホモでアニキが給付された、と思っているわけで……実は鳳来寺も恋愛生活保護《せいかつほご》でやって来たのだというのを話していなかった。

……いや、それを説明するとなると僕が同性愛者ではないということが明らかになり、アザミの着替えを距離にして一メートル半ぐらいのところでガン見したという罪が露《あら》わになるからで……。

そして鳳来寺の方には……まったく、説明をしていなかった。自分から言うのも何となく抵抗があったというか、建前上とはいえ、誰《だれ》かに恋人が出来ましたって言うのって、結構な勇気っていうか、のろけというか、自己顕示欲の表れというか……そんな気がして、訊《き》かれたら説明しようと思っていたわけで……。我ながら、言い訳くさいな。

畳の上で正座する僕を、困惑げな顔で鳳来寺が見下ろしていた。

その視線を直視出来ず、僕は、畳の目を数える。

「ユースケ、いろいろ言いたいことあるけど、とりあえずさ」

「……う、うん」

「アニキ止めて」

先程からやけに存在感が希薄だったアニキは密かにスウェットを脱ぎ捨て、ついには下半身を覆うサウナスーツに手をかけてその鍛えられたヒップをむりゅんっと店内に晒《さら》し出さんとしており……って!?

「アニキ、なんで脱いでるんだよ!?　誰かに見られたら大騒ぎになるって！」

「何言ってるんだ、ユースケ。これが食事時の正装だろう?」

「そんなマナー、うちの国にないから！」

「ユースケのお友達の前で服を着ているなんて、ちょっと恥ずかしかったんだぞ?」

切なげな顔でわけのわからないことを述べ始めたものの、言葉でアニキを止められるわけもなく……彼はいつもの姿へ。そこに誰かが階段を上がってくる気配。

僕と鳳来寺が慌ててスウェットとサウナスーツを手にし、アニキに着せようとするけれど、〝ラット・スプレッド・バック〟をかまし出したマッチョを僕ら如《ごと》きでどうこう出来るわけもなく……。

「アニキッ！　本日の『タフガイのための最高のランチ』をお持ちしまっ……！」

加藤《かとう》さぶさんが大きなお盆を掲げながら現れて……そして、誇らしげにポージングするアニキを見て、固まった。

——まずい。この流れは先日同様、振り返れば警察《ヤツ》がいるパターンか!? またシャブでもやってるんだろうと疑われて、ヤーヤーヤーと雄叫《おたけ》びを上げることになっ——。

「アニキッ！ デカイ!! 腓腹筋《ひふくきん》が最高にデカく仕上がってる!!」
※デカイ。筋肉が大きいこと。
「だろう？ さぶは、わかってるじゃねぇか」

アニキが得意げに言うと、今度は前面を見せつつ〝オリバー・ポーズ〟を決めた。

「キレてるッス!! アニキ、腹直筋超キレてるッ!! そのシックスパックはまるでロケットの発射装置のようだ——!!」
※キレてる。筋肉の筋が切れ目かのようにくっきり見えていること。
※シックスパック。腹筋の凸凹のこと。
そして、ポージングは〝ダブル・バイセップス〟へ……。

「ナイスバルク！ アニキ、ナイスバルク!! その上腕二頭筋や三角筋……あぁっ!! ナイスバルク!!」

加藤さぶさんがお盆を投げ捨てる勢いでテーブルに置くなり、ポージングを決めるアニキの前で膝《ひざ》を突き、まさに神を崇《あが》めるかのようにし始め……。

そんな二人の光景を、僕と鳳来寺はアニキの服を持ったまま、遠い昔の温かで優しい祖母との記憶を思い出すかのような顔で……黙って見ていた。

「……なに、これ？」

　さぁ？　鳳来寺の問いに僕はそんな曖昧《あいまい》な言葉しか返すことが出来なかった。

　とりあえず、僕らはこの場では必要なさそうなアニキの服を畳んだ。

「そんじゃまぁ……いただきますっ！」

　料理が冷めるからとアニキのショーは短時間で終了し、僕らはテーブルを囲んで両手を合わせたのだった。

　ミルクやらうどんやらで、なかなか食欲が減退していたものの……目の前の食事は……かなり、いい。むしろ店名からは考えられないぐらいお洒落《しゃれ》で、センスのいいカフェのランチみたいだ。

　玄米ご飯が少量盛られた小ぶりな器。それを主食としつつ、メインはプレートに盛られた六種の料理。一つ一つは少量……悪く言えば小動物のご飯程度しかないけれど、それでも六種もあると華やかで、全体として見ると少ないとは感じない。

　また、これに加えて淡いグリーンのドリンクが付いてきていた。

　僕と鳳来寺は——他のメニューがアレだったこともあって——恐る恐る箸《はし》を向ける。

　最初僕の箸が向かったのは、大豆、黒豆、インゲン豆といったミックスビーンズが煮付けられたシンプルなもの。味は……何気に上品だ。田舎っぽい味付けというよりは、あまり甘さのない、逆に言えば豆のほのかな優しい甘さを楽しむ軽やかな味付けのそれ。

うん、おいしい。

豆を軽く味わい、食の本陣へ至るまでの前哨戦《ぜんしょうせん》とすると、次に箸を向けたのは材料がわかりやすかった、シーチキンの料理だ。

とはいえ、ちょっと気になったのはシーチキンを用いた料理なのにプレートに拡《ひろ》がる汁に油が浮いていない。……あれか、ノンオイルのシーチキンだろうか。摘《つ》まんでみると……あ、うん、いいな。サッパリだ。

酸味のある和風ドレッシングのような味付けをされたシーチキンは、カイワレ大根や水菜と和《あ》えられていて……口の中にあった豆のほんわかした味わいをスッと洗い流した。

うん、二種ともに、おいしいな。

「あのさ、アニキ、これって……ひょっとしてアニキがよく言ってる高タンパク低カロリーな食事？　何となく味がそんな気がする」

「おぅ。そうだぞユースケ。わかるようになってきたじゃねぇか。実はな、これだけ喰《く》っても、ヘタなカップ麺一杯分のカロリーもねぇんだ。……考えてもみろ、適当な店でハンバーガーのセットなんぞ頼もうもんなら、バーガーだけで四〇〇キロカロリー前後、フライドポテトはそれ以上。そこにジュースが加わって、雪山で遭難でもしねぇなら、必要ねぇようなとんでもねぇハイカロリーになる。しかもビタミンやタンパク質の量は低いときている。……たまにはそういうのもいいが、それぱっか食べていると体を悪くするぜ」

「……す、凄《すご》いね」

多分アニキの勝手な思い込みもあるんじゃないかと思うけれど。

「あのメニュー表からするに、とんでもな料理しかないと思ってたけど、結構ちゃんとしているのが驚きかな」

「さぶ道は、たくましいアニキのための店だ。たくましさってのは精神的なもんもあるが、もちろん、おれのような筋肉質なボディを指すこともある。……さぶ道はその両方に対応しているいい店なのさ」

……精神的なたくましさを求めても、絶対漢《おとこ》のミルクとか、白濁液うどんにはたどりつかんと思うのだけれど……。

僕はげんなりしつつ、淡いグリーンのドリンクにストローを挿し、吸う。

……うん、吸えないね、これ。むっちゃくちゃドロッとしてる……。

思い切って吸ってみると……んー？　あ、野菜ジュースだ。あえてミキサーにかけたものそのままって感じの食物繊維感があって、それでドロッとしているようだ。

栄養を完璧《かんぺき》に摂《と》るためにってことかな。でもそれより何より気になるのは……。

「……ぬるっ!?」

鳳来寺《ほうらいじ》が眉間《みけん》に皺《しわ》を寄せた。……そう、ぬるいのだ。常温よりは若干低いけれど、でも、明らかにぬるい。

「いいか、ユリちゃんよ。冷たいもんってのは、消化や吸収を悪くするんだ。折角こんな余計なもんが入ってねぇ高タンパクでビタミン類もたっぷりな料理を食べているのに、その吸収を抑えるようなマネはもったいねぇだろ？」

……ネタ系の店かと思いきや、この店、ガチだな。

アニキ曰《いわ》く、この店はチェーン店らしく、夜な夜なジム帰りのタフガイ達が集まったりするそうだ。運動の後には良質なタンパク質のすみやかな吸収が好ましいとかで、意図的にジムの近くに建っていたり、提携していたりもするらしい。

……うん、そういうお店だっていうんならわかるんだけど、どう考えてもそれ以外の要素が濃すぎてなぁ……。

僕はそんなことを考えながら、凄く生姜《しょうが》のいい匂《にお》いを放っていた、豚の生姜焼きに箸を向ける。玉ねぎを土台にしつつ、その上には油分の少ない……というよりは、ヒレの部分を使っているのか、無脂肪な感じの豚肉の薄切りと千切り状の生姜で和えられたような、それを食べる。

……これが、いい。僕らがイメージする生姜焼きのもっさりした甘さはなく、生姜の風味が活《い》きていて、パンチが利いている。また咀嚼《そしゃく》すればその千切り生姜が風味を口の中で爆発させるんだから……後味爽《さわ》やかだ。ご飯がすすむ。

その勢いのまま、隣にあった解《ほぐ》しササミときゅうりの甘酢あん掛けにも手を付ける。粗く解した感じのそれは、箸先で摘まんで食べるに楽しい。

そして、肉団子？　といった感じのコロコロとした団子状のものと牛蒡《ごぼう》が煮られた料理も、いい。さっぱり系の大和煮といった感じだけれど……この肉団子、何の肉だろ？　食感的にはササミに近いけど、ササミほど繊維感がない。

「今ユースケが喰ったのは大豆で作った大豆ミートってヤツだな。大豆は畑の肉と呼ばれる程にタンパク質が豊富なホットな食材だ。それを肉のように加工したもんだ。食感や料理の幅が拡がってベジタリアンだけじゃなく、おれ達のようなタフガイにも嬉《うれ》しい食材さ」

あーテレビとかで見たことあるやつか！　よく芸能人が騙《だま》されて食べて「いやぁおいしいお肉ですねぇ～」「……実はそのお肉は！」ってやるアレだ。

「徹底してるんだね、これ」

「そうだ。半分ほど喰った段階でもうわかると思うが、結構腹にたまってねぇか？」

言われてみると、そんな気がする。量としては全然食べていない気がするけれど……でも、確かにお腹《なか》に異様にたまっている感じがした。

アニキが得意げに語るには、それはこの店のマジックにかかっているからなのだという。というのも、このプレートの料理は玄米ご飯含めて、全《すべ》て意図的に硬めに作られている。結果、咀嚼回数が増えて満腹中枢が刺激されるのだという。

「さらに言えば、ドリンクもただの水と違って、ドロッと感が半端ねぇから、飲むというより喰うに近い感覚になっていたり、六種もおかずがあるもんだから、良い意味で食べるのに時間がかかって、これまた満腹感を生みやすいんだ」

……なるほど、確かにそうだ。六種もおかずがあるから、どれを食べよう、どれを食べた後にどれを食べたらよりおいしいだろうかって、いろいろ考えたり、少し食べては違うおかずを食べたりと移動時間が地味にあったり……それらが合わさり、実にゆっくりと食べている。

しかもそれが面倒とかではなく純粋に……食事が楽しいのだ。

「本当よく出来ているね、このサブ……さぶ道って店。でもさ、デザートみたいのあるけれど……これはいいの？」

そう、六種の内の一つだけ、妙な料理があった。これだけ高タンパク低カロリーを貫いているくせに……プレートには白い三角形のケーキのようなものが、ベリーソースと思《おぼ》しきものをかけられ、鎮座しているのだ。

ここまで徹底しておきながら、こんなものを出すのか……？

「ふふん、ユースケ。そいつはデザートじゃない。ちょいと喰ってみな」

……って言われてもなぁ。どう見てもケーキというか、ムース、いや、ゼリー？　いや、牛乳寒みたいな感じだけれど……。

僕は箸の先で白い三角形を一口大にカットしようとしたのだけれど……そこで、気が付いた。結構硬い。というか、弾力がある。

何だろう、どこかでこの感じを知っているような……？

箸をグッと押し込むようにして三角形の天辺《てっぺん》部分をひとつまみ分にカット。かけられているソースを纏《まと》わせて食べてみれば……ぶっ飛んだ。

上にかかっていたベリーソースのようなものは、チリソース……つまり、エビチリとかのアレのような、じんわりと辛くも、やや甘めで味が強い、そんな味のもの。

そして……白い三角形の正体は……玉子だ。正確には、卵白なのだ！

このスイーツ然とした食べ物、傷はおろか、気泡一つどこにもない、完璧なまでに白く美しい三角形は……卵白だ！

そりゃ感触を知っているはずだ。これ、完熟ゆで玉子のぷるんとした白身の食感とまったく同じなのだ。味も匂いも、同じ。特別これといった味付けはなく、ソースで食べさせる。けど、これがおいしい。そして、それ以上に驚きがある。

口の中で、直線を有する玉子の白身が踊る。たったそれだけなのに、その食感、その違和感《おもしろさ》……なんてインパクトだろう。凄い。しかも表面だけでなく、内部にまで完璧に気泡が存在しないのが、凄く食感を良くしていて、ある種の気持ち良さを生んでいた。

卵白はタンパク質を豊富に含みながらも、黄身にあるコレステロール等々はないっていう利点もあるけれど、それ以上にこれはこの形状で出してきたことが何よりもこの料理の利点、おいしさというか……見所だろう。

味付けも食材も、見知ったもの。けれど、形が違うだけでこうも食べさせるのか。

「おれも昔挑戦したんだがよ、どうしてもこんな牛乳寒みたいに綺麗《きれい》な仕上がりになりゃしねぇ。焦げ色一つないところからして蒸しているんだろうと当たりは付けたが、どうしても、な」

この卵白の料理はどこを食べても、均一な白身。恐らく絹か何かで濾《こ》したりした上で、平皿に入れて蒸したのだろうが……うーむ、これはちょっとビックリだ。

……そうして、僕はそんな驚き、たくさんのおかずに囲まれる幸せ、そして何より一つ一つの料理のおいしさを最後までしっかりと噛《か》み締めたのだった。

「ふぅ。おいしかった。……で、ユースケ、さっきの、松笠《まつかさ》アザミが恋人って……何？」

鳳来寺も僕同様に、華やかで興味が尽きないプレートに忙しく箸を動かしていたものの……食べ終わるなりぶっ込んできた。

「ユースケがタフになったおかげで、そんなガールフレンドが出来たってわけだよな。やるじゃねぇかユースケ！　やっぱり漢は筋肉こそが魅力だものな！」

「そ、その、鳳来寺にもちゃんと説明しようとは思っていたんだけれど、タイミングがなかったって言うか、何て言うか。実は……かくかくしかじかで……」

「なるほどね、かくかくしかじか……か。それに対してあたしはどうリアクションしたらいいと思う？」

「……え？　あ、えっと、そんな……お、怒っていいんじゃないかな」

「そう。……それじゃ、そうさせてもらおうかな」

鳳来寺の手が伸びてきて、僕の頬《ほお》をつねり上げる。

あでででっと声が思わず出るも、彼女はその指を放さない。

僕は助けを求めるように食後の〝オリバー・ポーズ〟を決めつつ何故《なぜ》か勝ち誇るアニキ

を見た。

「なぁ、お二人さんよ。……かくかくしかじかって何だ?」

「本当だよ、ったく!」

鳳来寺はゴミを捨てるように、僕の頬をグイッと押し込みつつ手を放してくれるものの、僕はその勢いに負けて畳の上で暴力を振るわれた女子のように倒れた。

「いやその、かくかくしかじかって、人生で一度は真顔で言ってみたかったって言うか何て言うか……」

いやぁ実際知ってはいるけれど、生きていく上で絶対に使わない言葉ってあるじゃない? かくかくしかじかなんて、そのさいたるものの一つだと思うんだけれど……今、唐突に思いつき、かつ、思わず口を突いて出てしまったわけで……。

まさか鳳来寺がシリアスのままこっちにノッて来てくれたのはちょっと驚いたけれど。

僕はジンジンと痛む頬に手をやった。

ネクタイの時もそうだったけれど……女の子から何かされるのって、いいな。

偶発的にじゃなく、仕方なくじゃなく、彼女自身の意思で、僕に触れてくれる……それって、僕なんかには凄く嬉しいことだ。

思い返せば、身内や幼い頃《ころ》を除けば僕に触れようとしてくれる女性なんてどれだけいたことだろう。……全然、思い当たらないや。

そう考えると、人が人に触れるって実は結構凄いことなんだよね。

触れるってことは肌を通して何かしらを相手に与え、相手から得るやり取り。それは会話とは文法も何もかもが違う、交流《コミュニケーション》だ。気持ちの一端を人の熱と感触に変えて、相手に伝え、相手から伝えられる……そんな……。

「……なに、微妙にニヤニヤしてんの。気持ち悪いよ？」

呆《あき》れ顔で、横目で僕を見つつ、頬杖《ほおづえ》突きながら、鳳来寺が言う。

「あ、あぁいや、何でもない。ごめん、ちょっとふざけちゃって」

頬をつねられて嬉しいとか言ったら、さすがに気持ち悪がられるだろう。

僕は誤魔化そうとしたけれど、ちょっと何かドキドキしちゃうな……。

「どうした、ユースケ、顔が赤いぞ。……ははぁん、早速飯の効果が出てきたか？　実は肉なんかのタンパク質類は炭水化物とかに比べると消化・吸収の際に約五倍ものエネルギーを使うんだ。それで発熱するのさ」

「な、なるほど！……あ、で、その……アザミとのことなんだけど」

ようやくその段になって、僕は参観日以降のアザミとのことを神妙な顔をする鳳来寺と、スクワットを始めたアニキに説明を始める。

……何か、会話だけするのは無駄だからと、途中からアニキに僕も半ば強制参加させられ、一人座っている女の子を囲むようにして二人の男が上下に揺れ動くという夢溢《あふ》れる光景がさぶ道二階にて開幕した。

何だかんだであの八五回やった時以来、二〇回以上の連続スクワットはやっていなかったので、太もも周りの筋肉に疲労はなく、汗を流しつつも快調に三〇回を超えていく。

「……っていうわけでッ一応建前上のッ恋人になッたわけでぇっ！」

さすがに四〇回を超えた辺りで限界が迫ってきたのを感じる。でも、以前に八五回をやり遂げていることを考えれば、僕はまだ……全然いけるはずだ。大丈夫、いける……！

「あんな美人とかわいい二人が恋愛生活保護《せいかつほご》受給者ねぇ」

鳳来寺《ほうらいじ》は何かを考えるように腕を組んだ。

アザミに許可無く話してしまうのに抵抗がなかったと言えば嘘《うそ》になるけれど、でも、僕同様に恋愛生活保護に関係している鳳来寺やアニキにはそれを話してもいいはずだと思ったのだ。

「何か妙な感じ。ユースケとアニキの関係みたいなものって考えればいいのかな。……ってかさ、やっぱりそう考えると――」

よしっ！　五〇ッ、来た！　大きな山が見えてきた！　前回はヘトヘトだったけれど……今回は全然余裕がある、そりゃもう太ももヤバイ感じだけれど……それでも、いけそうな気がする!!　一〇〇回の大台が見え――。

「――あたし、いらなくない？」

「へぁッ!?」

思わず体が止まると共にウルトラマンみたいな声が出た。シュワッチ。

「いやだってそうじゃん。外見、内面ともに恋愛するのに現状難があって、女友達《ともだち》はおろか男友達すらいないユースケだからこそ、恋愛生活保護の申請が通ったわけじゃん。……アザミっていう、かわいい女の子の知り合いが出来て、大した会話はなくとも昼食を一緒に食べているって時点で、ヘタしたら平均より上な感じがするけど」

「え、あ、いや、だ、だって、あくまで建前の関係で……！」

「建前の関係でもあんなかわいらしい子に恋人だって言ってもらえて、下の名前で呼び合って、家まで行ったりもしたんでしょ？　十分過ぎない？」

「そりゃアザミの家っていうか、オナミーのマンションにも行って、僕を同性愛者だと勘違いしていた彼女の生着替えショーを間近で見たりもしたけれど、でも……！」

……おっと、鳳来寺の顔に「……うわぁ」って書いてあるぞ？

しまった、余計なことまで言っちゃったか。

「あぁ、アンタがあたしのことをアザミに説明しなかった理由ってそれなわけね……合点がいった。ともかくさ、接点が出来たわけだし、そこから何とか出来ると思わない？」

「そ、それはさすがに……」

「誰《だれ》かを口説いたこともないくせに。たとえば……あ、ほら、ユースケ、ちょっと眼鏡外してみてよ。こういうのってパターン的に外すと…………………………あー……ゴメン」

「ユースケ、今お前は怒っていい」

アニキもまたスクワットを止めて、そんな慰めの言葉をかけてくれる。

まぁ、こうなるってのはわかっていたからいいんだけどさ……。

「それに、僕とアザミの接点は恋愛生活保護なわけで、だから……」

ビッと鳳来寺は爽《さわ》やかに微笑《ほほえ》みながら〝リラックス〟を決めて、艶《つや》やかな肌に玉の汗を浮かべるアニキを親指でさした。

……言われなくてもわかる。これでいいじゃんって、鳳来寺の顔にある。

「で、でもだとしてもさ、無理だって……。だって、僕なんかじゃ、全然魅力もないし、どこもいいとこないし……」

はぁ～と、深く深く……鳳来寺は息を吐いた。

「じゃあさ……あたしは、そんなダメな奴《やつ》の相手をしてあげないといけないの？」

その鳳来寺の言葉に、僕は絶句してしまう。

「いや、で、でも……それは……その……恋愛生活保護のシステムで、ピッタリだって、相性がいいって診断されて……それで……」

「だとしてもさ、ユースケって……別にあたしが好きってわけでもないんでしょ？」

……また、絶句。

好きか嫌いかで言えば、答えなんて決まっている。

けれど、それを伝えようとすると喉《のど》が、詰まった。

自分の気持ちを伝えるってのは、どうしてこう、難しいのか。

……いや、違う。自分に自信が……自分の気持ちに自信がないからだ。

僕にとって鳳来寺は初めてといえる女の子の知り合いで、恋人候補で、美人で、面倒見が良くて、優しくて、僕なんかにも分け隔てなく接してくれて……だから、小さな子供が自分の相手をしてくれる保育士さんを好くように、僕は鳳来寺に子供っぽい好意を抱いているだけじゃないのか。

自分の中でそんな疑念が湧《わ》く。

そして、自分とは釣り合わないのではないかとする不安、彼女が好きだからではなく、彼女しか選択肢がないからそう想っているのではないかとする疑問……僕なんかが隣を歩くことで彼女が恥ずかしい思いをするだろうっていう確信……。

それらが混ぜこぜになって、僕の喉を塞《ふさ》いで……。

鳳来寺が、黙って僕を見ていた。その目は呆れるでもなく、笑うでもなく、ただ……真剣に、真《ま》っ直《す》ぐに、僕だけを見つめてくれていた。

——こんなふうに見つめてくれるだけで、君は僕にとって特別だと、そう思う。

せめてそれだけでも言いたい。けれど、キザじゃないかって、思ってしまう。

僕なんかが口にすると笑われてしまうような、そんな気がして……僕は、ただ、無言を貫き、俯《うつむ》いてしまった。

「とりあえず、担当の人に問い合わせた方がいいかもね。……第六十一条にあるように、ユースケには届出の義務があるんだし」

……電話をかけて、「ついに僕にも女の子の知り合いが出来たんです！」って言うのは、なかなかに痛い行為だな……。

「さてと、それじゃいろいろと発展もあったことだし、そろそろ出ようか。アニキ、いくらかな？」

「おぅ、そうだな。夕飯の買い出しもしないといけねぇ。……さぶっ！　おい、さぶはいねぇか！」

階下から「へぃッ!!」と威勢のいい声が上がり、加藤《かとう》さぶさんがドドドっと階段を駆け上がってきた。何気に手には〝さぶ道〟とロゴの入ったタオルがあり、僕とアニキに手渡してくれる。……どこかに監視カメラでもあるのかもしれない。

「さぶ、会計だ。まとめてくれ」

「へいっ、こちらになりやすぜ、アニキ！　……あ、支払いはこっちのアニキでしたか！　すいやせん！」

「……あ、いいよ、ユースケ。あたしの分は自分で払う」

「い、いいよ。払う。……は、払わせて欲しい」

そっと加藤さぶさんが鳳来寺に口元を手で隠しつつ、顔を寄せた。

「……アネさん、ここはアニキに任せてやってくだせぇ。アニキの漢《おとこ》を立ててると思って」

鳳来寺は、難しい顔をして、小さく頷《うなず》いた。

あれだけこだわった料理だったので、結構高いのかと思えば普通のファミレスのセットぐらいの値段だった。僕が財布と格闘して一円単位まできっちり出そうとしていると……アニキがパンツの中にタオルを突っ込み、そこの汗までをもすっきりとさせ始め……鳳来寺が「もう！」と顔を背けた。

「ユリちゃん、大丈夫だぜ。ちゃんとモロンしないように工夫して……」

……モロンって……。

「おぉ、そうだ。さぶ、忘れるところだった。こちらのユリちゃんな、実はここで働きてぇって言うんだが、どうだ？」

ちょっ!?　と鳳来寺が慌てるものの……よくよく考えてみれば今日来たのって、それ目的だったよね。

「へェ、漢の中の漢であるアニキに憧《あこが》れる男しか求人はしてねぇんですが……アニキがそこまで言うんでしたら、このさぶ、一肌脱ぎやしょう！」

「そうか、さぶ！　やってくれるか！」

「へェ！　アニキがそこまで強くおっしゃるんですから、きっと性別の差を乗り越えるに余りある何かがあるんでしょう？　なら……大丈夫です、こちらのアネさんをあっしが責任もって一人前の〝さぶ〟に仕上げてみせやす！　……丁度いい、この後新人研修があるんでさぁ！　善は急げ、早速教育を始めやしょう！」

「え？　あ、え？　ちょっと、あの、え、ちょっと……さぶさん、ちょっと!?」

「さぶって……ははは、これからお前も〝さぶ〟になるんだぜ？　女の子だから、さぶ子、さぶ代……いや、さぶ美だな！　よし、さぶ美、こっちだ！　アニキに愛される立派なさぶにしてやんぜ！」

加藤さぶさんに腕をがっつりとつかまれた鳳来寺さぶ美が助けを求めるように、おろおろしつつ僕とアニキを見やるものの……僕もまた状況が状況だったので、ただただ見送るしかなかった。

「えっと……だ、大丈夫なんだよね、鳳来寺」

「おぅ。別に怪しい店とかじゃねぇし、むしろ健全な店だぜ？　教育もしっかりやるし、給料もいいはずだ」

「あぁいや、その屈強な漢達に囲まれて仕事するわけでしょ？　そこに女性が……」

「安心しろよ、ユースケ。さぶ道の店員にゃ、女子供に手を出す奴なんざいねぇって。むしろタフな男が働くよりもずっと安全だぜ？」

「うん、何故《なぜ》だろうね。何でかまったくわからないけれど凄《すご》く説得力があるよ、アニキ」

まるで風呂《ふろ》上がりのように、股間《こかん》の汗を拭《ぬぐ》ったタオルを首にかけるアニキは安心させるように僕の肩をポンと叩《たた》いた。

「よし、それじゃ買い物に行くか！」

3

待ち合わせ場所のワックにやって来るなり、恵比寿《えびす》は対面に座ると共に渋谷《しぶや》のLサイズポテトを摘《つ》まんで口に入れた。何も注文せずにやって来たのか手ぶらだが……しかし、何かをつかんでいるのだろう。

恵比寿の顔には、逸《はや》るような表情があった。

「聞くんだ、渋谷。やっぱりオレの予想は当たっていた」

「……鳳来寺の話だよな？　何だよ、直接会って話したいって、どういうアレだ？」

「まぁ聞け。……中学からの友人《ダチ》に、頭のいい奴がいたんだ。そいつは進学校で有名な小《お》原《ばら》高校に進学したわけなんだが……そいつの彼女が、ってか、そこの学校の制服が鳳来寺のと同じだ」

恵比寿が何を言いたいのかわからず、渋谷はバーガーを囓《かじ》りながら眉根《まゆね》を寄せた。転校前の学校がわかったから、そこから地道に鳳来寺が何者で、ユースケとはどういう関係なのかを彼女の旧友から聞きだそうとでも言うのだろうか。

「要点を言えよ、恵比寿」

恵比寿が辺りを覗ってから、身を乗り出してくるので、渋谷も身を前へ出す。

「そのダチの彼女が言ってたんだ。面白い噂《うわさ》があるって。……一年にはうちの学校で一番の美人がいる。その子の綺麗《きれい》な赤い髪は……実は人間の生き血で染めている、とか何とか。いや、これは半ば冗談らしいんだが」

「……はぁ？」

「やっぱり、オレの記憶は正しかったよ。……鳳来寺ユリ……アイツ、去年クラスメイトを刺し殺しかけて警察にとっ捕まってる、殺人未遂犯だ」

殺人未遂犯……その聞き慣れぬ言葉を理解するのに、渋谷は数秒を要したのだった。

4

外へ出ると、もう、夕暮れだった。

「……ねぇ、アニキ……こんなに買い物する必要、あるの？」

スーパーマーケットで買い物を終えた僕の両手には、店内にあった百均コーナーで買い求めた大型のエコバッグが二つもぶら下がるものの……両方共にこれでもかというぐらいにマックスに野菜や肉《ササミ》や穀物なんかが入っていて……重いを通り越して痛いレベルである。

「安売りだったから、ついはりきっちまったぜ！」

笑うアニキ（衣服装備）だったけれど、そのアニキの両手には僕よりもはるかに大量の食材が詰まったエコバッグがある。

「……さすがに重たいよ、アニキ、これ……。こんなにも纏《まと》めて買わなくても……家が遠く感じる……」

「チャンスじゃねぇか!!　やったな、ユースケ!!」

「……へ？」

「筋トレのチャンスじゃねぇか！　さぁ、行くぞユースケ、腕を上げろ！　エコバッグをダンベルだと思い、大きく胸を張りながら上腕二頭筋を意識して上げ下げするんだ！

レッツ・トライ!!」

お手本を見せるように、アニキは歩きながら胸を張り、下げたエコバッグを肘《ひじ》の部分だけで胸まで持って来てはゆっくり下ろす……そんな動作を始めた。

仕方なく僕も始めるけれど……これが結構しんどい。

重いってのもあるんだけれど、それ以上にエコバッグはダンベルと違って揺れるし、歩きながらだからそれがより顕著になって、体重の軽い僕なんか足下がふらつきそうになる。

それを必死に堪《こら》えていると、何気に体幹周りの筋肉が熱くなってくるほどだ。

さぶ道でスクワットやった足腰には、これが結構キツく響く……。

「ウォーキングは毎朝、スクワットはちょいちょい暇を見てやってたからな。食事療法も合わせて体もそろそろイイ具合にギアが入ってきた頃《ころ》だろう。……これからはちょっとずつウエイトトレーニングを加えて、絞りつつかつ健康的にゆっくり膨らませていこうぜ!」

「そ、そんなに変わったかな? 食事だって、今日のさぶ道のは凄かったけど……でも、普段のアニキのはどちらかといえばおいしくて、いっぱい食べちゃってるし」

「嬉《うれ》しいこと言ってくれるじゃねぇか。……だがな、ユースケ、お前の体は確実に変わってる。何せ元が酷《ひど》かったからな! ちょっとやるだけで劇的に効果は出る!」

快活にアニキは笑うんだけれど、腕の辛《つら》さと相まって僕は苦笑いをする他《ほか》ない。

「最近お前、鏡見てねぇだろ。……安心しろよ、ユースケ、お前は変わりつつある」

「そりゃ好き好んで自分の体を見る趣味はないけど……っていうか……姿見は基本アニキ

が独占してるじゃん」

それもそうだな。と、アニキが白い歯を見せて笑った。僕も、笑った。

帰ったらじっくり見てみようかな、と、そんなことを思った……その時だった。

電話《スマホ》が、鳴り出す。

僕はアニキにエコバッグを一つ持ってもらい、見慣れぬ番号からかかってきたコールを取った。

「木村《きむら》ユースケさんのお電話でしょうか？　……この度は申し訳ございませんでした!!」

唐突に猛烈な声で謝られ、思わず僕は立ち止まってしまう。

「手違いで二人分の恋愛扶助《れんあいふじょ》を給付してしまった上、木村さんには実に不適切な扶助《ふじょ》を……この度は、本当に申し訳ございません!!　至急問題を解決するべく、扶助の一部を解消したいと思いましてお電話を――」

二人分の恋愛扶助、不適切な扶助、扶助を解消……耳から入ってきた言葉が、僕の頭と胸の中で跳ね回り、その意味を理解するのに数秒を要した。

「ん？　どうした、ユースケ？」

固まった僕を心配するように、アニキもまた立ち止まり、振り返った。

衣服を着たアニキの爽《さわ》やかな笑みと真っ白な歯は、夕暮れの中でも眩《まぶ》しいほどに輝いていた。

ラット・スプレッド・バック

5話◆筋肉は傷つかない

「ふぅ～、おいしかったぁ。……でもさ、アニキ、いいのかな？　昼からこんな、ノルウェー産の脂たっぷりな焼きサバ食べちゃって。アニキもいっぱい食べていたけど」

「おう。いいんだぜ、ユースケ。青魚のフィッシュオイルほど体にいい脂はねぇ」

「EPAとかDHAとかいうやつ？　DHAって、何か頭の働きが良くなって……とかっていうイメージしかないけど」

「それらの脂、いわゆるω《オメガ》3脂肪酸ってのは血液をサラサラにしたりする効果があってな、健康にいい。そして何より血流が良くなると脂肪燃焼にも効果が出たりと、いろいろ旨味があるんだ。ジム通いの中にゃサプリメントでフィッシュオイルを摂取している奴《やつ》も多いんだぜ？」

「へぇ。体を絞ろうって人が意図的に脂を摂取って、ちょっと凄いなぁ。みんな小鳥のエサみたいな量のササミばかり食べてるイメージだったよ」

「コンテストで勝つためにバリバリのボディに仕上げようって時は、確かにストイックになる。だがオフ・シーズンや、誰《だれ》かと競おうってんでないなら、それほどガッツリやる必要はねぇ。ゆっくり、自分のペースで、健康を第一に置きながら自慢のボディをじっくり作っていく……それでいいんだ。ボディビルそして筋トレは、一生付き合える趣味だからな」

ちなみに〝バリバリ〟ってのは、ボディビル用語で、脂肪がなくて筋肉しかない……つまり、体脂肪率が低くて皮と筋肉しかないような状態を指すそうな。

「おっと、飯に時間かけ過ぎちまったか。……あれだろ、ユースケ、一時に生活保護《せいかつほご》関係の何だかかっつぅ輩《やから》と会ってくるんだろう?」

昨日、何を言っても「申し訳ありません!」の謝罪ばかり返ってくる謎《なぞ》の電話がかかってきて、何はともあれ会って欲しい、とのことだった。

そんな猛烈な勢いで謝罪を連呼して、結局何を言いたいのかわからない不審者を家にあげたくなかったので、近所のカフェで会うことになっていた。

……まぁ、パンツ一丁か、良くてそれにエプロンを加えただけのアニキがダイナミックかつエレガントに跋扈《ばっこ》する我が木村家の日常を一般人に晒《さら》したくなかった、というのもあるのだけれど……。

それに、あの電話の中で二重扶助を解消したいってかろうじて聞き取れたところから察するに……恐らく、アニキとは、もう……。

「それじゃ、行ってきます」

「おぅ、車には気をつけろ。そして隙《すき》があらば……。そうっ! 鍛えるんだ!」

……隙ってなんだよ。

そんなことを思いつつも、僕は家を後にする。

途中、鳳来寺《ほうらいじ》のアパートの窓を見やったけれど、カーテンは閉まったままだ。恐らく朝の日課をせずに、さぶ道へと行ったのだろう。

昨夜、晩ご飯をどうするのか確認をしたら、さぶ道で賄いが出るというのでそちらで済ますということと、日曜日もみっちり教育があるらしく、今日の夕飯もいらないとのことだったので……今頃《いまごろ》、立派なさぶ美になるために頑張っているのだろう。

……一体何を頑張っているのかはわからないけれど……。

まぁ、嫌な内容だったら自分からきっぱり辞める性格だろうし、変なコトにはなっていないとは思う。アニキに言われたからじゃないけれど、さぶ道なら女の子が働いていても、ナンパが多く、バイト同士の恋愛が盛んなファストフード店よりもはるかに安心感がある。

「僕も、しっかりしないとな」

僕は気合いを入れると、約束のカフェへと足を速めた。

駅の近くにある、ちょっと高めのカフェ『ルンドアール』へ。若干の緊張と共に入り、待ち合わせだと店員に告げて店内を見渡すのだけれど……よくよく考えてみるとお互いに顔がわからないので見渡したところで見つけようがないという事実に気が付いた。

が、僕の背を店員さんがめっちゃ見ているので、今更どうしようもなく……僕は冷や汗を掻《か》きながら人を探すふりをした。どうせ一階のお店で、窓越しに店内が見えるんだから、先にそれっぽい人の見当を付けておけば良かったっていうか、何より連絡を……って、ダメだよなぁ、確かかってきた番号《コール》は完全に東京の市外局番だったから……あぁ……。

僕が途方に暮れかけた時……奇跡が起きた。

というか、もう、それしかないだろっていう人が、そこにいたのだ。

もうね、ビックリするぐらい太い黒縁眼鏡にスーツ姿の痩せた男が俯《うつむ》き加減でいるのね。地味なネクタイをやや雑に締め、頭髪も整え切れていないっていう……企業の謝罪会見とかでよく見る状態の男が一人。

あれって、同情を誘ったり、全力を尽くしている感を出すために意図的にするものらしく……まぁ、謝罪時におけるフォーマルな格好と言えるものだ。

あの～、と僕は恐る恐る声をかけてみれば……バネ仕掛けのように男が立ち上がる。

「はっはぃ!?　あっ!!　ひょっとして木村ユースケさんですか!?　これはこれは遠路《えんろ》遥々《はるばる》……本当にこの度は申し訳ありません！」

とりあえず勧められるがままに座席に着き、適当にアイスティーを注文。それを終えると、名刺を差し出された。そこには青島《あおしま》という名と共に『臨時恋愛生活保護諸問題等対策課』という聞いたことがない組織名が。

何でも、どうしても世間から叩《たた》かれやすい対象である恋愛生活保護の受給者及び制度そのものを守るために臨時で設立された課なのだという。「より詳細な組織の説明はこちらのパンフレットを……」と、細かい文字がビッシリと書かれた書類の束が青島さんの鞄《かばん》から出かかったので、十分に理解したと告げてその書類を再び鞄の底に眠らせた。

そして始まる、怒濤《どとう》の勢いの謝罪ラッシュ。

申し訳ない申し訳ない申し訳ない、と連呼されにされ、もはや何が何やら……。

「本当に申し訳ありません。システム上の手違いとはいえ……その、二重に扶助する形となってしまった上、その対処がこうも遅れてしまって……！」

確かにアニキと鳳来寺が来てから……つまりは、石原《いしはら》さんに苦情を申し立ててから今日で丁度三週間である。お役所仕事にもほどがあるわい、と思わずにはいられない。

最初の一週間ぐらいは毎日のように電話をかけていたものの「えぇ～二倍お得でいいじゃないですかぁ～♡」とか「むしろ今だけの特別な体験だと思って受け入れてみましょうよ♡」とか石原さんに言われて、遠回しに対処する気がないから大人しくそのままでいろ、と言われているような状態だったものな……。最終的に石原さんの好きな食べ物とか趣味とか聞かされたり、ツッチーに新しい彼氏が出来たことをわざわざ本人の口から聞かされたり、とどめには「あっ、ひょっとして私のこと本当は好きで電話かけてきたりしてるんじゃ～？♡」と言われた辺りで、催促の電話は打ち切ったけれども。……まぁその頃にはアニキとの生活に慣れてきたという方がデカいか。

ともかく、そんな経緯があったので今なら徹底的に文句を並べても許されると思うんだけれど、でも、青島さんに文句を言っても……多分、本当にミスした奴や税金泥棒の名をほしいままにするが如くちんたら仕事をしていた奴は別にいるんだろうし……まぁ、大人に怒鳴り散らすような根性のない僕だしで、もういいです、大丈夫ですよ、と曖昧《あいまい》な言葉

「いやぁ本当にすみません！　木村さんから苦情を頂いてから対処までに四日もかかってしまって、こんなだから世間からはお役所仕事と――」

を放つに止《とど》め――。

「……四日……？」

「えぇ、木村さんを担当した区役所の者から連絡を受けてすぐに動こうと思いましたものの、書類等々における事実確認を行っておりましたら四日もかかって――」

うん、あのね、もう青島さんどうでもいいや。……とりあえず石原とツッチーを連れてこい。あのテロリスト共にまず国民代表として正義の鉄槌《てっつい》を下してやる。

心の中で怒りに震えそうになるものの、僕は何とかそれを堪《こら》えた。

……きっと筋トレで忍耐力も鍛えられたんだろう。きっと、そうだ。三週間前の僕だったら確実に連載漫画の最後のページに入るような『殺意の波動、今再び……ッ！』とかいう煽《あお》り文が差し込まれる状態になっていたのは間違いない。

「……あ～、はい。大丈夫です。……それより、何故《なぜ》今回のようなことが……？」

「はぁ。それが……私共にもまったくわからないのです。実は――」

青島さんが語るところによれば……知っての通り恋愛生活保護は名前やカテゴリこそ生活保護の一部とされているものの、その特殊性から極めて独立性の高い制度となっている。

しかもそれは審査等の行政側の動きとしても特殊で、国や自治体は経費等々こそ負担――あくまで基本的にだが、生活保護の給付額の約七五％は国庫より出て、残りは自治体から運用上の経費と共に出されているが、恋愛生活保護のみで言えば金銭の給付はないので実質的な経費を分担で負担しているそうな——しているものの、その運営の根源たるシステム……つまり、受給の適性審査や如何《いか》なる保護を行うか……誰に誰を紹介するか、またその方法は……等々の部分は、厚生労働省直轄の組織が全《すべ》てを賄っており、実質的にブラックボックス化しているのだという。

「……つまるところ、本当に申し訳ないのですが、この恋愛生活保護に関しましては区役所等々は単なる窓口以上の役割を持っておらず、申請を受けたり、書類を送ったり、または送られて来た書類に従って被保護者……これは生活保護を受けている方をそう呼ぶのですが、つまり指示されたままに木村《きむら》さん達にアクションを起こす……という感じなのです」

つまるところ、何で問題が起きたのかはぶっちゃけわかんない、ということらしい。僕からの苦情が来て、石原&ツッチーのところで二週間以上放置後、青島さんらが僕の資料を調べて二重扶助《ふじょ》されていることを確認した、という流れらしかった。

なお、僕の苦情申し立ての日と石原&ツッチーのことを青島さんに告げると、今にも土下座しそうな勢いで謝られかけたけれど……この人も大変だな……。

「ですから、問題が起こっても何故こんな手違いが起こったのか……責任の押しつけとかではなく、本当に我々にはわからなくて……。一応問い合わせはしたのですが〝何も問題ない〟との一点張りで……。その、私がこう言っては何ですが、公的機関が自らの過ちを認めることは大変希有《けう》ですので……。と、ともかく、問題は明らかです。よって、木村さんの要請を汲《く》む形で、現場の判断にて早急に二重保護を解消させていただきたいと思います」

青島さんが本当に申し訳なさそうな顔をして、言いにくそうに続けた。

「……その、三週間も経過したので、実質的にあと一週間でどのみち解消となったかと思いますが……ええ、少しでも早い方がよろしいかと思いまして……」

あと一週間……？　と僕は眉根《まゆね》を寄せる。あと一週間ということは、一ヶ月ということで……あれ？　鳳来寺も何か一ヶ月がどうとか言ってなかったっけ？

「以前にお渡しさせていただいている書類に、小さめに書いてあるのですが……二八日経過後、二人の内、どちらかが強く望めば関係を打ち切ることが出来る、とあるのです。……つまり、保護の強制解消ですね。被保護者がそうであれば、恋愛生活保護自体の解消、そうでない場合は被保護者の方に再度検査を行い、適性を今一度調べた上で別途保護を扶助する……という形になります。もちろん制度自体は世界有数の天才達が作り上げたとされるシステムですから、そう問題が起こるはずもないのですが……やはりまだ若い制度ですので、我々のような万が一のための組織やルールが用意されている、と、まぁ、そんなところなのです。……それでなのですが……あの、一応お尋ねしますが……」

青島さんは鞄の中から二枚の書類を取り出す。整理番号等が書かれたそれには顔写真も貼《は》られていて……それらが鳳来寺とアニキのものだと一目でわかる。

「……どちらを、打ち切りにいたしますか？」

へ？　僕は思わず、そんな声を出していた。

1

渋谷《しぶや》は幾度めかになる、恵比寿《えびす》との会議のためにバーガーショップ《ワック》へと入店し、そして、これまで同様にテーブル席で男二人、頭を抱えた。

調べたところ鳳来寺ユリは小原《おばら》高校にて、クラスメイトに対して用意していた金属製のボールペンを突き刺し、その後にカッターナイフを取り出したところで通りがかりの人々に取り押さえられ、彼女は殺人未遂ということで警察に突き出された、ということだった。

如何に未成年とはいえ殺人未遂だとすれば一年かからずに社会復帰するとは思いにくい。恐らく被害者との間で示談が成立したか何かあったのだ。そして、転校してきたということはその過去と決別したがっている、とも取れるだろう。

だからこそ、その過去の情報は弱味たり得た。

美人の弱味を握れば、男がすることなど後は一つしかない。

……だが、そこに問題があった。

「……俺達でどうこう出来るのか……？」

思わず口を突いて出た言葉に、恵比寿も神妙に頷《うなず》いた。

何せ相手はクラスメイトを実際にボールペンで突き刺し、カッターをも突き刺そうとした精神的な強さがある。

喧嘩《けんか》だ何だと言っている連中は邪魔者を程良く排除したいか、殺さない程度に相手をいたぶり、自分の優位性を誇示したいだけだ。本当に殺したいのなら、静かに後ろから包丁なり何なりで急所を突けばいい。そう考えるに、最近絶滅しつつあるあからさまな不良よりも、鳳来寺にはより直接的な脅威を渋谷達は感じていた。

だが、相手は所詮《しょせん》女、万が一でも男二人がかりなら……と思わなくもない。が、そんな力尽くの手段を採るのなら、ぶっちゃけ弱味を握った意味もなかった。

恵比寿も恐らく同様だと思うが、渋谷としては出来る限りスマートに事を進めたかった。

理想を言えば「お前の過去は全部知っている。……なに、大丈夫さ。わかってる」という感じにソフトな接触をし、ゆっくりと、かつ順当に事を進めたい。そして、そんなスタートながらも、気が付くと最初は嫌々だった向こうも渋谷の魅力を知り、自然と付き合うようになり……そして、結婚式では恵比寿に仲人をやってもらうのが理想の展開だった。二人の出会いについて恵比寿がやんわりと嘘《うそ》を交ぜた内容をスピーチしたりする様など、苦笑いと共に涙が出ること請け合いだ。

それが三人のベストストーリー。俺達の三角関係は、最高のハッピーエンドを迎える……と、そこまで考えた時に、どこかで恵比寿を出し抜く必要性があるのに渋谷は気付き、相手を見る。

恵比寿は骨太な体形に加えてやや肥満気味。その名からしても、恐らく先祖に七福神が一人である恵比寿様がおり、その遺伝子が今もなお強固に受け継がれているため……なのかどうか知らないが、まさにあの神様同様のなかなかのむっちりボディである。……そんなむっちりよりは、小学校時代に〝骨皮〟と、ドラ●もんのス●夫の苗字《みようじ》のあだ名を持っていたガリガリの自分の方がまだ女子に好かれるだろう、と渋谷は確信する。

恵比寿は問題ない。もちろん、受給者であるユースケなど問題にもならないだろう。

だからやはり障害となるのは……。

「……どうやって声をかけるか、だな」

いきなり逆上されて突き殺されてはたまらない。だからこそ、最初が恐らく勝負になるだろう。先日は「いくらなの？」と震えながらも悪ぶり、あわよくばと……という思いから訊《き》いたりもしたが、過去を知った今となってはそれすら恐ろしくて出来やしない。キッと睨《にら》み付けられた時など、今思い出すと相当に危なかったのではないだろうか。

恵比寿もまた同じ考えなのか、あぁ、と頷く。

「アイツの過去を握っている分、こちらが優勢だ。最初さえどうにかすれば……あとは、鳳来寺《ほうらいじ》ユリは……あの美人はオレ達の好きなように出来るも同然だ。……そう、原宿《はらじゆく》とかでのデートとかからスタートして、気が付くと……」

まさかコイツ、ガリガリの渋谷よりもふっくらしているオレの方がずっといいはずだ、ゆくゆくは結婚をして式では俺に仲人を……とか思っているんじゃねぇだろうな……？

渋谷はそんな脅威を感じつつ、恵比寿を見やった。

「……何の話してんだ、お前ら？」

唐突に話しかけられ、渋谷が振り返ってみると……そこにいたのは、サングラスの男。

最初誰かわからなかったものの、長髪にチリチリのパーマとその太めというよりはガッチリとしたガタイから、隣のクラスの速瀬守《はやせまもる》だと知れた。

ほとんど話をしたことはなくとも、悪い噂《うわさ》で知った相手だ。

そんな奴《やつ》が何故、今、自分達に話しかけてきたのか……。

渋谷はわけがわからず、閉口する。それとなく辺りを見ると、置いてある鞄《かばん》を見るに、たまたま近くのテーブルの席にいたようだ。

「面白そうな話してたな。鳳来寺って、アレだろ、あの赤毛の。……何だよ、弱味って」

……だとすると、話を盗み聞きしていたのか。ワックなどという雑踏な場所で、大きめな店内BGMの中で、ガキが至るところで「ルック、ルック、ミー！」とロナウダのマネをして騒ぎ立てている……そんな中で聞き耳を立て、鳳来寺という名に反応したのか。何て良く聞こえる耳だろう。

「お前ら、何する気だ？……楽しそうじゃねぇか、おれも交ぜろよ」

ニタニタと笑った彼の顔を見て、渋谷は思う。

火のないところに煙は立たない。速瀬の噂も恐らくはその多くが事実なのだろう。

……この男は、悪人だ。

2

青島《あおしま》さんによれば、あくまで区役所を始め、青島さん自身が所属する都の対策課ですら末端でしかなく、その中枢で何が行われているのかがわからないのだという。

……つまり、僕に給付された二重の恋愛扶助《れんあいふじょ》の内、どちらが誤りなのか判断がつかないのだそうだ。

――鳳来寺か、アニキか……。

明らかに答えはわかっているけれど、青島さんらが勝手に判断すると性差別等の問題になりかねないとして、一応僕にその選択権が任されたわけなのだけれど……今日はハンコも何もなかったことで、一度そこでお開きとなったのだった。

お待ちかねの展開だったはずなのに、どこか心が重い。

最初は、クリスマスの靴下の中に核弾頭がぶち込まれたように衝撃的で、許されるのなら心が趣《おもむ》くままに石原《いしはら》&ツッチーをぶちのめしてやりたいと本気で思ったりもしたけれど……今では、もう、アニキや鳳来寺といるのが当たり前の日常になりつつある。

それを、これから終わらせるのか。僕自身の手で――。

そう考えると心が重く、帰宅の足は遠く。ゆっくりと、どうでもいいようなところを回ったり、本屋さんを無駄に何件も回ったり……。

日がとっぷり暮れた頃《ころ》になって、ようやく帰宅した僕を迎えたのは静寂と暗闇《くらやみ》だった。家が暗い。あれ？　と思っていると、玄関に『ちょいとばかしジムで近隣のタフガイ達とマッスル・ディスカッションしてくるぜ！　飯は温めて喰えよ！』と書き置きがあった。

そして、一人でもそもそとアニキの手料理を食べるんだけれど……ため息が止まらない。

家に帰ってきた時に、エプロン姿のアニキがいないってのはいいとしても……誰《だれ》もいないって寂しいものなんだな、とその時になって初めて気が付いた。

家族が出ていった時はそうは思わなかった。それは、一緒に暮らしていながらにして、ある意味ではすでに別の生活を送っていたからで……本当に別に暮らすことになっても、気にならなかったのだろう。

けれど、アニキは違うのだ。アニキはいつだって僕を中心にがんばってくれていた。

だから、いないと寂しく思うのかな。

これが、これから当たり前の日常になっていくんだ。

そう思うと、ため息が止まらない。

おいしいはずの食事なのに、笑みが浮かぶこともなく、僕は食べ終わり……そして、しばらく休んだ後、ジャージに着替えて軽くスクワットをした。

ある時、アニキは言っていた。辛《つら》い時も楽しい時も、筋トレはいつだってやれる。むしろ辛い時ほど筋トレはするべきだとも。

筋トレは無心になれる。何も考えなくていい。ただ、自分との対話に全ての力を注ぐだけでいいのだ、と。

そうして終わった時には、必ず晴れやかな気分とその成果が待っている……。

普通、そこは筋トレじゃなくてスポーツだよな、と聞いた時は思ったものの……よくよく考えるとスポーツの大半ってゲームなのだ。敵がいて、戦って……となると頭をフルに使うことになるし、負けることも多い。力加減も大事だろう。一方の筋トレは、そんな煩わしさはない。ただただ、全力でぶちかます。そこに手加減なんて、あれこれ考える必要なんて、無用なのだ。ひたすら自分との対話、だからこそ至れる無心の境地……。

アニキの言葉はきっと的を射ていたのだろう。

アニキから教わったこのヒンズー・スクワットで、僕の中にある悩ましい気持ちを全《すべ》て洗い流そう。

当初通りの、本来の、恋愛生活保護《せいかつほご》を受けるだけ。

当たり前の正しい状態になるだけだ。そう、それだけだ……。

何も考えるな、何も想《おも》うな。

ただ筋肉の呻《うめ》きを聞けばいい。

ケツを出すように腰を落とし、そして立ち上がれば良い。

何度も何度も、立ち上がり続ければいい。

そして明日の筋肉痛を想って苦笑すればいいのだ。

僕がアニキの受け売りを胸の内で唱え、全身に汗を浮かべ始めた時チャイムが鳴った。

さぶ道のタオルで汗を拭《ぬぐ》いつつ、出てみれば……そこにいたのは鳳来寺だ。

「あ、お疲れ。……筋トレしてたの？　アニキは？」

「あー、うん。まぁそんなとこ。アニキはジムに行ったよ。タフガイとマッスル・ディスカッションだって」

鳳来寺が頭痛がするように頭に手をやり、ため息を一つ。

……うん、これが普通のリアクションだよね。何で僕は帰宅した時、「そうか、マッスル・ディスカッションか」と当たり前に受け入れたんだろう……。

「鳳来寺はさぶ道の帰り《バイト》？　あ、良かったらあがってく？　晩ご飯の残り、ちょっとあるけど」

「ありがと、でも大丈夫。賄いで食べてきたから。……それに、教育がしんどくてさ」

何でも立派なさぶ、というか、さぶ美になるために、たくましいアニキ達の写真や映像を見せられ、その際のかけ声をひたすら練習させられたり、お茶の運び方から挨拶《あいさつ》、料理など、片っ端からやらされてもう疲れ切っているようだ。

「適性を見るから、ってことらしいんだけど、それでも挨拶とかは共通だから二時間ひたすら強面《こわもて》の人とかマッチョとかの映像を見せられて……心身共に結構キてるんだよね。……もう、シャワー浴びて寝ちゃいたい」

どうやら何だかんだでうまくいけそうなので、続けてみるのだという。

あんな店に……と思ったけれど、どうもしっかりとした旨味があるようだ。

「……時給がさ、半端ないんだよね、あそこ……」

そりゃファストフードとかに比べりゃ夜のお店みたいなもんだし、メイド喫茶とかも女の子の時給は高いと相場は決まっているからなぁ。

「しかもさ、研修中でもガッツリ時給出て……日払いだしね」

……何か肉体労働系ってか、ヘタすると夜のヤバイ系の店みたいだ。

「やってること滅茶苦茶《めちゃくちゃ》だけど、無茶苦茶待遇だけはいいよ、あそこ」

苦笑する鳳来寺は、さらに一緒に研修を受けたさぶ見習いの男達の話を聞かせてくれる。

大変だったけれど、何となく楽しそうだな、と思えた。

「ま、そんなこんなで……あー、ごめん。筋トレの邪魔しちゃったかな」

「ううん、大丈夫。……何か立ち話もなんだし、やっぱりあがる?」

鳳来寺は少し考えるようにしながら、だったらナイト・ウォーキングでもしよう、と提案してきた。

彼女が家でランニングウェアに着替えて来るも、何故《なぜ》かショルダーバッグを一つ肩に掛けていた。

そうして始まる二人だけのナイト・ウォーキング。と言っても、朝に僕がやっているのと同じの、競歩のようなものだ。やや早歩き、という感じ……のはずなんだけれど、何故だろう。段々としんどくなって……っていうか、気を抜くと鳳来寺がどんどん先に……。

「ほらほら、どうしたの。もう少し気合い入れなって」

そんな彼女の笑い声に引っ張られるように、僕はひたすら夜の街を歩く……っていうか、気が付くとちょっと走っていた。

そうなるともう、会話どころではない。鳳来寺の背中についていくので精一杯だった。

住宅街を走り抜け、街外れの太い道路脇《わき》を走り、僕らはやや離れた場所にある森林公園に入り、そこの噴水広場に至って……ようやく足を止めたのだった。

この噴水が彼女の朝のランニングコースの折り返し地点なのだそうだ。

……鳳来寺、毎朝こんなとこまで走ってきてるのか……。

僕は感心しつつも、今は水が張られているだけの噴水の縁に腰を下ろした。

公園は広く、街灯もなくて暗いエリアも多いけれど、舗装された道や噴水広場辺りは明るくなっていて、夜の怖さがない。

僕は荒い息を整えようと、大きくゆっくりと呼吸をする。顔を拭いたさぶ道のタオルが、汗で湿っていった。

「はい、お疲れ」

だらだらと汗を流す僕と違い、ほんのり汗ばんだだけの鳳来寺が笑顔で差し出してくれたのはスクイズボトルだ。

ありがたかったので口にすると、中身は薄めのスポーツドリンク。粉を溶かして作るタイプのものだろうか、そんな味がする。

そこで……ハッとした。これは鳳来寺が普段使っているヤツじゃ……つまり、木村《きむら》ユースケ人生初のファッ、ファースト間接キスじゃないのか!?　女の子と、この僕が!?

……と思ったものの、よくよく考えてみたら、スクイズボトルって普通唇を付けて飲むものじゃないから、間接キスも何もないか……。

いや、でも、同じ飲み物を唇近くまで持っていって飲むということは、事故的に間接キスに至ることだって……！

と、思って期待してスクイズボトルを鳳来寺《ほうらいじ》に返そうとすると……彼女は彼女で別のスクイズボトルで飲んでるっていう……ね。

「ん？　あぁ、それ、良かったらあげる。ユースケ、持ってなかったよね。あたしも前のがカビちゃってさ。今日、これとそれ買ってきたんだ」

「……あ、ありがとう……」

鳳来寺はポカリスエットの、僕のはエネルゲンのスクイズボトルとなったわけだけれど……うーん、だったらせめてお揃《そろ》いが良かったな。

しかも僕、そんなに汗だらだらになるほど朝走っているわけでもないから、途中で水分補給することもなくて、筋トレも基本家だしで……。

折角だし、朝のウォーキングの距離、ちょっと伸ばしてみようかな……？　いけるかな。時期尚早だろうか。いやでも……。

「あと、さ」

鳳来寺が隣に腰掛けると、ショルダーバッグを何やら漁《あさ》る。タオルでも出そうとしているのかと思ったけれど……出てきたのはスポーツ用品店のビニール袋だ。

「これ、多分サイズ合ってると思うから貰《もら》ってよ」

「……何、これ？　さぶ道の制服？」

思いっきり頬《ほお》をグイッと二本指で押し込まれる。やや痛い。違う、ということらしい。

袋を開けて見れば……中にあったのは、黒ベースに青いラインの入ったちょいと洒落《しゃれ》た新品のジャージだ。

「え⁉　なに、これ⁉　え⁉」

「……バイト、日払いだって言ったじゃん。だから、帰りにスクイズボトル買う予定もあったしで、買ってきた。気に入らない？」

「いや全然！　あ、全然ってのもアレか。その、えっと……あ、ありがとう、嬉《うれ》しい。でも、何で……」

「食費、受け取ってくれないんなら、現物で返そうかなって。アンタのそのジャージ、結構きてるじゃん、だから新しいのをね」

僕は上着をその場で広げて見る。うん、確かに僕の体のサイズに丁度良さそうで……っていうか、女の子からの贈り物って、母親からの〝優しさという名の急所をえぐる鋭利なる刃《バレンタイン・デー・チョコ》〟ぐらいしか貰ったことがない身からすると……あ、スクイズボトル貰ったばかりか。

ともかく……心の底から、嬉しかった。

「あ、ありがとう」

二度目の感謝の言葉を述べるも、それ以上に何て言っていいのかわからない。もっとこの気持ちを伝えたいのに、それを表す言葉が思いつかない。

……いや、思いついても、ちょっとキザな感じがして、僕なんかが言うと何だかスベってしまいそうな気がして、口に出せなかった。

「そんな呆然《ぼうぜん》と眺めるぐらい喜んでくれるなら……ま、現金そのままよりは良かったかな」

「う、うん、凄《すご》く嬉しいよ」

名を呼ばれた犬のように彼女を見れば……鳳来寺は赤い髪に合わせるように、ほんのりと頬を同じ色にして、そっぽを向いていた。

「人にっていうか、男の子にそういう贈ったことがなかったから、どういうのがいいかわからなかったけど……とりあえずで青系にしてみたんだ。それで良かった？」

僕は頷《うなず》く。鳳来寺がホッとしたような顔をして、微笑《ほほえ》んでくれる。

それに、僕は息を呑《の》む。……学校で眺めていた、眩《まぶ》しいような彼女の笑み、それに照れたような赤みを加えた……そんな、笑みだったから。

それに思わず僕は固まり、数瞬後に思わず顔が熱くなる。走ってきた時と同じかそれ以上に鼓動が高鳴る。きっと真っ赤になっている。恥ずかしくてこのまま後ろに倒れて噴水の中に沈んでしまいたくなる。

あぁ、何だよ、これ。

あぁ、くそ、どうしよう。

あぁ、どうしよう。どうしたらいいんだろう。

あぁ、あぁ、あぁ……。

「ん？　ユースケ、どうかした？」

鳳来寺は自分の顔色のことに気が付いていないのか、それともわかった上で女の特権であるかわいらしさを最大の武器として暴力的に振り回しているのかわからないけれども……はにかむような笑みを向けてくるもんだからこっちは……クッ!!

「……ユースケ、どうしたの……？」

ほぼ同じ言葉を鳳来寺は怪訝《けげん》な顔で口にする。唐突にスクワットを始めた僕を見つつ…。

そして超高速の、アニキがいたら確実に「そんなんじゃ膝《ひざ》を悪くするぞ！」と叱《しか》られるようなスクワットをやって、再び汗を浮かべてから、今一度噴水の縁に腰掛けた。

……ふぅ。筋トレはいい。踏ん張ったからと顔が赤い言い訳が出来るし、何より心を平常のそれに半ば強制的に戻すことが出来る。……しかもそれを見ていた鳳来寺までが、いつものように〝変なものを見る顔〟をしていて……。

うむ、ダメ人間・木村ユースケの日常よ、お帰り。

いつも通りになったことで、走る前までの会話の続きが始まる。

さぶ道はあらゆるところでトンデモな内容らしいけれど、案外いいとこもあって、頑張れそうだ、とそんな鳳来寺の話だった。

「……で、そっちは？　この土日、何かあった？」

「あった、と言えば……あったんだけど……。でも、その……」

最初こそ躊躇《ためら》ったものの、青島《あおしま》さんとのことを、僕は思いの外すんなりと話すことが出来た。もしかしたら誰《だれ》かに相談したいと、無意識に思っていたのかもしれない。

「……それで、数日中に、ハンコを持ってもう一度青島さんに会うことになると思う。一ヶ月の更新待ちでもいいらしいんだけれど、青島さん的には組織の実績として、発生した問題を放置せずにきちんと対応したという事実も欲しいから、出来ればキチンとした解消手続きを……って」

「……そっか」

スクイズボトルを手にしたまま、鳳来寺は神妙そうな顔で僕の話を最後まで聞いてくれていた。

重苦しい沈黙が流れる中、ふと、僕は気付く。

僕がアニキとの関係を解消するってことは、それは言ってみれば鳳来寺を取るということだ。

つまり……今の僕らの関係からするに、好きだ、と言うのと同じことになるんじゃないだろうか。

そりゃゴリゴリのマッチョと、好みとは全然違うけれど世話焼きで、快活で、笑顔が眩しくて、僕なんかをちゃんとした人間として扱ってくれる……そんな美人な同級生とじゃ……どちらを選ぶかなんて、初めから決まっている。

けれど、今、ここで鳳来寺を……君を選ぶと告げるのは、やっぱりどうしても好きだって言うのと直結してしまう、そんな気がした。

それは鳳来寺も感じているのだろうと思う。だからこその、沈黙なんだと、そう思う。

今が、その時なのだろうか。

君が好きだ、と告げるべき時なのだろうか。

恋愛生活保護《せいかつほご》は、必ずしもパートナーを与えるものじゃない。

相性のいい適切な相手を紹介するだけで、そこから先は制度上のバックアップこそ行うものの二人の関係に関与しない……そういうもの。

だから、好きだと告げるのはあくまで自分の意思、自分の力……。

……恋は、いつだって自分自身でつかまないといけないのだ。

プレゼントを貰って、あの眩しい笑顔を貰って、頬を赤らめた彼女を前に……今、その気持ちを告げる……それは悪くない気がした。

というか、ここしかないという、そんな気がする。

今を逃すと、ずっとだらだらと中途半端な隣人関係が続くだけ、そんな気がする。

「あのさ、ユースケ」

神妙な顔をしたままの鳳来寺が、隣に座る僕を見る。

鼓動が際限なく高まっていく。スクワットで七〇回を超えた時のようだった。

「その解消って、あたしとアニキ、どちらかをユースケが選ぶんだよね」

「……うん。対策課の方とかじゃ、どちらが正式なものかがわからないから、僕が自分に不適切だと思う方を選択して欲しいって」

手足が……走って、スクワットして、熱くなった体が急激に冷えたかのように……震えていく。寒気すら、感じた。春の夜に、僕は……。

でも、ここしかない。ここで僕は言うんだ。それしかない。こんなチャンスは他《ほか》にない。考えてもみろ、このまま鳳来寺《ほうらいじ》と同じような関係が続いたとして、僕のようなチビで短足で痩せっぽっちで、そのくせ下腹だけぽっこりしてて臆病《おくびょう》で何一つ特技もいいところもないような奴《やつ》が……自分の力だけで、こんなシチュエーションを用意出来るってのか。

無理だ。だから、今だ。今が——最初で最後のチャンスなんだ！

震える手足はもうどうでもいい。高鳴る心臓も、無視した。

ただ、震えそうな喉《のど》だけは力で抑え、大きく息を吸う。

せめて、僕のダメダメな人生でも、今この瞬間だけは……しっかりとした言葉を口にしたかった。

僕は息を吸う。声を出す準備を整える。言葉を考え、選ぶ。

そして……。

「……ユースケが選ぶ、か」

僕は噴水の縁から立ち上がると、鳳来寺を見る。鳳来寺は座ったまま、僕を見上げた。

「うん。だから……だから、僕は――!!」

「あたしが出ていく」

鳳来寺が立ち上がり、僕にその背を見せた。表情が見えなくて、僕は……。

「……な、何で……!?」

思わず声が裏返った。鳳来寺はちょっと振り返り、そんな僕の顔を見て、笑顔を作る。

「だって、別にあたし、アンタの好みじゃないんでしょ？　なら、違うよ。アンタの相手はあたしじゃない」

我《わ》が儘《まま》な子供に言い聞かせるように、鳳来寺の声は落ち着いていて、優しくて、しっかりとしていて……迷いがなかった。

「だ、だからってアニキは……いや、それより何より僕は同性愛者じゃ――」

「ユースケも、男女っていうか、恋とかって、そういう関係しかないって、思ってるんだね。アザミと葈耳《おなもみ》さんみたいな関係には否定的？」

「そういう関係って……え？」

……つまり、それって……肉体関係ってこと……？

そ、そりゃ恋愛とかの先にあるものだと思うし、ある意味では、その終着点ってわけじゃないにせよ、ある種の関門というか必ず通らないといけないというか何というか……。

いろいろな考えが頭に浮かんでは、ごちゃ混ぜになっていく。

そのせいで、余計に言葉にならなくて……僕は鳳来寺の問いに沈黙を返してしまった。

それはきっとYESと取られたことだろう。

「ま、いいけどね。別にさ。……でも、ユースケに必要なのはあたしじゃない。どちらかを残すって言うんだったら、間違いなく、アニキを残すべきだよ」

「なっ……何でだよ!?」

自分でも驚くほどの声量で、思わず大声が飛び出る。喉が、痛い。

鳳来寺が苦い顔で振り返った。

「……大きな声出すの、止めて。夜だし、怖いよ」

運動してないのに、ただ一瞬大声を出しただけで、ぜぇぜぇと呼吸が乱れて、ごめんって言おうとしたけれど……やっぱり、また沈黙を返すことになってしまった。

……NO、と、取られたかもしれない。

「あたしが残っても、多分ユースケとはその先はないよ」

「アニキとだったらあるっていうの!? ないよ、絶対!! 僕は……!!」

「もうわかってる。そこは知ってるから、大丈夫。……違うんだよ。あたし、嫌なんだ、そういうの」

「……そういう……え?」

「怖いんだよね。男の人とかって」

鳳来寺は苦笑する。けれど、その顔は……どこか切なげで、まるで泣き顔のようで……。

「昔、ちょっといろいろあってさ。それでね。あ、だからって別に名前の通りに百合《ゆり》だとかレズビアンだとかでもないからね」

「なに、それ……」

「そのまんまだよ。あんまり男の人と、関《かか》わりたくない」

「だっ、だって……家まで来て、僕とアニキと……ご飯とか……。な、何だよ、今更そんな嘘《うそ》を言わなくたっていいだろ!?」

「だから、大声止めてって。嘘じゃない。……その、傷つくだけかもしれないけど、いい？」

わけがわからないけれど……頷く以外の選択肢が思い当たらなかった。

「正直恋愛生活保護で誰かのところに行くって決まった時、嫌で嫌で仕方なかったんだ。かといって立場的に拒否も出来なかった。……でも、ユースケやアニキを見た時に大丈夫だと思った」

いやまぁ本当に最初に二人を見た時は恐怖しかなかったけどね、と鳳来寺は付け加えて笑い、そして、息を吐き……続ける。

「ユースケは、悪いけど何もかもが弱々しくて、男の人っていうか……男の子って感じだったし、アニキは……うん、アレはもう何か違う枠の存在だったから。だから、大丈夫だったんだよ。安心出来た」

「だ、だからって……先がないなんて、わからない……。もしかしたら、万が一、ひょっとしたら……そういう奇跡的なこととか！」

「難しいよ、多分。……それに、あたし初めから……ユースケと会う前から一ヶ月過ごしたら相性が合わないって、不適合申請しようと思ってたし。ちょっと早いけど、丁度良い機会だよ」

「待って、待ってよ！　だからって……そ、それに、アニキが残ったってその先に何があるっていうんだ！　何もないよ！」

「アザミがいるよ。うん、あの子がいる。あの子はあの子で葉耳さんとはそういう関係じゃないって言っているんでしょ？　なら、チャンスあるって、大丈夫」

勇気づけるような、そんな口調で鳳来寺は言ってくれる。

……けれど、僕にはどうしてもそれが僕との関係を他人に押しつけて、自分から僕を切り離そうと必死に言い訳しているように聞こえて……僕は……僕は……！

「……鳳来寺、僕が、そんなに……」

「違うって。……って言っても、無駄かな。……ごめん、もっと早くに言うべきだった。もしくは、何も言わずに不適合申請出しておけば良かったね」

気が付くと、僕の頬《ほお》を涙が伝っていた。

家族が出ていった時でさえ、すれ違い様に殴られても、足を引っかけられても流れなかった雫《しずく》が……。

「先、帰るね」

鳳来寺が走って行く。

　僕はその背を追うことなく、ただ立ちすくみ、そして……一人、むせび泣いた。

「おぅ、ユースケ、おかえり。遅かったな、どこ行ってたんだ。心配したぜ？」

　エプロン姿のアニキが笑顔で玄関まで出迎えてくれるも、僕には何かに応じる気が起きず、俯《うつむ》いたまま、靴を脱いだ。

「どうしたどうしたユースケぇ、元気がねぇぞ？　……よぅし、そういう時は筋トレだな。どれ、おれの一五キロダンベルを貸してやろう。これでお前の中のストレスも何もかも、悪いもんは全部汗と一緒に排出だ！」

「……やらないよ」

「おいおい、ユースケ。筋トレを一日サボるってのは、人生の一日を無駄にすることだぜ？　休息も必要だが、お前はまだ腕周りは全然だから……」

「そうじゃない。筋トレを、やらない……」

「……なっ、え？　ど、どうした、ユースケ。何バカなことを……お前、そんなんでマッチョになんかなれねぇぞ!?　お前まさか……く、薬か!?　薬に頼ろうってのか!?　サプリメントならともかく、おいよせ、そんなバカな考えは一秒でも早く捨て——!!」

「マッチョになりたいなんていつ誰が言った!?」

　声を張り上げてから、僕は……ハッとした。

　つい言ってしまった。筋トレなんかしない、マッチョになんかなりたくない……それは、アニキを全否定することじゃないのか。

……言ってから、僕は、気が付いた。

そして、見た。あんなにいつも爽《さわ》やかな笑みを浮かべていたアニキの顔が、愕然《がくぜん》として、その小動物のようなかわいらしい両目を、哀《かな》しみに染めてしまうのを。

「ご、ごめ……ん……」

アニキは何も悪くないのに、何てことを……。

彼のそんな顔に耐えられなくて……アニキを押しのけ、僕は二階の自分の部屋へと逃げ込んだのだった。

持っていたスクイズボトルとジャージを壁に叩《たた》きつけると、僕はベッドへと逃げ込んだ。

汗ばんだままの肌も、それが染みたジャージも、流した涙がかわいて固まった目元も何もかもが気持ち悪い。

けれど一番気持ち悪いのは……きっと、僕自身なんだろう。

暗闇《くらやみ》の中で、一人、そう思った。

3

朝のランニングを終えると素早くシャワーを浴び、制服を着、水分補給に加えてヨーグルトを食べる。そして最後にアパートを出ようとするものの……最後に今一度窓から隣の家の二階を見る。カーテンは、閉まったままだった。

ユースケが開けないのならわかる。だが、アニキまでも開けに来ないというのが鳳来寺には気になった。

アパートを出て、木村《きむら》家のチャイムを押す。出てきたのはアニキだ。

「……よぉ、ユリちゃん。……はぁ〜」

ヘアセットなどはしっかりしているものの……あからさまに元気がなかった。

「どうしたの？　って、あー……いい、わかってる。わかってるから」

そうかい？　とアニキはまたため息を吐《つ》き、そっと〝サイド・チェスト〟を決める。

「見てくれよ……この大胸筋を。な？　わかるだろ、この元気のなさ。全然張りがねぇ」

——知らんがな。

ビクンビクン動かされる大胸筋を見つつ、全力でそう思った。

ぶっちゃけ鳳来寺には普段の大胸筋との差がまったくわからない。

とりあえず愛想笑いだけは付き合いとしてしておいた。

「ユースケの奴、マッチョになんてなりたくねぇ。筋トレはもうしねぇって言いやがってよ。この三週間、おれはひょっとしてアイツにとって迷惑だったのか……ずっと、良かれと思って、男なら誰《だれ》だって……おれは……」

「そっか。……あのさ、アニキ。時間ヤバめだからもう行っちゃうけど……もう少しだけ我慢しててね」

「ん？　お、おぅ。わかった……？」

不思議そうな顔をしつつもアニキは〝サイド・チェスト〟から〝サイド・トライセップス〟へとポーズを変更する。見事な張りの上腕三頭筋《トライセップス》と、キレのある腹斜筋が強調される。

「ユースケのこと、お願いね。……それじゃ」

鳳来寺は後ろ髪引かれる想《おも》いのまま、その場を後にする。

ユースケに何か声をかけたいとする気持ちはあったが、それ以上に自分がするべきことがある……そう思い、彼女は足を速めた。


「お前らぁ、HR《ホームルーム》始めんぞー。おいおい、その辺のっ、さっさとクラス戻れぇ」

若干早めに現れた担任が教室内に声を響かせると、鳳来寺の机の周りを囲んでいた女子生徒達が「またね」と離れていった。

そうして一人になった時、鳳来寺は顔にあった笑みを消し、隠し見るように隣の席に視線を向けた。木村ユースケの席。誰もいない、席。

「……来ない、か。正直に、言い過ぎちゃったかな」

我ながらあれは酷《ひど》いと、鳳来寺は思った。あそこまで言う必要なんてなかったのだ。さぶ道で言ったように「あたし、いらなくない？」と、軽く言えば良かったのだ。そうすれば「ちょっ、え？　何でだよぉ～」と、適当に笑ったまま、別れられたのに。

わかっていた。それなのに、そうしなかった。

何故《なぜ》？　どうしてあんな思ったことをそのままに言ってしまったのだろう。ため息が出た。

「おい、元気ねぇな。しおらしくしやがって。噂の元気はどこに行ったんだ？」

聞き慣れない声をかけられ、鳳来寺《ほうらいじ》が俯き加減だった顔を上げれば……見知らぬ男がいた。長髪にチリチリのパーマをかけたガタイのいい男。他クラスの生徒だろう。背中に視線を感じて振り返ってみれば、やや青い顔をした渋谷《しぶや》と恵比寿《えびす》が鳳来寺を見ていた。

……なに？　鳳来寺はパーマの男に言うも、応じられることなく、彼は教室を出て行ってしまう。今一度振り返って渋谷達を見るも、彼らはそそくさと視線を逃がしていた。

そんな男達に、嫌な気配を感じつつも……鳳来寺はユースケと、そして、自分に残されている時間を思う。

自分がこの場にいられる時間はそう長くはないだろう。もしかしたら今日にもユースケは書類にハンコを捺《お》すかもしれない。そうなると……あと何日ここにいられるのか。

何とか自分に出来ることはしておきたい。急がなくてはならなかった。

鳳来寺が今一度振り返り、今度は渋谷達ではなく……ぬぼーっとした顔のままで微動だにしない、松笠《まつかさ》アザミを見やったのだった。

「ごめん、遅れちゃった！」

下校時間、校門の陰にまるで置物か、はたまた誰かの忘れものかのようにぬぼーっと空を見上げながら突っ立っていた松笠アザミを見つけ、鳳来寺は走った。

「ごめんね、掃除が遅れちゃって」

いいえ、と見方によってはドライとも取れる反応をするアザミは辺りに目を配る。

「まだ人も多いですし、場所、変えましょう。出来るだけ誰もいないところがいいです。……確認しますが、お昼に言っていたように恋愛生活保護《せいかつほご》について、ですよね？」

間近で真っ直《まっす》ぐに見据えたアザミの瞳《ひとみ》は、何も考えていないような顔とは違い、思いの外知的さを覗わせる。

何も考えていないのではなく、単にどっしりと落ち着いているだけなのかもしれない。

「うん、それとユースケのこともね」

4

『よぅ、渋谷……どんな調子だ？』

スマホからは、半笑いの声と共に複数人の聞き覚えのない声がかすかに聞こえ、渋谷の気分を地の底に落とした。恐らく速瀬《はやせ》の先輩だとかいう連中だろう。昨日から鑑別所帰りの祝いだかをしていると言っていたので、速瀬もその場に行ったようだ。

「い、今はまだ……クラスメイトの女と合流しちゃってて」

『ちゃんと連れてこいよ。何なら車も出してやるって、先輩が言ってるしな。写真見てえらく気に入ってもらったんだ、今日だぞ今日。夜には、やれるようにしておけよ』

渋谷は曖昧《あいまい》に応じて、電話を切った。

隣の恵比寿にも声が漏れ聞こえていたのか、苦い顔をしている。

鳳来寺の弱味を握った。それを切っ掛けにうまい話に持っていけるかと思えば……気が付いたら、このザマだ。

渋谷は震えそうになる。今では自分が脅迫され、まるで速瀬守《まもる》の家来のようだ。甘い蜜《みつ》にたかる虫のように、次から次へとおかしなのが湧《わ》いて出てきて、誰も彼もが巣穴に引きずりこもうとしやがる……。

「いや、俺達も結局は同じ穴の何とやら、なのかな……」

「……動いたぞ、渋谷。追う、でいいんだよな」

校庭の隅で鳳来寺ユリと松笠アザミを渋谷は見やる。

松笠は渋谷達の視線を感じたのか視線を向けてきたが、特に気にするでもなく歩いて行くので問題ないだろう。とはいえ、少し距離は置いて尾行した方がいいかもしれない。

「なぁ、渋谷、ちょっと気になってることがあるんだ」

「俺だって好きで速瀬なんかの小間使いしているわけじゃねぇよ。……だが、アイツはアイツで断ったら何してくるか……」

「そうじゃない。弱味を握ったと喜んで忘れていたが……鳳来寺は殺人未遂を犯して転校して、ユースケの恋愛生活保護の相手をしているのだろう」

「そりゃお前……人を殺しかけた犯罪者だ。そんな奴《やつ》が恋愛なんてそう簡単にはうまくいかないってんで、申請したんだろ。で、殺人未遂犯にはユースケぐらいのがお似合いだってことで……お、行ったな」

渋谷も言いながら考えてみる。確かに妙というか、短期間にいろいろとあり過ぎている気はした。だが、今やそんなことはどうでもいいのだ。

もはや、考えることも億劫《おっくう》だった。早くこんな嫌な状況から抜け出したい……渋谷が思っているのは、ただ、それだけだった。

5

さすがのアザミも、ユースケが普通に女の子が好きなノンケだと鳳来寺が教えると、歩みを止め、今し方耳にした言葉が本当であるか否かを問うように刮目《かつもく》して見返してきた。

鳳来寺が念を押すように頷《うなず》けば、彼女はそのまま固まりつつも顔を真っ赤にし……そして、いつの間にか被《かぶ》っていたフードの顔さえもポカーンとしたものになっていた。

「あ、あの……わ、私、思いっきりユースケの前で着替えているんですが」

「きっと喜んでたと思うよ、アイツ。ってかさ、仮にユースケに給付されたのがアニキだったとしても、自分と同じで別に同性愛者じゃないとか、両方いけるクチとかって、思い至らなかった?」

「び、びっくりするぐらい至らなかっ……あ、思い至らなかったです」

普段能面で、何事にも淡々としているせいか、慌て出すとそれが露骨に表面に出てくるので、鳳来寺は思わず笑ってしまう。かわいい子だと、そう思う。

鳳来寺はアザミと共に、止まっていた足を動かし、日も沈みかけた河川敷を歩く。

自分とユースケ、そしてアニキとの三人での三週間の生活について説明するのに相当に時間を喰《く》っていた。まさか「その〝ダブル・バイセップス〟というのはどういうポーズなんですか?」とどうでもいいところに喰いつかれたのは、さすがに予想外で、鳳来寺も説明に四苦八苦してしまった。

もうすぐ暗くなる。そうなる前に本題に入っておきたかった。

赤い顔をして、若干バグったアンドロイドみたいにぎこちない歩き方をするアザミだったが……とりあえず声をかけたら反応が返ってきたので、このまま話を続けても大丈夫そうだ。……フードの顔はまだポカーンの状態から復活していないのが少々気にはなるが。

鳳来寺はこれまでのこと——奇妙に、微妙に、何だかよくわからないながら、何となくそれなりに楽しかった三人の生活を語り、そして、昨夜の出来事をアザミに告げた。

「それで……それを私に話したのは、どういう意図ですか?」

「アザミってさ、ユースケ、どう?」

「……しばらく会いたくないです。正味、マックスにハズイです」

アザミの顔がまた紅潮する。色白なせいで赤みがとても目立つのだ。そんなところもかわいい。もう少し早めに知り合っておけば良かった、と鳳来寺は少し思う。

転校した直後からやたらと構ってきてくれる女子が多かったのは嬉《うれ》しかった。彼女らの相手をしていれば、男子と接触しなくて済んだ。けれど、そのせいで周りにどんな人がいるのか、その観察を怠っていたのだ。残念だった。

「ま、そうだよね。間近で下着姿ガン見されてたらさ。……でも、良かったら、仲良くしてあげてよ」

「……どうして、ですか?」

二人ってお似合いな気が……と、そこまで言ってから、鳳来寺はアザミが訊《き》いたのはそこではなく、どうして自分がユースケのためにそんな行動をしているのか……かもしれないと思い至る。

「あー……アニキ共々、あたしが余計なことを言ったせいで傷つけちゃったから……かな。何であんなにスラスラと余計なこと言っちゃったのか、自分でもわかんないんだけどね」

「……ユースケが話しやすい相手だからでは? 昔は人と全然喋《しゃべ》れなかった私でさえも……まぁ、同じ恋愛生活保護受給者だとわかったからというのもありますが、不思議と抵抗なく菜耳《おなもみ》さんや生活のことを話せました。だからこそ、いっそ偽装の恋人に……と……」

またアザミは顔を赤らめる。

今までは同性のようなものと思っていたからこそ、特に何ら思うことなく建前上の恋人だと言えたのだろう。向こうがノンケだと知れた以上、恥ずかしいのだ。

……でも、と鳳来寺は思う。恥ずかしいのは、下着姿を見られたこともあるだろうが、それだけではないのではないか。アザミは愛や恋を知らないからこそ受給者となったとユースケから聞いたが……本当にそうなのだろうか……？

仮にそうであったとしても、〝今〟の彼女ならば……どうなのだろう？

「まぁ話しやすいってのは、少しわかる。何か、同じ目線にいないからっていうか……弟みたいな、感じ？」

わかる気がします、とアザミは頷いた。

自分で言って、なかなかどうして的を射ていると鳳来寺は思う。

アニキがいるから、というのもあるが、それ以上に……自分に弟がいたとすれば、あんな感じではないのか、そう思った。

卑屈で、貧弱で、何かあるとすぐに拗《す》ねて、周りに流されやすくて、たまにゲスで、いいところがまず見当たらない……でも、どこかしらに、ちょろっとだけ一生懸命さのようなのがあって、何故だか見捨てるに見捨てられない。放っておけない。気にしてしまう。

ユースケはそんな奴。

アザミにそのことを言ってみる。同意してくれるように、頷いてくれた。

「案外、いい人ですね」

「いい人っていうと、ちょっと違うと思うけどね。何となく気になるダメダメな弟で

「……」

「違います。ユースケじゃなく、あなたがです、鳳来寺さん。……案外、ユースケに本当に給付されたのはあなたで間違いないかもしれませんよ」

まさか、と鳳来寺は笑った。

自分は彼の好みからは完全に外れているし、自分の好みでもない……と。

けれどアザミは頰《ほお》の赤みを消してぬぼーっとしたいつもの顔のまま、フードの顔をシャキーンとしたものにして、鳳来寺を見つめ返す。

「好みが、恋や愛を左右するものではない……そう、思います。それも出会う前のなんて……むしろ、逆なのではないかと。例えばですが、葉耳さんのおかげで、私は今、手間のかかるダメ人間が割と嫌いではないです」

「逆に……誰《だれ》かを好きになって、それで好みが変わる……って？」

だとしたら恋や愛とは何なのだろう。人格を作り替える魔法だとでも言うのだろうか。ロマンチックな考え《アイディア》ではあるが、それを弄《もてあそ》んで楽しむ少女趣味は鳳来寺にはなかった。

「さっき、思わず余計なことまで喋ったって言うのも、話しやすいからではなく、単に相性が良かったからでは？　……彼について喋る時、鳳来寺さん、楽しげでした」

アザミのフードがフフンというように、ドヤ顔になっていた。

「……どう、かな。わかんないや。でも……ユースケとアニキとの生活は、確かにちょっと楽しかったかな。初日から毎日がてんやわんやで、余計なことを思い出さなくて済んだっていうか、大騒ぎで……まぁ衝撃《インパクト》が強すぎて頭痛も酷《ひど》かったけど……。うん。確かに今回対策課が動かなかったら、もう少し一緒に暮らしてみるのもいいかなって少し思ってたかも……ってのは、ちょっと、ある」

「どうして、そんなに離れようとしてしまうんですか？　別にずうずうしくしていればいいのではないかと」

「どちらかを選ばないといけないっていうなら、あたしが退くべきだと思う。ユースケ、明らかにアニキと一緒にいて明るくなったし、健康になった。……それに、生活保護法第六十条もあるしね」

●第六十条　被保護者は、常に、能力に応じて勤労に励み、自ら、健康の保持及び増進に努め、収入、支出その他生計の状況を適切に把握するとともに支出の節約を図り、その他生活の維持及び向上に努めなければならない。

要は被保護者は可能な限り自立出来るように頑張るようにしようね、とそういうものであった。恋愛生活保護にはこれが拡大解釈され、被保護者は人から好まれるようにきちんと努力するべしと言い渡される。

とはいえ、これに強制力があるわけでもないので、鳳来寺《ほうらいじ》の言葉が冗談程度の意味しかないことをアザミも理解しているはずだった。

「解せないです。それならいっそ……おや？」

アザミがふと遠くを見る。河川敷近くの道路にワンボックスカーが一台停まって、三人の男がこちらを見ていた。鳳来寺もそれとなく辺りを見るが、わざわざ車外に出てまで眺めるものはない。何より、すでに日は落ちかかって暗くなってきていた。

鳳来寺は嫌な予感を覚える。アザミの手をつかんで走ろうとするも、声がかかる。

「よう、人殺し！」

車の横の三人に気を取られている間に、どうやら後ろから近づかれていたらしい。かけられた言葉と同時に肩に回された腕に、鳳来寺は血の気が引いた。

「そこら辺のこと、おれの先輩達がいろいろ訊きたいって言ってんだよ。ちょっと、来てくんねぇかな？」

肩を組んできたのはあの長髪チリチリパーマ、そして後ろで顔を逸《そ》らしているのは渋谷《しぶや》と恵比寿《えびす》だ。

「ひ、ひと……え？　なんですか、いきなり。失礼ですよ」

「……アザミ、もういい。行って。大丈夫だから」

アザミを遠ざけておきたかった。一人なら、恐らく逃げられる。一度走るチャンスさえあれば、後はどうとでもなる。それぐらいの足の自信はあった。

だが、アザミの細い足では、逃げられない。

「おう松笠《まつかさ》、鳳来寺がこう言っているんだ。行け行け。先輩は貧乳にゃ興味ねぇんだと」

アザミのフードが焦り顔を浮かべつつ、ゆっくり遠ざかっていく。

時折振り返るも、その度に鳳来寺は大丈夫だからと頷いた。

「いやぁ、やっぱさ人を殺しちゃうと罪滅ぼしとかって必要だよな。新しい生活するってんなら余計によ」

これから夜になるのに、格好つけなのかサングラスをかけるパーマ野郎を横目で見る。

「……あたしは、殺してない。それに……」

「どうでもいいって。学校中にバラされたくなかったら……仲良くしようや」

アザミが点に見えるぐらいに離れた。交通量の多い道路も彼女の近くを走っている。

これで、大丈夫だ。

「速瀬《はやせ》……あ、いや、ま、守君《まもる》、あの、そのやっぱり……」

「あ？　何だよ、渋谷。お前が恵比寿と一緒に調べあげた情報だろうが。うまい話があるってよ。今更やめようなんて言うなよ」

荒くなりそうな呼吸を整える。走り出したら最後、止まらずに一気に逃げるしかない。

どうせこの地を去る、バラされてもいい、そう言ったところでここまで来た以上、彼らにやめる気など生まれはしないだろう。

そういうものだ。何事も。一度転がり出したら止まらない。やる気で来たのなら、どうあってもとりあえず最後までやってから考えようとする。彼らはそういう人間だ。そうじゃなければ、もっとまともな人生を歩んでいるはずだ。

ようし、それじゃ車んトコ行こうぜ。速瀬守が言って、体を車に向けた……それが、チャンスだった。鳳来寺は鞄《かばん》を投げ捨て、走り出す。

――が、首が絞まる。セーラー服の襟をつかまれた。

「逃げんなって。あそこの先輩の内一人は元高校球児だ、逃げるとマジの石が飛んでくんぞ。……それでも逃げるってんなら頭を守れ、それなら死なねぇから。……渋谷、恵比寿、鳳来寺の腕押さえとけ。車まで連れて行くぞ」

6

「……ユースケ、飯、ここに置いておくからな」

ドアの向こうからアニキの元気のない声がして、お盆を置く音、食器がカチャッと鳴る音がかすかに聞こえた。そして、のすのすとアニキが遠ざかっていく足音……。

僕は最低だと思う。アニキが何をしたっていうんだ。何も悪いことなんてしていないのに……せいぜいパンツ一丁で徘徊《はいかい》しているだけだっていうのに、どうして傷つけるようなことを言ってしまったのだろう。今だって僕のためにご飯を作ってくれて、僕のためを想《おも》っていつも体作りのやり方を教えてくれていたのに……どうして……。

「自分で自分が嫌になる……今までで、一番……。こんなだから、鳳来寺も……」

あれから何時間経《た》ったのだろう。カーテンは閉めっぱなしでも、一度明るくなって、また暗くなったのはわかった。ということはそろそろ丸一日が経とうとしているのか。

僕は外を見るように、カーテンの隙間《すきま》を開け、鳳来寺の部屋を覗う。カーテンは開いたまま、暗い。まだ帰宅していないようだ。学校終わりにさぶ道に行ったのかもしれない。

彼女がいない。そのことに、どこか安心感を覚える。

帰ってきていたら、彼女はアニキと夕餉《ゆうげ》を囲むだろう。

その時、確実に部屋に引《ひ》き籠《こ》もっている僕の話題になるはずだった。

鳳来寺やアニキのことだから、きっと優しく声をかけてくるかもしれない。

ごめんと謝ってくるかもしれない。

けれど……その優しさが、僕には鋸《のこぎり》のように痛いのだ。

それでアホのように笑顔を取り戻せるほどバカになれなくて、かといってそれらを拒絶出来るほどには強くもなくて……。

どうしていいのか、どうして欲しいのかも、わからない。鳳来寺が根負けしてこの場に残ってもいいって言ったところで、僕はきっと嫌な気分のままだろう。

中途半端なバカさ、中途半端なプライド、中途半端な自分……。全部が、嫌になる。

せめて何か一つでも、良くか悪くかでも、突き抜けていれば答えは見つかっただろうに。

曖昧模糊《あいまいもこ》な自分のせいで、どこにも行けず、ただ停滞して、腐って、何にも結果なんて出せずに……ただ、沈んでいく。今まで通り。

この三週間、何だったんだろう。いったい何になったんだろう。

毎日が大変だった。けれど、気が付くとそれが日常になりつつもあった。

でも、それが何だというのだろう。

アニキとの関係さえもおかしくなった今……以前と何が変わったっていうんだ。

結局、全《すべ》てが元通りに……三週間前の暗鬱《あんうつ》な日々にまた、戻ってしまうのだろうか。

ダメで、どうしようもなくて、逃げ道なんてどこにもない、そんな――。


――ピポポポポポーンッ!!


猛烈なピンポン連射音がして、僕の思考はぶった切られた。

そっと部屋の扉を開ける。そこから見えはしないが、それで気配は探れるはずだった。

ふと……扉の脇《わき》には、お盆に載せられ、ラップのかけられたアニキの手料理があるのを見つける。そして、そこにはメモが一枚。

『すまなかった、ユースケ。おれは男ってのは誰もがマッチョに憧《あこが》れを抱いているものだとばかり思っていた。それは自分勝手な押しつけ以外の何ものでもなかったんだな。反省している。だから、おれに何が出来るか、教えて欲しい。それも嫌だって言うんなら、その時は、仕方ねぇ。おれも諦《あきら》める。……だが、せめて食事だけはちゃんと摂《と》って欲しい。そして出来れば部屋から出てきて顔を見せてくれ。お前の体が気になって仕方ねぇんだ。……あぁ、もちろん健康的な意味で』

……最後の一文こそいささか気になるものの、思いの外達筆な文字で書かれたそれは僕の心に突き刺さる。

優しさが痛い。言葉の一つ一つが鋸の歯のようだ。

でも……実の家族から「出ていけ」「いっそ初めからいない方が良かったのに……」そんな言葉を投げつけられた身からすると、こんなにも僕を心配してくれるアニキの文章が、鋸の歯の一つ一つが……酷く痛くて、酷く嫌で、酷く……嬉《うれ》しくて。

いっそバカになりたかった。この胸に湧《わ》いた嬉しさだけを抱き、誰かの手の平の上で踊らせて欲しい、そう思う。

卑屈な考えなど持たずに、与えられた優しい言葉を素直に受け入れられる、そんな御しやすいと笑われるような、バカに……。

そうすればきっと、誰か優しい人が一人いれば……それだけで、僕は……。

でもそれは甘えだろうか。……でも、甘えることも出来ず、一人で立つことも出来ない、そんなのよりは……ずっとマシではないのか。

堂々巡りにも似た思考の迷路。出口なんて、わからない。

僕はお盆の上のメモを手にし、階段へと近づいていく。

するとエプロン姿のアニキが玄関へと歩いていて……。

「……アニキ」

思わず、僕は声に出していた。アニキもハッとして僕を見上げ……そして、見つめ合う。

これでもかとタフなボディをし、ひらひらのエプロンに『I LOVE HEALTH《アイ・ラブ・ヘルス》』の刺《し》繡《しゅう》なんていうおぞましいものを装着しているというのに……その彼の瞳《ひとみ》はまるで小動物のようにくりくりとして、清らかで、悪意なんてこれっぽっちもなくて……かわいらしい。

そんな目で、彼は僕を真っ直《まっす》ぐに見ていた。

驚きと共に、不安を宿し、切なさを滲《にじ》ませながら。

こんな人に、僕は酷いことを言ったのか。彼の全てを否定するような言葉をぶつけてしまったのか。それでもなお、僕を心配してくれる、そんな人だというのに……僕は……。

「……ア、アニキ……」

「ユ、ユースケ……？」

胸に沸き上がる言葉。それを口にしたくないとバカな気持ちも喚《わめ》く。ゴミのようなプライドだ。でも、でも……僕は……。

「……ア、アニキ……ゴメン……」

アニキが無言のままで、階段上の僕を見上げ続ける。

僕は、ゴメンと、もう一度口にした。

「……嫌なことがあって、つい八つ当たりしちゃったんだ……。アニキのこと、迷惑だなんて思ってないよ。……そりゃ最初は衝撃《インパクト》が強すぎてアレだったけれど……。でも、今はアニキとの生活を迷惑だとか、そういうふうには思っていない。か、感謝している、嬉しいよ。……それに、マッチョだってなりたくないわけじゃないんだ。今までの僕の体に比べたら何百倍もいい……！」

「ユ、ユースケ！　そう言ってくれるか、ユースケぇ!!」

アニキが爽《さわ》やかな……いや、溢《あふ》れ落ちそうなほどの満面の笑みを浮かべ、エプロンを捨てると、両腕を広げる。まさにそれは、僕に飛び込んでこいと言っているかのようだった。

今までの僕だったらそんなことはしなかっただろう。けれど……今は、彼に全てを委《ゆだ》ねてしまってもいいのではないか、バカになってもいいんじゃないか。そう、思った。

全身を鋼鉄の筋肉で覆いながらも、顔はこれでもかというほどに柔らかな笑みを浮かべるその男……その、三〇前後と思《おぼ》しき未《いま》だ全てが不詳の、恋愛生活保護《せいかつほご》で僕の前に現れた——生ポアニキに、全てを委ねてしまっていいんじゃないのか。

そう、思った。そして、それを否定する卑屈な気持ちが湧くよりも、早く、僕は——。

「ユースケ、来いッ!!」

——飛んだ。

あぁ……そうか、そうすれば良かったんだ。

嫌な気持ちが湧く前に、躊躇《ためら》ってしまう前に、あれこれ難しく、面倒臭く、まどろっこしく考えるよりも……先に、走り出せば良かったんだ……！

そうすれば、袋小路になんて陥らない！

たとえ失敗したとしても、足を止めなければ……きっと、どうとでもなる!!

あぁ、こんな簡単なことで良かったのか。

僕はそんな発見、そしてアニキの下へ行けることに満面の笑みを浮かべながら……落下する。アニキの胸の中へ。その弾《はじ》けそうなほどに張りに張った大胸筋へ!!

「アニ――!! ぐはぁっ!! のぐぁっおおぉおぉぉぉおぉ……!!」

……うん、大胸筋が硬すぎて弾き飛ばされたね、僕。そして、その反動のまま階段の段差に背中がクリティカルヒットだね。痛いね。凄《すご》く痛いね。思わず床の上を陸揚げされたカツオのようにのたうち回るね。

顔面にぶつかった大胸筋の硬さと背中に来た階段の鋭さに苦しむ僕を、影が覆った。アニキだった。アニキが、僕をお姫様抱っこで抱き上げると、そのままギュッと力を入れ……抱きしめてくれた。

ムチムチとしたアニキの体。噎《む》せ返りそうなほどの漢《おとこ》の臭い。そして、体の内にあるのが脂肪ではなく筋肉なのだと示すような、ホットな体温……。

それらに包まれながら、僕は「アニキ、ゴメン」と今一度口にしたのだった。

「いいんだユースケ。お前は悪くねぇ。……言われてみて、初めて気が付いた。おれは、どれだけ自分勝手だったかと」

「アニキ、違うよ。僕が……悪いんだ。だから、あんな酷《ひど》いことを言っちゃって。……鳳《ほう》来寺《らいじ》とのことで、何も悪くないアニキに八つ当たりをしちゃっ――」

「その鳳来寺さんがヤバイです」

唐突に飛び込んできた女性の声に、僕とアニキは飛び退《との》き……二人して階段に体をぶつけ、野太い呻《うめ》きを口にしつつ一緒になって床の上でのたうち回った。

「まぁ、今のお二人も十分にヤバイですが」

とはいえ、アニキに包まれていた僕はそれほどのダメージはなかったので、顔を上げてみれば……やや息を切らしているアザミだ。フードは呆《あき》れ顔である。

「え？　アザミ、どうしたの？　何で僕の家が……」

「鳳来寺さんからいろいろ聞いていたので。公営アパートの隣の木村《きむら》姓の一軒家、これだけあればすぐに見つけられます。それに……」

まぁ確かによくある苗字《みようじ》とはいえ、一軒家となれば地元民ならすぐに察しが付くだろう。家族がいた時はそれなりに付き合いとかもあ――。

「最近、仕上がったマッチョがやって来た家を知らないかと訊《き》いたら、すぐにここだと」

……うん、まぁ、最近じゃそっちの方で知られていたか。

何せアニキ、隙《すき》を見せると夜中でもカーテンを閉めることなく筋トレしているもんだから、何度世間にその裸体を大公開していたことか……。

「うぐ……痛ぇ。おいおい、えっと……アザミちゃんだったか？　驚かさないでくれよ、脂肪の少ないマッチョはちょっとしたダメージですぐに痣《あざ》になっちまうんだからな。美しさが半減するぜ」

「はぁ、まぁそれは一度脇に置いといてください。それより、鳳来寺さんです。……ぶっちゃけ、拉致《らち》られた可能性が大です」

実はかくかくしかじかで……と、アザミはいつものぬぼーっとした顔に若干の焦りを加えながら、その出来事を語る。僕は目を見開き愕然《がくぜん》としたまま、固まってしまった。

「ヤバそうというだけで事件性の有無も判断出来ませんので、警察に連絡しても対応してもらえなさそうですし、何より……鳳来寺さんが乗った車は走り去ってしまって、今はどこにいるかもわからなくて。とりあえずユースケに連絡をと」

「た、大変だよ、それ!! 渋谷《しぶや》君や恵比寿《えびす》君ならまだしも……速瀬《はやせ》君とその先輩って、それは絶対にヤバイよ!!」

僕は慌ててスマホを部屋から持って来て、鳳来寺をコール。出ない。

「落ち着けユースケ、まだユリちゃんの身に何かあったとなったわけじゃねぇ。……まずは手分けして捜してみようぜ」

「で、でも、手当たり次第で見つかるわけが……どこに……しかも車って……」

車で連れ去って……しかもワンボックスって……もう、エロい漫画とかで見た展開しか思い浮かばず、僕は吐き気を覚えながら震えた。

「大丈夫だ。アザミちゃんよ、その場にはクラスメイトの渋谷と恵比寿がいたんだよな?

……そうか。なら、親御さんに訊いてみるか」

……へ？ と、僕とアザミは目を見開いた。

親御さんに訊く、ということに驚いたのではない。

驚いたのは……アニキが、まるで手品のようにどこぞからスマホを取り出したことだった。もちろん、僕やアザミのでもない、自分のスマホを、だ。

パンツ一丁の男が、である。

「ア、アニキ……今、どこから……？」

「あん？　ったくよぉ二人はまだまだ若ぇな。いいか、漢には秘密のポケットがいっぱいあるのさ。……あ、違う？　あ、番号の方か？　なに、参観日に保護者同士連絡先を交換してな、渋谷と恵比寿のミセスとは今じゃ週二で……お、もしもしミセス？　おれだよ、そう……君のア・ニ・キ、さ」

イリュージュンです……と、アザミはフード共々表情が固まったままだが……それも当然だ。何だよ、漢の秘密のポケットって。アニキ、パンツ一丁なのにどこにポケットが……ってか、物理的にスマホなんて隠しておく場所ないだろ!?　そして渋谷君と恵比寿君のママと週二で何をしているんだよ!?

クソォー！　嫌な予感しかしない!!　っていうか怖くて訊《き》けない!!　そして今それのおかげで何とかなりそうな気配がしているから余計に何も言えない!!

「フンフンフン……フン？　フンフン？　すまねぇな。よろしく頼むぜ。……息子に連絡してくれるそうだ。急ぎだって伝えたら、息子にナイショでGPSアプリぶっ込んであるから、調べて居場所を伝えてくれるとのことだぜ」

……もう、何かこう、息子に対する母親《ママン》の行動力っていろいろ怖いものがあるよね……。

じゃこれからそれを待っ――その段階でアニキのスマホが鳴り、早速GPS情報が送られてきたらしい。僕の家からそう遠くない距離だ。

「電話に出ねぇそうだ。このGPS情報を頼りに行くしかねぇな。ユースケ、行けるか？」

走る……いや、自転車がある、それを使えばすぐだ。

アニキにそれを告げると、先に行け、と言われてしまう。

「チャリは一台しかねぇならユースケ、お前が行け。おれは徒歩で行くが……恥ずかしながらUSAのアメフトマンのような脚力や持久力がねぇ。どうしても、遅れる」

そういえば聞いたことがある。マッチョは基本的に瞬発力などの筋肉である速筋を優先的に鍛えてしまうために持久力に難がある場合が多いのだと。

実際、日本が世界に誇る最強のスポーツマン、ハンマー投げのメダリストであるかの『室伏広治《むろふしこうじ》』氏は何をやらせても凄《すさ》まじかったが、長距離走だけは昔から苦手としていたのだという。

アニキは凄まじい速度でどこぞへメールを打ち込んだ。

「GPS情報は五分ごとに貰《もら》えるように伝えた。お前のアドレスにも行くように頼んだ。……行け、ユースケ！　後で合流だ！」

わかった！　そう言い残し、僕は玄関を出ようとするものの……一度振り返り、伝えてくれたアザミに感謝を、そしてアニキには——。

「服は絶対に着るように！　いいね!?」

アニキは爽やかな笑みを浮かべ〝ダブル・バイセップス〟を決めた。

「おう！　気が向いたらな!!」

……うん、こりゃ合流するのは留置所の中だな。

「私も菜耳《おなもみ》さんに連絡してみます。あの人、車持ってます」

車ならアニキも捕縛されることなく運搬出来る。

それだ！　お願い！　と僕はアザミに頼み……玄関の扉を開けたのだった。

きっと鳳来寺がいるであろう、その場所を目指して。

僕から離れたいと、そう言った彼女の下へ。

考えるな。卑屈でまどろっこしい考えや気持ちなど、置いていけ。

それより、走るんだ。そうだ。ただ、それだけを考えれば良い。筋トレと一緒だ。ただ足の筋肉を中心に、体をいじめる。それだけを考えよう。

――筋トレは全《すべ》てを解決する。

いつだか聞かされたアニキの言葉の通りだ。

ただただ、体を精一杯に動かし、走ればいい。それでいい。

そう、鳳来寺の下へ。走れ、走れ。今は、それだけでいい。

7

「渋谷と恵比寿!!　てめぇら捕まえられなかったら覚悟しろよ!!」

渋谷は恵比寿共々走っていた。揺れる赤い髪、はためくスカートを目指して走っていた。

体力に自信がないわけではないが、二人共遊びと体育ぐらいのスポーツしかやっていないので、それほど速くはない。

一方、鳳来寺ユリはローファーのくせに、なかなかの速度で走っていた。

いいぞ、そのまま走り切れ、逃げ切れ。

渋谷は思う。横を見れば恵比寿も同じ気持ちだと、アイコンタクトで知れる。

「鍵《かぎ》の閉め忘れとか、ガキでも警戒するだろうが、バカが!!」

後ろから先輩らの怒声が響き、渋谷は震えるも、密かに恵比寿と共にほくそ笑んだ。

ワンボックスカーのドアの鍵はかけ忘れたのではない。渋谷と恵比寿で開けたのだ。

車に連れ込んで男六人で囲むようなやり方は、渋谷も恵比寿も元々望んでなどいなかった。だが、山を転がる雪玉のように、事態はどんどん悪くなり、見知らぬ先輩だという連中が加わり……もはやただの犯罪以外の何物でもない、そんな事態になっていた。

渋谷も恵比寿も、鳳来寺の弱味を盾にしつつも、スマートな展開を望んでいたのに、だ。

速瀬らにこれは犯罪ではないかと言っても、別にどうでもいいというスタンスだった。

どうも初めから弱味云々《うんぬん》は切っ掛けでしかなかったのだという。それで車に引きずり込めれば良し、力尽くになっても最後の口止めに使えれば十分……そんな、渋谷達とはまったく異質な考え方だった。

恐らく論理的な考えをしているわけではないのだ、と渋谷は思う。

彼らはただ、切っ掛け＝《イコール》理由があれば、それでいいのだ。

鳳来寺ユリは殺人未遂犯で、しかも恋愛生活保護《せいかつほご》でやってきた女……犯罪人には何をしたっていいじゃないか、恋愛生活保護で来たってことは税金で男の下へ抱かれに来たということ……だから、何をしたっていいじゃないか。そんな考えなのだろう。

自分達とは違う。やり過ぎだ。やりたくない。でも、止められない。

そんな時、渋谷と恵比寿のスマホが、鳴った。状況が状況だったので出ることは出来なかったが……母親の名が液晶パネルに表示されているのだけは、見て取った。

それを見た時、渋谷と恵比寿は持てる限りの勇気を振り絞り……怯《おび》える鳳来寺が見ている中で、こっそりドアの鍵を開けたのだった。

バレたら何をされるかわからない。そんな緊張感の中ではあったが、ドライバーを除いた他《ほか》の三人は獲物である鳳来寺をニタニタ笑いながら見ているばかりだったので、やってみれば案外、簡単に為《な》し得た。

後は信号で停《と》まった瞬間に、鳳来寺が逃げ、捕まえようとした先輩らと速瀬に渋谷と恵比寿がぶつかり、全員で無様に転倒するだけで良かった。

「……何気に痛快じゃね、恵比寿」

「あぁ、いろいろマズイ状況な気はするが、出し抜けたな、オレ達」

鳳来寺はこの辺りに土地勘があるのか、車から飛び降りるなり、迷う素振りもなく真《ま》っ直《す》ぐに近くの森林公園を目指して走っていた。

通行人に助けを求めるより逃げ切った方がいい、と、そう判断したのだろう。

実際、そこいらを歩いている学生や主婦などだったら、速瀬らは何をするかわからない。

鳳来寺《ほうらいじ》は道路から草地へ。そして木々が茂る、森林公園の敷地内へ。

時刻はすでに夜。暗い。街灯の少ない公園の木々の下ともなると、尚更《なおさら》だ。

逃げ切るのではなく、闇夜《やみよ》に隠れる気なのかもしれない。どちらにせよ、逃げ切れるはず……実際、すでに鳳来寺はセーラー服の白い部分ぐらいしか見えていない。

行け、そのまま。渋谷は胸の内で願うのだが……。

「ったく、しょうがねぇな!!」

渋谷と恵比寿の間を先輩の一人が走り抜けていく。速い。それも、かなり。元高校球児の先輩とやらだった。細マッチョという具合に仕上がっている体は不安定な地面でも見事な走りをし、あっという間に鳳来寺との距離を詰めていく。

そして木々が生み出す暗闇《くらやみ》の中に二人の姿が沈んですぐ……元球児の「オラァ!」という声と鳳来寺の短い悲鳴が聞こえた。

渋谷と恵比寿の足が速《はや》まる。

見えてくる、倒れる鳳来寺と、跳《と》び蹴《げ》りを放ったであろう元球児の姿。

チラリと渋谷が振り返ってみれば、路上に停めた車はすでに見えなくなり、背後からは速瀬達、残りのメンバーも追い掛けて来ていた。

走りながら恵比寿とアイコンタクト。やはり気持ちは同じ。だが同時に最終判断も同じ。

この走り込んだ勢いのまま二人で元球児に喰《く》ってかかり、鳳来寺を逃がすというカッコイイ展開が頭に浮かんではいる。うまくすればそれを切っ掛けとして、渋谷は鳳来寺と結ばれ、恵比寿に仲人を頼むことが出来るかもしれない。

だが……そんなハッピーエンドにたどりつくためには、背後から走ってくる速瀬《はやせ》達三人をもどうにかしないといけない。さすがにそれは無理だ。

速瀬はネジの飛んだガタイのいい男。

残りの二人の内一人はボクシングジムに通っていると車内で嘯《うそぶ》いていたボクサー擬《もど》き。

残りの一人は、機敏さはなさそうだが、身長が一九〇を超えて横幅もあるデカ物で、体重は一〇〇は確実に超えている。……やり合えば、ただでは済まないだろう。

「かといって、逃げるわけにも……無理か」

鳳来寺を助け、一緒に逃げたとしても元球児の足で追いつかれてしまう。そうなった時、恵比寿共々どうなってしまうのか……。それを考えるに、渋谷達の足は徐々に勢いをなくし、倒れて地面の草を悔しげにつかんでいる鳳来寺の前で、当たり前のように止まった。

「おい、渋谷と恵比寿、こいつしっかり押さえとけや。あー、しんど。……ちょうどいいや、もう、ここでやっちまおうぜ。んー、ちょっと人が来そうか？」

元球児は息を整えながら辺りを見ていたが、言われてみると公園の街灯の明かりと共に、わずかに噴水が見える。夜とはいえ、まだ浅い時間のため、人がいる可能性もあった。

あそこまで逃げれば人目についてどうにかならないか……。渋谷は考えるも、すでにその時には速瀬達が到着して鳳来寺を囲んでいた。

倒れながらも鳳来寺はキッと強気な目をして速瀬達を睨《にら》む。涙すら、浮かべていない。

「おいおい、何て目だよ。また殺人未遂事件起こすのか？」

デカ物がニヤニヤとした笑みを浮かべながら口にする。

「そんなことしてないって言ってるでしょ！　あれは、あたしは、あの時はただ……！」

そうは言うが、鳳来寺の目は手元に刃物があれば確実に斬りかかってきそうなほどの鋭さがある。負けまいとしている。強い。そう思う。

だが、そんな意思だけでどうにかなる状況でもない。

デカ物が手を伸ばすと暴れるも、さすがに力の前に対抗出来ずに、彼女の両腕は地に縫い付けられた。

速瀬が鳳来寺の胸に手を伸ばすと彼女が大きく息を吸う。叫ぶ気だ。だが、それを察したのは渋谷《しぶや》だけじゃない。ボクサー擬きの大きな手が彼女の口元を押さえ込んだ。必死に噛《か》みつこうとしているが、彼の大きな手はそれを許さない。

こんなことしたいわけじゃなかった。渋谷は思う。けれど……今更どうしようもない。

彼らを敵に回すことはあまりに恐ろしかった。幼馴染《おさななじ》みの恵比寿《えびす》が横にいるとはいえ、散々悪ぶって強がってきたとはいえ……まともな殴り合いなんてしたこともないのだ。

サッカーで足を捻挫《ねんざ》した以上の怪我《けが》もしたことはない。怖い。体が動かない。そのくせして目だけは、暴れて露《あら》わになっていく鳳来寺の暗闇の中でもわかるほどに白い太ももに釘《くぎ》付けになっているのが、情けなかった。

だが、どうしようもない。仕方ない。諦《あきら》めるしかない。渋谷は奥歯を噛み締めた。

「だっ――!!」

ボクサー擬きの手がかすかに動いた隙《すき》に一瞬だけ鳳来寺の声が漏れた。だが、それが意味を成したものでもなく、あまりに短かったがために、何も期待は出来ないだろう。

速瀬が取り出した折りたたみ式のナイフで、鳳来寺のスカートに腰に及ぶ長いスリットが入れられていく。あえて脱がさずに切り刻む、そういう趣味なのだろう。

「今度は刺される側に回るか？　……嫌だったら大人しくしてろよ」

ナイフが上着に向かい、そこもまた斬《き》り裂かれていく。白く引き締まったウェストが露わになった時に至り、ようやく鳳来寺の目にあった強気は失《う》せていった。

ただただ愕然《がくぜん》とするように見開き、今までこれっぽっちもなかった涙を目尻《めじり》に溜《た》めながら……速瀬の背後を見やっていた。

「「……え？」」

渋谷と恵比寿は思わず声に出し、鳳来寺が見つめているものを見た。

噴水近くの街灯の光を背に受けながら……全速力で走り込んでくる、ママチャリを。

それは真っ直ぐに、何ら躊躇《ためら》いなく、まるで放たれた弾丸のように、渋谷と恵比寿を含めれば六人で群れた男達へと走り、来る。

「うおおおおぉぉおぉおぉぉおぉぉぉおおぉおぉぉおぉおぉぉおおおぉおぉおおぉぉ!!」

ママチャリ・ライダーが雄叫《おたけ》びを上げる。それで鳳来寺に意識を向けていた男達もまた迫り来るそれに気が付いた。だが、遅い。反射的に速瀬だけがナイフをそちらに向けるも、ママチャリ相手にはどうにもならなかった。

ママチャリの前輪がナイフを持つ手を弾《はじ》き飛ばして速瀬の体の上を走り抜け、それをジャンプ台にするかのようにしてデカ物へと飛んでいく。

ガタイがある分、初動が遅いデカ物はモロにその直撃を喰らった。

地面にデカ物、速瀬、そしてママチャリとライダーが転がる。代わりに、鳳来寺が体を起こした。

「ユ、ユースケ!?」

その名に、渋谷と恵比寿も耳を疑った。あのチビで短足で、猫背で、運動はおろか勉強も出来ない……あいつなのか？　あんなのが、渋谷と恵比寿でさえビビって動けない男達の集団に真っ直ぐに突っ込んできたというのか。

ありえない。そう渋谷は思うものの、立ち上がろうとする小柄な影は、間違いなく彼だ。

「逃げて、鳳来寺！」

だが、鳳来寺はすぐには逃げず、ユースケの手をつかみ、彼を引っ張るようにして噴水の方へと駆けて行く。

元球児が怒声を上げて追い掛けようとするも、渋谷と恵比寿は息を合わせ、追おうとしたが体がぶつかってしまった演技をし、元球児ごと三人で転倒することに成功した。

よし。思わず口を衝《つ》いて出そうになった言葉を呑《の》み込み、二人が逃げるのを見届けようと顔を上げた。その時、元球児の怒声が響いて渋谷の腹に蹴りが叩《たた》き込まれる。痛い。呻《うめ》く。体が震える。そんな中で、元球児が振りかぶった。その手には……石。綺麗《きれい》なフォームから放たれた石は、遅れていたユースケの頭に当たり、血飛沫《しぶき》が上がったのが、遠目にもはっきりとわかった。

8

「ユースケ!? あ、あぁ、血が……!!」

頭に石が……。痛いけど、殴られたりするのに比べると意識ははっきりしていた。

「いい、僕はいいから、逃げて！ 鳳来寺、早く！」

でも！ そんな声を出す涙目の鳳来寺は……酷《ひど》い状態だった。スカートは裂かれ、上着も胸元近くまでが露わになっていて……申し訳なさが込み上げてくる。

四つん這《ば》いの僕は彼女の体を押しやるものの、彼女もまた短い悲鳴を上げて倒れた。また、投石だ。僕らはすでに噴水近くまで来ていて、街灯の光の下にいる。つまり、暗闇からは見えやすいのだ。……ここにいては狙《ねら》われる。

鳳来寺が喰らったのは頭の僕と違って、肩だ。大事はないはず。

それを確認して、辺りを見る。……人影はないか。くそっ！

僕は慌ててポケットの中にあったスマホを取り出した。震えている。相手は見知らぬ番号で、スマホのロックを解除すると同時に自然にそのコールを取ってしまった。

「くそ、それより警察を……！」

早くその電話を切って警察に連絡しようとするも、スマホが爆発したかのように吹っ飛んだ。……また、投石だった。スマホが弾《はじ》かれたのだ。

暗闇から男が一人、近づいて来る。

「なんだ、お前。……ユースケっつったか？　確か速瀬が……あぁ、恋愛生ポの受給者かよ。お前、クッソ笑えんな？　何だよ、チビでブで、短足で、バカそうなツラして。……お前も大変だったなぁ、ユリちゃんよ。こんなんに抱かれるなんて、さぞかし苦痛だったろ。いくら殺人未遂の罪滅ぼしとはいえよ」

僕は額の傷口を押さえつつ、投石野郎を見る。

その後ろからぞろぞろ五人の男達もまた、明るい場所へと現れた。

「お願いやめて！」

鳳来寺は膝《ひざ》を突いている僕を庇《かば》うように、肩を押さえながら男達の前へ出る。ボロボロの格好で、涙目のままで……僕を守るように、そして何かに必死になって。

「おいおい、犯罪者だって今更バレたっていいだろ。……おい、ユースケ、聞いてないのか？　コイツな、人殺しなんだよ。あ、未遂だったか？」

「違う！　あれは……仕方なかった！　そうしなかったら……！」

「そうだ、去年鳳来寺がクラスメイトに襲われて、それで持っていたボールペンやカッターを使って抵抗したんだ。正当防衛ではあるんだ、だが襲おうとした奴《やつ》がその土地の権力者だかの子供で、それで鳳来寺は逆に……！」

恵比寿君が何かを訴えるような顔で言うも、隣にいたデカ物が平手で彼を数メートルもの距離をぶっ飛ばした。

お前らさっきから足手まといだな、と男が吐き捨てるように言って、震えて立っている渋谷君の頭を小突く。そして、次の瞬間、ボクサーのようなファイティングポーズを取ったと思ったら、渋谷君の顔面に強烈な拳《こぶし》をぶち込んで、彼を吹っ飛ばした。

その一撃からするに、ボクサーなのかもしれない。

「ほ、鳳来寺……今のって……」

「恵比寿が言っていたのは……本当。信じて。あたしは仕方なくで……でも確かにやった」

――怖いんだよね。男の人とかって。

昨日、丁度、この場で、僕は……彼女のそんな言葉を聞いた。あれは単に僕を遠ざけるためのわけのわからない言い訳だと思った。けれど……それって、本心で、それで……。

投石野郎が笑顔のまま近づいて来る。

「まぁ、とりあえずユリは犯罪者《そいつ》なんだよ。だからこそ、恋愛生活保護《せいかつほご》でお前のところにやって来たってわけだ。刑期短縮のために、な」

「……え？」

「恋愛生活保護とやらはどうも人手不足らしくってな。社会奉仕なのか知んねぇけど、これに従事すると場合によっちゃ一ヶ月でも行くだけで刑期が超縮むんだよ。昔、鑑別所の中で聞いた話だからマジだぜ、これ」

背を向ける鳳来寺《ほうらいじ》の顔は、僕にはわからない。

でも、彼女の沈黙は……YESと言っていた。即《すなわ》ち、それは……。

「ほ、鳳来寺……僕とアニキとのこの三週間はただ、君にとっては刑期短縮のための……だから、不適合申請を出すって……?」

ち、ちが……、と、鳳来寺は言葉を濁した。……違う、とは、言ってくれない。

「……ユースケ、ごめん。何も言えないよ。嘘《うそ》じゃないって言ったら、嘘になる」

「それじゃ、この三週間、ずっと……僕は……。そうか、だから、先はないってことだったんだね……」

何も知らず、何もわかろうともせず……僕はずっと独り相撲をしていたってことなんだろう。

鳳来寺にとってはただの刑期短縮のための、社会奉仕で……。

それなのに僕には自分ぴったりの女の子が来たんだとバカみたいに笑って、期待して、浮き足だって、生意気に調子こいて……。

鳳来寺とアニキと一緒に、三人で送ったこの三週間は……きっと、ずっと、続くものだとどこかで思い始めていたぐらいだった。

家族に捨てられてから一番……いや、思い出してみたら、家族がいた時よりも……毎日が楽しかった。そう、思う。言い切れる。

でも、それは……僕だけが楽しい時間だったんだろうか。

あの毎日がお祭りのような時間は……僕、一人の……。

鳳来寺にとってはただの仕事のようなもので……。

僕は、僕はずっと……彼女の愛想笑いを本物だと思って……ずっと……。

僕は四つん這いのまま、力なく地面に伏せ、涙を流して、地面の草を握り締めた。

速瀬君が笑いながら近づいて来るのが、視界の端に映る。

「おいおい、マジかユースケ？　お前、いくら恋愛生活保護だからっつっても、お前みたいなのが誰《だれ》かに好かれるとマジで思ってたのか？　おい、自分の自慢を言ってみろよ、人よりマシなところだよ。女が他《ほか》の男じゃなく、お前を選ぶ理由って何があるんだ？　ねぇだろ？　刑期短縮のために嫌々相手をしてもらってんのに、何大まじめに勘違いしてんだよ！　クソ笑えんぞ！」

速瀬君の言葉に僕の涙が溢《あふ》れる。その言葉に何一つ反論出来ない。そう自分でさえ思えてしまうことが哀《かな》しかった。泣き叫びそうになるのだけは、必死になって、堪《こら》える。

泣いたって、叫んだって……ダメだから。どうにもならないのだから。

鳳来寺は、僕のことなんて初めから、これっぽっちも……想《おも》ってくれていなかった。

嫌々、僕の相手をずっと……。その事実は変えられないんだ。

「黙っててよ!!」

鳳来寺が声を上げ、速瀬君《はやせ》に殴りかかった。けれど、彼女の拳は速瀬君が軽く受け止め、代わりに鳩尾《みぞおち》に一撃入れられてしまう。鳳来寺が膝を突いて倒れそうになるも、速瀬君が彼女の髪を鷲《わし》づかみにする。……その時、僕の体は、勝手に動いていた。

泣きながら、声を上げて、僕は速瀬君に飛びかかっていた。

でも、やっぱり、ダメだ。僕なんかじゃ、ダメなんだ。

僕は速瀬君に簡単に殴られ、倒れ、蹴《け》られる。投石野郎の蹴りもそれに加わる。

僕は芋虫のように、まるで許しを請うように、体を丸め、頭を押さえ……やられるがまま、されるがまま、呻いて、転がって、そしてまた丸くなって、泣いた。

「やめて！　やめてったら!!　……わっ、わかった、相手するから、好きにしていいから……だから、やめてあげてよ!!　ユースケは関係ないでしょ!!」

鳳来寺の泣き声が上がる。

僕なんかのために、そんな絶対に言いたくないだろう言葉を、言っている。それは彼女の優しさで、強さで……世話焼きな性格だからで……。

彼女は、そういう人間だから。ただ、それだけで……言っている。

情けなかった。そんな言葉を言わせてしまっている自分の弱さが。

好きでもない僕なんかのために、自分の体を差し出させている、その弱さが……。

速瀬君達が「オォ～」と気色悪い声を上げて喜び……そして僕への蹴りが止《や》む。

「よし、じゃ車戻ろうぜ！」

顔を上げれば、鳳来寺が男達に囲まれ、暗い木々の方へと歩いてく。

彼女の名を呼ぶ。振り返ってくれる。彼女の瞳《ひとみ》は潤み、雫《しずく》が顎《あご》を滴っていた。

「ユースケ……ごめんね」

何で、何で、そこで謝るんだよ……。どうして、何にも悪くないのに謝るんだよ。

むしろ謝るのは、僕の方なのに。

何も出来ない、何もしてあげられない、どこにもいいところなんてない……そんな僕に、
ずっと相手をしてくれていたのに、何もしてあげられない僕が……。

情けなさに吐き気が込み上げ、僕は瞼《まぶた》を固く閉じると共に嗚咽《おえつ》を漏らす。

その暗闇《くらやみ》の中で蘇《よみがえ》る、この三週間。アニキや鳳来寺と過ごしたこれまでの時間。

大変だった。酷かった。苦しい時だってあった。

……でも、楽しかった。眩《まぶ》しかった。

アニキの白い歯、そして……鳳来寺の笑顔。

そう、あの眩しい笑顔を……。

あんなことがあった、こんなことがあった、いろんなことがあった。

それなのに僕は、僕は……僕は……っ!!

「ぁん？　……おい、見ろよ。ユースケ、立ってんだけど……」

僕は、立ち上がっていた。投石が来る。腹に喰《く》らって、膝を突いた。

「よっしゃ、ストライ……あ？」

僕は地面に手を突き……立ち上がる。前へ出る。石が来る。今度は肩。倒れない。涙が止まらない。鼻水も止まらない。でも、前へ出る。出ようとする足を、僕は止めない。

ったく。そんな声と共にボクサーが来る。鳳来寺が止めようとするも、それより先に僕の腹部に強烈なのが来た。胃がひっくり返り、その場に膝を突いて倒れた。

ユースケ！　そんな鳳来寺の声を聞きながら、僕は殴られた腹を押さえ、苦しみに藻掻《もが》き……そして、気が付いた。

――こんな時に、こんなことで、僕は気が付いたのだ。

「ほ、鳳来寺……。お願いだから、関係ないなんて……言わないで」

ボクサーが唾《つば》を吐きつつ、立ち上がろうとした僕を蹴る。

「僕は……君と関係ありたいよ。……君は嫌々だったのかもしれない、仕方なくだったのかもしれない……でも……」

僕は汚れ、破れた上着を全《すべ》て脱ぎ捨てる。上半身の肌を夜の闇《やみ》に晒《さら》した。

生白い貧弱な体だ。……でも……。

「もういいユースケ！　もういいからそのまま倒れててよ！　お願いだから!!」

立ち上がろうとする僕に何度も何度も、蹴りが来る。痛い、痛い。凄《すご》く痛い。

でも、それでも……僕は、立ち上がる。

「でも……この気持ちだけは、本当だから。僕は、君が……鳳来寺が好――」

強烈なのが顔面に来た。吹っ飛ばされる。口の中に血の味が拡《ひろ》がった。

頭が回る。視界が暗くなる。どこまで言えたかわからない。ただ、心から沸き上がる気持ちそのままに言葉にする。

「……だから、僕は……立つよ」

拳が来る。蹴りが来る。倒れる。呻きが上がる。でも……それでも、立つ。

「お前、雑魚なんだから……もう寝てろよ!!」

「……喧嘩《けんか》なんてしたことない。人を殴ったこともない。けれど……立ち上がり続けることだけは、でき……」

視界がチカチカする。体がふらつく。

震える手で地面に手を突き、震える足でケツを上げる。

「何だよ、コイツッ！　腹立つなぁ!!」

大声を上げての跳《と》び蹴《げ》りが来た。その攻撃に僕は地面を転がり、気迫に驚いた鳥達が夜の空へと逃げ去っていく。その羽ばたきの音を聞きながら、僕は地に手を突いた。

「……で、出来る。僕は……僕はぁ……！」

アニキは言った。立ち上がった回数だけ漢《おとこ》はタフになるって。

僕はどれだけ立ち上がってきただろう。どれだけやり遂げてきただろう。

きっと大した数じゃないんだろう。

でも、いいんだ。それは……悔しいけど、事実だから。

そう、それは仕方ない。もういい、構わない。

だって……だって、これから何度でも立ち上がればいいんだから。

——お前はもう、前を向いている。先へ行こうと無意識に思った。お前は、変わり始めたんだ。

アニキ、わかったよ。あの時の言葉の意味。今、ようやく、本当に。

殴られて手を当てた時、確かにわかった。

……僕の出っ張ったお腹《なか》が、締まってきている。

気が付かなかったけど、あのぶよぶよが、なくなってきているんだ。物心ついた時からずっとあった、あの腹回りの脂肪が、今は……。

僕は、変わりかけているんだ。

アニキと、そして鳳来寺のおかげで。この三週間で、僕は——学んだ。

「てめぇ、しつけぇな！　いい加減寝てろや!!」

筋トレは教えてくれた。

痛い、辛《つら》い、苦しい……それがどうしたって。

耐えられれば、立ち向かえば……必ず、その先へ行けるんだって。

だから——！

「痛くても、苦しくても、どれだけ辛くても……僕は……！」

だから——!!

「僕は、立つんだぁあああああああぁぁあぁああぁぁあ!!」

立ち上がる。蹴りが来る。喰らう。痛い。でも……今度ばかりは、僕は、倒れない。

歪《ゆが》む視界の中で、泣きながら僕に向かって声を上げる鳳来寺を見る。そして、言った。

「鳳来寺……僕は、君が好きだよ」

鳳来寺が両手で口元を隠すようにして、涙を流していた。

「お前みたいなクズが何バカ言って——!!」

拳《こぶし》が来る。大仰な動作で、顎を狙《ねら》って来ているそれは、本気だと知れた。

突風が吹いて、僕は思わず瞼を閉じた。だけど、もう関係ない。その拳をかわす気など、僕には毛頭ないのだ。

来い。来ればいい。受けてやる。かかってこい。

たとえそれがどれだけ強力であろうとも、痛くても、泣きたくなるぐらいに辛くとも……僕は必ず、また、立ち上がる——!!

「……何が、バカだって？」

拳が、来ない。目前にあったはずの拳は、より巨大な拳の中へ消えていた。

野太い声。垂れた鼻水と鼻血と共に吸い込む空気に、混じる汗と漢の臭い。直接触れなくとも空気を通して伝わってくる、熱気——。

「……誰の、何が、バカだって？」

誰もが驚愕《きょうがく》して、目を見開く中……彼はいた。

全身に玉のような汗を浮かべ、圧倒的な存在感を纏《まと》い、そのくせして衣服はスニーカーにパンツ一丁……そんな彼が、僕の前に立っていた。

誰もが息を呑《の》む。その中で、僕と鳳来寺《ほうらいじ》は叫ぶ。その、彼の名を――。


「――ア、アニキ!!」


ボクサーの拳を横から受け止め、己の巨大な手の中に包んだその肌色の塊……それは、アニキだ。そう――アニキだ!!

「待たせたなユースケ、ユリちゃん!!　駐車場が遠くてちょいと遅れちまったぜ!!　後は任せな!!」

唐突に現れたアニキの存在に、僕は頭が白くなる。

そんな僕の前に、ピョコっとした帽子を被《かぶ》った女の子――アザミが、まるで盾になるように入り込む。

そして僕の肩に置かれる手、その主はスーツを着た、微笑《ほほえ》みを浮かべるオナミー。

「遅れちゃったわね。でもおかげでいいものが見られた。……あなた今、最高にクールよ」

「ですっ」

アザミが振り返り、親指を立てる《サムズ・アップ》。フードはシャキーンの顔。

「な、何だ、この肌色の塊は……？　何なんだよ、こ、この仕上がってるマッチョは!?」

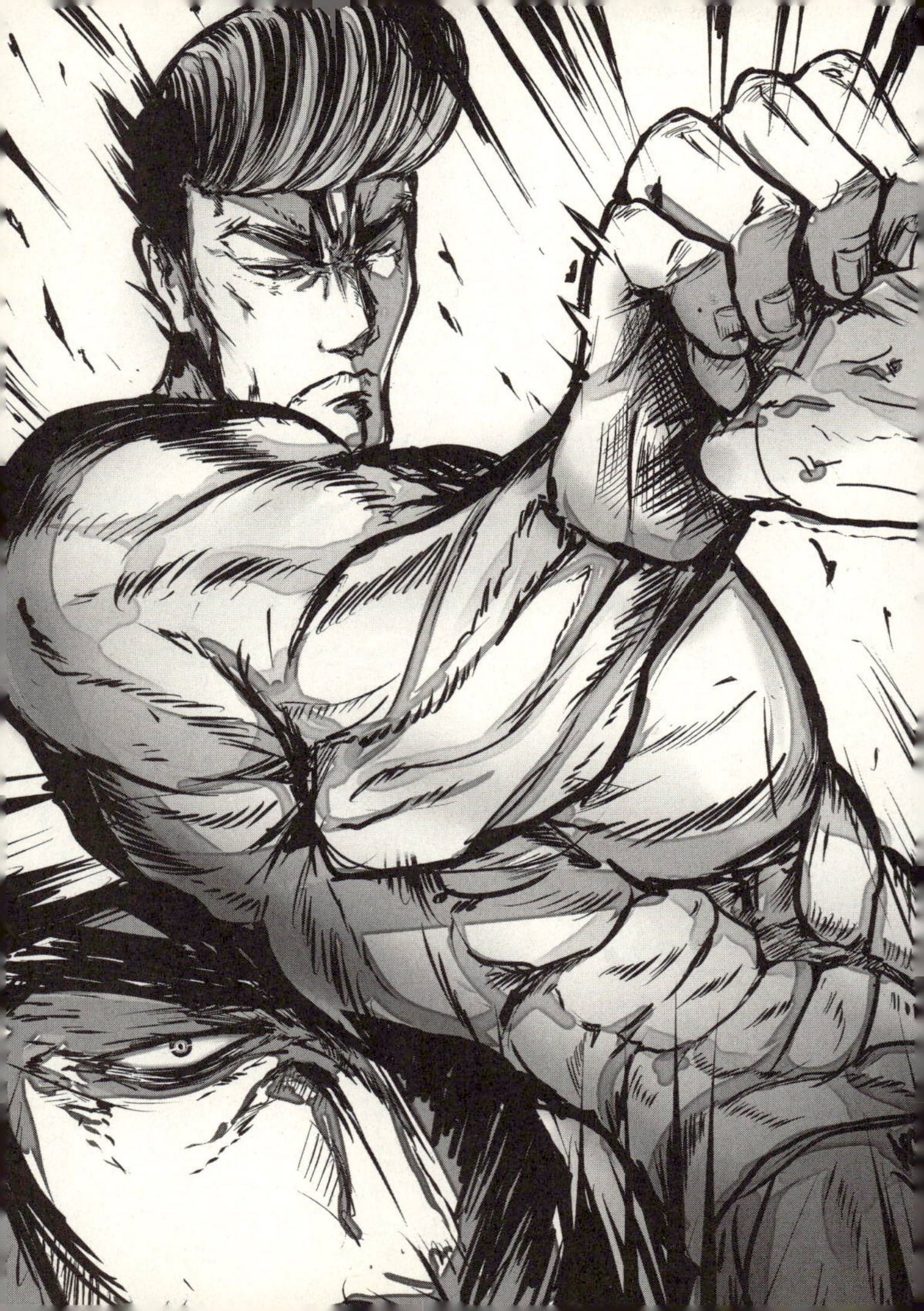

「おれか？　おれは……アニキだ!!」

ボクサーの拳を包んでいるアニキの拳が、メキメキと音を立てて握られていく。ボクサーは絶叫してアニキの体を蹴《け》りつけ脱出を試みるが、アニキは微動だにしない。拳が、潰《つぶ》れていく。

「ユースケがユリちゃんを好きだっつぅことの……何がおかしい？　どこが変だ？」

「ぐぅうあぁあぁあぁあ放せッ放せよ!!　こんなクソが誰《だれ》かを好きだとかほざくことがおかしくないわけな――ッ!!」

拳を握ったままのアニキの拳が、ボクサーの顔面を殴りつけるように向かうも、直前で止まり、その瞬間に握られていた彼の手は開かれた。

ボクサーはまさに自分の拳で自分を殴りつけ……そのまま、ぶっ飛んだ。

「聞けや、ガキ共」

投石野郎が石を拾い上げ、アニキに向かって投げつける。だが、アニキは怯《ひる》まない。〝リラックス〟のまま、のしのしと、まるで巨大な、そして百獣の王が如《ごと》く獣の歩みで、近づいていく。投石野郎の顔が青くなっていった。

「この世に生まれた瞬間、お前達は権利を持った。……幸せになる権利だ。それは誰もが当たり前に認められたものだ。不幸になれなんて、誰も思っちゃいねぇんだよ」

投石野郎が渾身《こんしん》の力を込めて投げつけた石がアニキの大胸筋に直撃する。だが、その瞬間にアニキの「フンッ!!」という気合いが発せられ、大胸筋がダイナミックに動く。

ビクンッと、その動きに石が跳ね返され、逆に投石野郎の股間《こかん》に石が撃ち込まれた。

彼は、そのまま、声を上げることなく顔面から地面に倒れていく。

「だが、この面倒くせぇ世の中だ。どうやってもうまくいかねぇ時ってのは出てくる。……だからこそ、この日本って国は保障してくれてるんだ」

体格はアニキを上回る程のデカ物が、着ていたシャツを破り捨て、雄叫《おたけ》びを上げた。

まるで相撲の立ち合いのように、重心を低くし、真《ま》っ直《す》ぐにアニキに突っ込んでくる。

フンッ!!　覇気の籠《こ》もった鼻息を吹くとアニキもまた重心を落とし……そして、デカ物のタックルを真っ正面から受け止める。

押されに押され、アニキのスニーカーが地面を抉《えぐ》る。そしてその果てに……受けきった。

「……人が人として当たり前に生きていくことが出来ますようにって、祈りのように、助け合おうぜって言っているんだ。それが……ッ!!」

アニキの両手がデカ物のベルトをつかむ。そして……彼の体中の筋肉が、蠢《うごめ》いた。

まるで筋その一本一本がたくましい生物であるかのように。

一目でわかる。今、アニキの体に、凄《すさ》まじい力が込められているのを。

アニキのスニーカーが地面に沈んだ。

デカ物の目が見開かれ、そして、その顔のまま……奴《やつ》は夜空を飛ぶ。

アニキが、一九〇センチを超え、体重も一〇〇キロを超えていそうな男を……空高く、ぶん投げたのだ。

「……それが、生活保護《せいかつほご》だよ」

凄まじい音と共に、デカ物は噴水の中に落ち、辺り一帯に水しぶきを撒《ま》き散らした。

あまりにも圧倒的な、光景だった。

何もかもが、圧倒的だった。

鋼のボディを持つアニキが相手では、あのボクサーも、投石野郎も、デカ物も……何も、意味をなしていない。技を、武器を、そして重量を……それら全《すべ》てを、圧倒的な筋肉《パワー》だけで、押しのけたのだ。

「そしてそこに新たに加えられたのが、恋愛扶助《れんあいふじょ》、すなわち恋愛生活保護なわけだ」

く、来るな！　と、速瀬《はやせ》君は鳳来寺を後ろから押さえつけ、その首元にナイフを突き付けた。僕やアザミ、オナミーも思わず声を出すが、アニキだけは……慌てなかった。

当たり前に、アニキは歩んでいく。

「幸せに生きるには衣食住だけじゃ足りねぇ。誰かを愛し、そして愛されねぇと、幸せには足りねぇんじゃねぇか？　そんなことをどっかのバカだか天才だかが気が付いたんだ。……当然だ。それを否定出来る奴がいるか？」

アニキが速瀬君と鳳来寺の前、一メートルで止まる。お互いに手を伸ばせば届く距離だ。

「言い換えるなら……人は誰であっても、愛し、愛される権利を持っているんだ」

速瀬君が震えている。ナイフの先が鳳来寺の首筋にかすかに触れ、手の震えだけで彼女の皮膚を斬《き》り裂き、血を流させていた。

「お前も誰かを愛せ。そして、誰かに愛されろ。それはお前が持つ当たり前の権利なんだ。恥ずかしがるこたぁねぇ。誰かを好きになるってことは胸を張っていいことだ。大胸筋を見せつけろ。あそこにいるユースケみてぇに。……何も、おかしなことはねぇんだ」

アニキは、優しげに微笑んでいた。大らかに、全てを包み込むように。

筋トレを終えた僕にハグしてくれる、そんな時のような……温かな、微笑み。

「う、うるせぇ化け物!!　こっち来るんじゃねぇ!!」

速瀬君がナイフをアニキに向かって突き出す。誰もが声を出した。

鳳来寺もまたその手を止めようとするも間に合わない。

アニキ!!　僕の喉《のど》を声が迸《ほとばし》った時でさえ、アニキは微笑んだままだった。

まるでそのナイフすら受け止めようとするかのように。だが、鋼の肉体とは比喩《ひゆ》に過ぎない。タンパク質の塊である筋肉はどれだけ硬くとも、金属の刃には――。

ナイフの切っ先が、アニキの体に触れる。

「うおぉぉおぉぉぉぉぉおおおお!!」

雄叫びと共に、速瀬君の腕に二人の男が飛びかかった。

渋谷《しぶや》君と恵比寿《えびす》君だ。二人は必死に速瀬君とナイフ共々地面を転がる。

呻《うめ》き、喚《わめ》き、藻掻《もが》きながら二人は速瀬君からナイフを取ると、それを遠くに投げ飛ばす。

「ほぅ、ナイスファイトだ。お二人さんよぉ」

渋谷君と恵比寿君が速瀬君の上に押し乗りつつ、申し訳なさそうに近くの鳳来寺を見て……顔を伏せた。

アニキに肩を抱かれ、鳳来寺《ほうらいじ》が歩いてくる。

僕の背を、「行くです」と、アザミが押した。

僕は前に出る。鳳来寺もまた、アニキから離れ、一人で来る。

ボロボロの制服で。ボロボロの顔で。涙を流しながら。……いや、それは僕も一緒か。

鳳来寺を間近で見上げれば……僕は恥ずかしくなって、俯《うつむ》きそうになる。

けれど、アニキのさっきの言葉を胸に思い出す。

……誰かを好きになることは、胸を張っていいことなんだ。

僕は、今一度鳳来寺をしっかりと見上げる。彼女は泣いているような、微笑んでいるような、そんな顔で僕の言葉を待っている……そんな気がした。

「今までありがとう。三週間、最高に楽しかったよ。君がどういう理由で傍《そば》にいてくれたにせよ、それは……本当。だから、その……いや、だからってのはおかしいか。……その、迷惑かもだけど、言わせて欲しい」

うん。そう、鳳来寺は声に出さずに、泣き顔のまま微笑んで、頷《うなず》いてくれた。

僕は今一度息を吸う。胸を……大してない大胸筋を精一杯に張った。

「鳳来寺、僕は、君が好き——!!」

言葉が出終わる前に、僕は……優しい香りの中に包まれた。

アニキの太くたくましい腕の中とは違う、細く華奢《きゃしゃ》な腕での、甘いハグ。

その瞬間、ダムが決壊するように、涙が溢《あふ》れた。……鳳来寺も、同じだ。

二人して相手を抱きしめながら、何の涙なのかわからないまま……いっぱいに、泣いた。嗚咽《おえつ》が上がる。涙が止まらない。

でも、相手を抱きしめる腕の力だけは、絶対に緩めない。

「お？　サイレンが聞こえてきたな。通報からどんだけ経《た》ってんだ？　……お巡りはいつだって、クライマックス後に駆けつけやがる」

僕と鳳来寺のハグはいつの間にか、どちらからともなく解かれ……そして、涙を流したまま互いの両手を握り、二人共にニッコリと笑った。

そして、アニキを見る。助けに来てくれた、アニ……あ、傷！

「そうだ、アニキ、さっきのナイフの傷は大丈……」

「あぁ、大したことはねぇ。ちょいと薄皮が傷ついただけさ。あんなナイフ程度で、おれのタフな筋肉は傷つかねぇよ。……お、来なすった」

ズザザザっと、四、五人の警官が笛を鳴らしながら走り込んで来る。

「ア、アニキ――!!」

「なぁに対応は任せろ、大人同士の方が話がはえぇからな。ご苦労さん、警察の皆々衆」

アニキが何も持っていないことを示すように、両手を広げて警察官の方へと近づいていくのだけれど……これ、ヤバイやつじゃない？

隣を見れば鳳来寺が頭痛がするように頭を抱え、オナミーが含み笑いを浮かべつつアザミの目を背後から両手で隠そうとしているんだけど……押さえているのが、フードの方の目っていうね。……ひょっとして、あっちがアザミの本体なのかな？　ちなみに下の顔はいつものぬぼーっとした顔のままである。

——貴様ッ!!　それ以上動くな!!　——おいおい、どうした警察さんよ。おれは加害者じゃねぇ……それより何故《なぜ》銃を抜くんだ？　おれはこの通り何も持ってねぇんだぜ？

——な、何言ってやがる！　お前、と……とんでもねぇガン、をぶら下げてるじゃねぇか!?

……うん、初めてだと多分、ビビるよね。アヽヽヽニキのを生で見るとさ。

いやね、うん、速瀬君がナイフを突き出したのはアニキの腹だったんだけど、そこに渋谷君と恵比寿君が飛びかかったもんだから、刃が下にずれてさ……パンツが、こう、スパッと……いっちゃったんだろうね。

どこかで会った気がする警察官が無線機に声を張り上げる。

「本部、至急至急!!　森林公園で……その、全身完全武装の全裸が……!!」

『全身完全武装の全裸……？　どういうことだ、わからない。詳細を言え』

「何て言うか、す、凄《すご》いんです!!　ですからその……えっと……あぁ、す、凄く……凄くイイ……」

『……はぁ？』

夜の森林公園に、スニーカーだけのマッチョが両手を広げながら銃を構えた警察官の皆さんに笑顔で近づいていくという、この世の終わりのような光景を眺めつつ……僕らは、ため息を吐《つ》いた。

「何かこの後面倒臭そうだから今の内に言うけど……ありがと、ユースケ」

隣を見る。鳳来寺が涙を拭《ぬぐ》いつつ、笑顔を見せてくれる。

あの、眩《まぶ》しいような……そんな笑顔を……。

「もう、こんな無茶してさ。……でも、来てくれて、嬉《うれ》しかったよ」

彼女は僕の頭を撫《な》でるように、血が流れたままの、石で出来た傷を手で押さえてくれた。

「でも……これで、お別れなんだね。……僕からも言うよ。ありがとう。僕……生まれて初めて、心の底から誰《だれ》かを好きになれた。そんな気がするんだ。……だから、ありがとう」

鳳来寺は、笑顔を微笑《ほほえ》みに変え、僕をもう一度だけ、抱きしめてくれた。

きっと、これが彼女との最後のハグなのだろう。

そんな予感を感じつつ、僕もまた彼女の背に腕を回したのだった。

「……うん、おっけ。それじゃまぁ、これで。……学校があるからとはいえ、こんな朝早くからすみません」

鳳来寺ユリは、アパートで複数の書類を纏《まと》めるとフォルダに収め、テーブルを挟んで座る青島《あおしま》にそれを渡した。

「いえ、学業に邁進《まいしん》されるのは良いことですから。……ですが、本当によろしいのですか？　彼は、木村《きむら》さんはその……一度はもう一人の男性を優先させたわけで……言うなれば、これはシステム上のミスで扶助《ふじょ》となったのは間違いなくあなたです。そして、あなたはもうすぐ一ヶ月ですから、それで……その……完全な自由に……」

殺人未遂と世間で噂《うわさ》になり、実際そのように事が運ばれかかったものの、実際には両親と弁護士が奔走してくれたおかげで退けることが出来ていた。

とはいえ、過剰防衛でもない傷害罪で、保護観察処分を受けざるを得なかった。

そこに、今回の恋愛生活保護の話がやって来たのだ。

女性の担当者は鳳来寺の話を長時間かけて聞いた上で、これを勧めてくれた。身売りのような制度だと最初は否定したが、彼女は優しげに首を振ったのを鳳来寺は覚えている。

恋愛生活保護《せいかつほご》は未婚率の増加や少子化等々の問題を背景に半ば無理矢理に改正されたものだけれど……その一番大きな理由となったのは、愛。

恋愛扶助《れんあいふじょ》とは、愛の扶助。誰であっても愛を抱き、愛される権利を有する。その当たり前を守り、育《はぐく》み、そして時に愛し方・愛され方を忘れかけた人達《たち》を国や自治体が手助けする……それが、恋愛生活保護の本質。

人に傷つけられ、はたまた人を傷つけてしまった……そういったことで人間関係に臆《おく》病《びょう》になってしまった人達を手助けするためのものでもある。

鳳来寺はあの事件を切っ掛けに一時人間不信に陥りかかった。けれど、カウンセリングを受け、以前までの自分を取り戻し……最後の仕上げとして、そして保護観察処分を短期で切り上げるために、ここへとやって来たのだ。

「もう少し、ここにいたい。そう心から思ったんです。……それに前の学校の制服、ビリビリになっちゃって、今はアレしかないですし。……今日、間に合って良かった」

部屋の壁に掛けられているブレザーの制服を二人は見やった。

「はぁ……。まぁ、本人がそう望むのなら、二八日以降も継続となりますが……これ以降も一応解消は自由ですので、それだけは忘れずに」

青島としては二重扶助状態を本当は解消して欲しいのだろう。けれど、対策課の実績にしようと慌ててやって来たものの、結局あの事件で、その場の全員が丸ごと警察に連れて行かれ、事情聴取のラッシュを喰《く》らってしまったのだ。そうなれば青島の出番はない。

結局何だかんだと数日ほどてんやわんやな状況が続いてしまい、結果、今日で二九日目の月曜日……青島がこんな朝六時に来てくれたのも、土日の関係で申請が遅れたとすれば、ギリギリ実績が作れるかもしれない最後のチャンスに賭《か》けてきたのだ。

少し悪い気はしたが、精一杯においしくなるように祈りを込めて淹《い》れたコーヒーで、我慢してもらう他《ほか》なかった。

「……ほ、本当に、いいんですか？」

「無理に解消しようとしても無駄ですよ。あたしは残るって意思は固いし、ユースケだって……。二者択一でどちらかを選ばなきゃいけないっていうズルはダメですからね」

青島の痛いところだったのだろう。グッと表情を濁した。

この男は嘘《うそ》こそ吐いていないが、やや強引だったのだ。

二重扶助状態であり、どちらかを解消しますか？　……と、ユースケに突き付けた。だが、システム上問題ないと判断されているのならば、解消の強要は出来ないはずなのだ。

「第五十八条にあるように被保護者は差押禁止の権利を持ってますからね。ちゃんとした本人の意思がないと」

「……詭弁《きべん》ですね。しかし彼が生粋《きっすい》の同性愛者で、あなたを疎ましく思っているかもしれませんよ？」

その青島の最後の抵抗に、鳳来寺は大きく息を吸い、最高の笑顔で首を振った。

それは……それだけは、鳳来寺ユリの、絶対の自信だった。

「……ではご足労願ってすみませんが、そろそろランニングの時間なので」

1

久々の朝のウォーキングという名の散歩だった。

気持ちの良い晴れ渡った空の下、真新しいジャージに、腰に巻いたポーチに収まるスクイズボトル。どちらも鳳来寺からのプレゼントで、きちんと装着したのは今回が初だ。

新しいアイテムを使うってのは、心が弾むね！

玄関前で準備体操をすると……いささか関節が鳴る。

この数日の内、四日間も病院のベッドにいたので、当然と言えば当然だろう。

なので今日は、リハビリがてらいつも以上にゆっくりと行くつもりだった。

よぅ。唐突にそんな声をかけられ、僕は振り返る。

そこにいたのは手に包帯を巻いている渋谷《しぶや》君と恵比寿《えびす》君だ。

「お前にはやっぱり、もう一度親抜きで謝っておこうかと思って……待ってた」

話を聞くと、どうも今日から登校すると聞いたらしい彼らは、朝五時頃《ごろ》からずっと近くで張っていたのだという。

彼らは入院中に親御さん揃《そろ》って謝罪に来てくれたので、その時に誠意は受け取ったとして何もしない、今まで通りでいい、と、まぁそういうことになっていた。

アニキに迫ったナイフを手が血まみれになりながらも押さえてくれた恩があるし、彼らの話を聞けば聞くほど、悪い人には思えなかったから。

何度も謝る彼らに大丈夫だから、と、こちらも何度も告げる。

「アニキも、もう大丈夫なんだよな」

……いつの間にか渋谷君はアニキを当たり前のように、そう呼んでいた……。

「うん。っていうか多分一番最初に解放されてるよ。……署長だかのお偉いさんとジム仲間だったみたいでさ……。久しぶりに帰宅したら玄関のP君人形が増えてたよ……」

マッスル・ディスカッションもバカには出来ない。世の中何が役に立つかわからないものである。

そうか、と恵比寿君が言うと、僕らの間に微妙な沈黙が流れた。

「……お前、凄いな。あの人数の中にチャリで突っ込んだりもだが……あんなことがあっても、もう平然と、オレ達ともこうして普通に接してくれて……」

「全然だよ。だって……僕は、これからタフになるんだから」

恵比寿君達が「え？」という顔をする。

僕はまだまだなのだ。何も出来ていない。

あの事件も、アニキの助けがなければどうなっていたか、わからない。

僕はきっとこれから何度も倒れるんだろう。でも、その度に立ち上がる。……立ち上がってみせる。

そして、アニキの言葉の通り、僕はタフになっていくんだ。

「だから、全然……今はね。とりあえずはヒンズー・スクワット連続一〇〇回を達成するところから始めるよ」

渋谷君が笑った。「やっぱすげぇよ」って。そして「学校で、また」と手を振って別れると……見計らったように、サウナスーツのアニキが玄関から出てきたのだった。

恐らく、邪魔するまいと気を遣って待っていてくれたのだ。

「言ったろ。……筋トレは全《すべ》てを解決するってよ」

アニキもまた準備体操を始めた。彼も今回の件で少しは遅筋も鍛える気になったらしく、これからしばらくは僕のウォーキングに付き合ってくれるそうだ。

全身をくまなく動かすと、アニキは腕を広げた状態で止まった。

それが何の準備体操なのかわからないでいると、爽《さわ》やかなアニキの笑みに優しさが滲《にじ》む。

「あの夜、お前は何も出来ずとも、何かをしようとした。苦しみの先にある勝利を必死になってつかまんと、何度も何度も立ち上がったな」

後で知ったのだけれど、吹っ飛ばされた僕のスマホはアニキのスマホに繋《つな》がっていたらしく、あのやり取りを全部オナミー達と聞きながら駆けつけてくれたらしい。

「その心、まさにタフ。……ユースケ、お前は今、ようやく次のステップに移ったんだ。健全なる精神は健全なる肉体に宿る。逆もまた然《しか》り。お前はついにマッチョになる資格を手に入れたと言っていいだろう」

「マッチョになる気はないって、思ってたけど……でも今は、それもいいかもって思える。……アニキみたいになれるのなら」

「もちろんだ！　これからビシバシシゴいてやるぜユースケ！　さぁ、あの夜にやり忘れていた勝利のハグだ!!　今までで一番にホットなハグにしようぜ!!」

あぁ!!　僕はアニキの大胸筋に顔を埋《うず》めるようにしてしっかりとハグをした。

弾《はじ》かれないように、グッと足腰に力を入れ、そして全力で彼の大きな体を抱く。

「アニキ、僕をシゴいてくれ!!　そしていつか、僕を……!!」

「あぁ、任せろユースケ。おれが責任を持ってお前を一人前の漢《おとこ》にしてやるぜ!!」

「あぁ、アニキ！　アニキィ!!　大好きだよ、アニ……」

……うん、あのさ、やたらとデジャヴを覚えるんだけれど……その、ね。

アニキの筋肉越しに、見えるんだよね、その……青島さんを後ろに連れ、愕然《がくぜん》とアパート前に立つ鳳来寺《ほうらいじ》の姿が……。

「あ、あの……鳳来寺……？」

彼女はわなわなと震える手で僕を指差し、どん引きの顔をしてるんだけど……まぁ僕らの言動と今の状態を併せて考えるに、導き出される結論は一つしかないわけで――。

「や、やっぱガチホモなんじゃん!!」

僕はアニキの筋肉に包まれたまま、肺に一杯の空気を吸い、そして全身全霊をかけ、早朝の住宅街で、声を張り上げる。

「——僕は、ホモじゃない!!」

2

とある会議室にて——。
——ふむ、まずいな。謝罪の鬼である青島で解消出来んとは。——というより二重扶助の実態がありながら、上が問題ないと言い張るのは……これはどういうことだ？　——しかも少年に扶助された一人はガチムチだというじゃないか。当初は苦情を自分で入れておきながら、青島を派遣した頃《ころ》にはどちらを残すかと問われた際には美少女の方よりもガチムチを選んだとあるが……。これはまさかと思うのだが、苦情を区役所に出してから青島が動くまでの三週間で、その、何だ。この健全な少年がガチムチの男に調教され……。——シンドロームですよ！　ストックホルム・シンドローム！　立《た》て籠《こ》もり事件で犯人と被害者が仲良くなるアレです。何より三週間も同棲《どうせい》すれば情も湧《わ》くというものでしょう。——何にせよ、ノンケにガチムチを送り込んだ上に二重扶助だ、こんなことが世間に露呈してみろ。連日連夜、マスコミ共は盛った犬のように押し寄せてくるぞ。——それだけは避けねばならん。何とかして早急にこの『木村問題』をどうにかせねば。——しかし本人にこのままでいいと言われてしまうと我々としては……。——それなんですがね、良いアイディアがあるんですよ。恋愛生活保護打ち切りの条件、覚えておりますか？　……そうです。恋人が出来た時点で、自立したとして打ち切りになります。——なるほど！　そっちに持って行くわけか！　まさに逆転の発想だ！　しかし、どうするのだ？　——上はある意味ではシステムだけの状態。つまり、診断と判断を行うだけであり、実際に状況処理しているのは現場です。この強みを活《い》かします。——前置きが長いのぅ。はよぅ言え。——つまり……この問題の中心人物である木村《きむら》ユースケなる少年に、本当にピッタリの女の子を扶助《ふじょ》として送り込むのです!!　——しかしそれでは三重扶助に……。——どうせすでに二重扶助にガチムチですよ、ここまで来たら三重も四重も関係ありません。さっさと打ち切りにしてしまった方が得策と言えましょう！　——ほう！　これはいいアイディアだ！　では、やはり高二となると……女教師辺りか！　保健医もいいな！　だが眼鏡だけは絶対に忘れるな！　——おやおや、あなたの青春時代とは違うんですよ？　やはりここはロリでしょう！　違法に若いのを、こう、木村ユースケも未成年だから大丈夫だろ、と押し切る感じで！　——それは攻めてる！　いいですね！　しかし私としてはここはやはり従順なメイドを推したい。何でも言うことを聞き、奉仕してくれる都合のいい女性こそ、男にとって最高の女と言える！　——皆さん、男として育てられた美少女というのは変化球が過ぎますかな!?　——またマニアックな！　だがそれがいい!!　——ははは！　何だか楽しくなってきましたなぁ！　今日は長い会議になりますぞ!!　ははははははっ!!

妙に白熱するも、ただの性癖の暴露大会になりつつあることに誰《だれ》も気が付かない会議室の片隅で、一人の男が顎《あご》に手を当て、頭を捻《ひね》る。

——しかし何故《なぜ》このような問題が発生している？　システムを作り上げたのは三賢者《マギ》とすら呼ばれる、世界で最高の頭脳を持った者達だと言うのに……こんな初歩的なミスをするだろうか？　そして、問い合わせても問題ないの一点張り……？　しかしながら……。

何かがおかしい、何かを見落としている……男はそれが何であるのか考えに考えた結果、答えを見つけた。

バンっと長机を叩《たた》いて立ち上がる。

その瞬間、会議室は水を打ったように静かになり、立ち上がった男に視線が集まった。

——妹系を忘れないでいただこう!!

それだっ!!　と声が上がり、会議室内に拍手が巻き起こった。

これで問題は解決ですな、と誰もがほくほく顔で席に着き、無事会議は終了を迎えたのだった。

なお、参加者全員が、後に『第一回チキチキ自分の性癖大暴露大会』と呼ばれるようになるこの伝説的な会議の議事録を破棄するために、世界を股《また》に掛けた壮大な戦いを繰り広げることになるわけなのだが……それはまた、別のお話。


〈了〉

生ポ♂アニキ

NAMAPÔ ANIKI

NAMAPO♂ ANIKI

アザミの表情 七変化

＼ お? ／

＼ショボーン／

＼ 呆れ ／

＼シャキーン／

あとがき

みなさん、どうも、カフェで作業していたら止めておいた自転車が魔法のように消《き》え失《う》せてしまったので新しいのを用意しようと考えているのだと同業者に話をしたところ「帰ってくるかもしれないから、まだ待ってみろよ……」と諭されたものの「他《ほか》の奴《やつ》に跨《また》がられた相方《アイツ》をもう一度跨ぐ気はねぇよ」とハードボイルドに返したところ、そこはかとなくＢＬ臭を感じたアサウラです。……他の奴に跨いだ、なら様になったんですがね……。

本作は、実は集英社さんより発売されておりました私の代表作である『ベン・トー』シリーズ内にて、登場キャラクター達が語っていた馬鹿話が元ネタになっていたりします。

作中で〝アニメ化までをも視野に入れた幅広い展開が期待される〟と書いていたものの……まぁ、まさか本当にきちんと仕上げて本にするとは当時思いませんでした……。

ＯＶＬ文庫でＤＮＲ《デスニードラウンド》シリーズを終えると速攻で「何か次のを……」と言われたので、本作を提案したところ、さすがの担当Ｉさんも一瞬固まり、判断は編集会議に持ち越される形になりました。しかし、そこに待ち受けていたのは男気溢《あふ》れるＯＶＬの社長。業界関係者がそろって危険性を指摘しまくったＤＮＲを何ら躊躇《ためら》いなくやり遂げた彼は「面白いではないか。……構わん、やれ」と即断したとか、してないとか……まぁ、多分してないと思うんですけど、何とかＧＯサインをいただく形となりました。

弁護士さんが危険性を指摘するタイトル&内容で、しかも出版不況の最中《さなか》、流行の全《すべ》てを無視したものであるにも関《かか》わらずに刊行を決断した辺りは、さすがは社長ではないかと思います。これはもう「責任は全て俺が取る、叩《たた》かれるのも訴えられるのも全て俺だ。他の奴らには指一本触れさせせやしねぇ！」という熱い意思と受け取りました。

なので、問題が起こった際は「私はやりたくないって言ったのに……でも無理矢理書かされて……く、くやしい（ビクンビクンッ）」と言い逃れる準備も万全です。

さて、そろそろ謝辞の方をば。ＤＮＲは笑って即座に受け入れても、アニキの時ばかりは戸惑いを隠せなかった担当のＩさん、そして細かいオーダーにも素早く応じてくださった赤井さんに心よりの感謝を。お二人あってのアニキです。また、矢面に立つ社長を始めとしたＯＶＬの皆様、毎度わけのわからない作品のチェックをしてくださっている弁護士さん、そしてデザイナーや印刷所の方々……本当にありがとうございました！

そして、最後になりましたが、お買い上げいただき、あとがきまでお読み頂いた皆々様……本当にありがとうございます。続きが出るかどうかはこれを書いている現段階では不明（売上げ次第？）ですが、ともかく、今後ともどうかよろしくお願いいたします。

ではではそろそろ紙幅も苦しくなってきたようですので、またアニキ、はたたま別の作品で皆々様とお会い出来ることを祈りつつこの辺で。それではまた！

アサウラ

OVERLAP

生ポアニキ

発　　行　2014年10月25日　初版第一刷発行

著　　者　アサウラ
発 行 者　永田勝治
発 行 所　株式会社オーバーラップ
〒150-0013　東京都渋谷区恵比寿1-23-13
校正・DTP　株式会社鷗来堂
印刷・製本　大日本印刷株式会社

Printed in Japan ISBN 978-4-86554-010-9 C0193